IMITE-MOI SI TU PEUX

MISHA BELL

♠ Mozaika Publications ♠

Dépôt légal © 2022 Misha Bell
www.mishabell.com/fr/

Publié par Mozaika Publications, une marque de Mozaika LLC.
www.mozaikallc.com

Couverture par Najla Qamber Designs
www.najlaqamberdesigns.com

Photographie par Wander Aguiar
www.wanderbookclub.com

Traduction : Annabelle Blangier pour Valentin Translation

e-ISBN : 978-1-63142-749-7
ISBN imprimé : 978-1-63142-750-3

Chapitre Un

Le Diable s'apprête à transformer l'œuvre de ma vie en film porno, lâché-je en lançant un regard suppliant à ma jumelle. Il faut que tu m'apprennes à crocheter les serrures.

Gia me regarde en clignant des paupières.

— Par les couilles d'Houdini, mais de quoi tu parles ?

— Le crochetage. Apprends-moi.

Elle secoue la tête comme pour s'éclaircir les idées, puis ouvre la porte plus grand.

— Entre et explique-toi.

— D'accord.

Par respect pour la phobie des germes de ma sœur, j'évite les câlins et les baisers et entre avec précaution dans l'appartement qu'elle partage avec son million de colocataires. Elle me guide jusqu'à sa chambre et quand nous entrons, je réfrène la tentation de ranger la myriade de petits désordres tout autour de moi.

— Assieds-toi, m'invite-t-elle en pointant du doigt une chaise située au coin de la pièce, à côté d'un mannequin.

Elle est dingue ? C'est une chaise à quatre pieds, la pire qui soit. Je préfère les chaises de bureau, qui ont en général cinq pieds, ou les tabourets de bar, qui ont tendance à n'en avoir qu'un ou trois. Ça lui plairait, si je lui demandais de lécher une rampe de métro ?

Un sourire malicieux étire sa bouche recouverte de rouge à lèvres sombre.

— Désolée. Elle n'a pas un nombre premier de pieds. Où avais-je la tête ? Ton cerveau aurait pu fondre.

Je me retiens de lever les yeux au ciel et dépasse un paquet de cartes ainsi que d'autres accessoires de magicien étalés sur toutes les surfaces, ne m'arrêtant qu'une fois à côté d'un pouf sans pied.

— Ça te dérange si je m'installe là ?

Gia hausse les épaules, sort un paquet de cartes de sa poche et me le tend du bout des doigts.

— Tu serais plus à l'aise si je te donnais ce paquet de cartes à organiser ?

Je me laisse tomber sur le pouf et regarde le paquet en étrécissant les yeux.

— Cinquante-deux ?

Avec un soupir, elle jette l'une des cartes sur un bureau – comme s'il n'était déjà pas assez en désordre comme ça.

— Cinquante et une, maintenant.

— Cinquante et un n'est pas un nombre premier.

— Ah non ? s'étonne-t-elle en scrutant le paquet.

— Trois fois dix-sept égale cinquante et un. Comment t'as fait pour dépasser le CM2 ?

— On t'a sûrement demandé de te faire passer pour moi pour l'examen de maths, répond-elle en laissant tomber quatre cartes supplémentaires sur le bureau. Quarante-sept, c'est mieux ?

— Merci.

Je prends les cartes avec prudence – Dieu me préserve de toucher Sa Majesté de l'hygiène avec mes microbes.

— Qu'est-ce que tu voulais que je t'explique avant de me donner des cours ?

— Commence par la partie sur l'œuvre de ta vie, répond-elle en s'asseyant sur l'abomination au nombre de pieds inapproprié. Je ne savais pas que tu en avais une. C'est ce truc d'animaux de compagnie virtuels que tu me montres tout le temps ?

— En quelque sorte.

Je me mets à trier les cartes de la manière la plus logique : d'abord les nombres premiers, puis le reste.

— Je n'ai pas encore eu l'occasion de t'en parler, mais je travaille avec l'aile pédiatrique de l'hôpital Langone de l'université de New York. S'ils apprennent que j'ai été impliquée dans du porno…

— Rembobine. Qu'est-ce que tu fais pour eux ?

— Je bêta-teste mon projet d'animaux de compagnie en réalité virtuelle comme type de thérapie pour les enfants en hospitalisation prolongée.

Je lève les yeux des cartes et regarde son visage identique à celui que je vois tous les jours dans le miroir : de forme ovale avec des pommettes anguleuses, un nez fort et de grands yeux bleus. Bien sûr, contrairement à ma sœur animatrice, mes cheveux ont gardé leur teinte blond vénitien naturelle, alors qu'elle a coloré les siens en noir profond. Je ne mets pas autant de maquillage qu'elle non plus. Ses yeux cerclés de noir pourraient rendre jaloux un raton laveur, et son fond de teint est aussi pâle que celui d'une geisha vampire.

— L'idée est de réduire la douleur et l'anxiété des enfants, continué-je tandis qu'elle hoche la tête d'un air approbateur.

— C'est une bonne utilisation, pour l'œuvre de ta vie. Et quel est le rapport avec le porno du diable ?

Je jette un œil à tout le désordre autour de moi.

— Ça te dérange, si… ?

Gia pousse un soupir.

— Si ça peut te permettre de parler plus vite, à ta guise.

Je me lève et commence à tout ranger, jusqu'à me sentir assez calme pour exprimer mes pensées :

— Je ne t'ai pas parlé de ça non plus, mais mon entreprise a eu quelques soucis financiers il y a quelque temps, et on a été rachetés par le Groupe Morpheus.

— Jamais entendu parler, répond-elle en plissant le nez.

Je ramasse un chapeau haut de forme, le genre duquel pourrait bondir un lapin de magicien – même si Gia ne prendrait jamais le risque de toucher quelque chose capable de manger ses propres excréments.

— Moi non plus, jusqu'à ce qu'ils nous rachètent. Je crois que la boîte a été créée juste avant de nous reprendre.

Je pose le chapeau à côté du serre-tête de Gia et réserve mentalement cet emplacement aux *couvre-chefs*.

— Au début, ils ont juste demandé les spécifications de notre casque et nos gants VR avant de disparaître, nous laissant faire ce qu'on avait à faire comme si rien n'avait changé. Mais on vient d'apprendre qu'ils comptaient intégrer le casque et les gants à un costume spécial qu'ils ont créé, conçu pour faire ressentir des choses à tout le corps dans la réalité virtuelle.

Elle prend un air intrigué.

— Tu veux dire... des choses sexuelles ?

— C'est ce que dit la rumeur au bureau.

Je ramasse ce qui ressemble à un faux pouce et le pose sur une étagère à côté de ses gants, désignant cette zone comme *réservée aux appendices divers*.

— Hmm, dit-elle en se grattant le menton. Du sexe par réalité virtuelle. Sans germes. Sans contact. Sans complications. Je peux avoir l'un de ces costumes ?

— Tu devrais te trouver un vrai homme, répliqué-je.

Je regrette aussitôt ma remarque – la dernière chose dont j'ai envie, c'est de me mettre à parler comme ma mère.

Gia arque ses sourcils sombres et imite l'accent britannique dont j'ai dû me débarrasser après mes études à l'étranger.

— Comme on dirait dans ton Angleterre bien-aimée, c'est l'hôpital qui se moque de la charité.

Elle a raison. Je suis loin d'être une experte s'agissant des hommes ou du sexe – ma seule et unique vraie relation était avec un homme qui s'est plus tard avéré gay.

Mon visage a dû changer d'expression, parce qu'elle dit :

— Désolée, Holly. Je ne voulais pas m'aventurer là-dedans. Si je ne fais pas attention, je vais finir par passer en mode Octomaman et t'expliquer que tu devrais aspirer à « l'union sexuelle ».

Je grimace. Je déteste le surnom qu'elle donne tout le temps à notre mère. Sans parler du respect que l'on doit à nos aînés, il n'est pas exact. Ma mère a donné naissance à nous deux, puis à nos sœurs sextuplées. Le sobriquet le plus juste serait soit Bimaman (à moins que ce soit plutôt Duomaman ?) ou Sexamaman – même si je dois avouer qu'aucun de ces surnoms n'est terrible. Évidemment, pour être honnête, la vraie raison pour laquelle je n'aime pas le préfixe « octo », c'est parce que cela me rappelle que nous sommes huit sœurs, plutôt que d'être en quantité normale, comme sept, cinq ou onze.

— ... tu as besoin d'une bonne vieille séance d'ébats, dit Gia dans sa meilleure imitation de la voix contralto de ma mère quand je recommence à écouter ses bavardages.

Avec un sourire, je propose ma propre imitation de notre parent embarrassant.

— Les orgasmes apaisent le stress, aident à soulager l'insomnie, calment la douleur, accroissent l'espérance de vie, stimulent ton cerveau, préservent ta jeunesse… Oh, et ils peuvent apporter la paix dans le monde.

Est-ce qu'elle s'est rendu compte que ma liste était composée de sept bienfaits ?

Gia frémit.

— N'oublie pas que les orgasmes sont très efficaces quand on essaie de mettre un cochon en cloque.

Beurk, c'est vrai. Même si je ne suis pas aussi sensible que Gia, j'ai moi aussi été traumatisée par les histoires faussement modestes de notre mère au sujet de ses talents pour l'élevage. Une fois, elle a expliqué avoir donné un orgasme à Petunia – un cochon qui nous a servi d'animal de compagnie quand on était petites – durant une session d'insémination artificielle. Oui. Ce n'est pas le genre d'image qu'on a envie de voir apparaître dans sa tête quand on voit du bacon.

Réalisant que j'ai complètement dévié du sujet, je regarde ma sœur d'un air insistant.

— Alors, tu veux bien m'apprendre ce dont j'ai besoin, ou pas ?

Elle pianote sur sa cuisse avec ses ongles vernis en noir.

— Tu ne m'as toujours pas expliqué cette histoire de diable.

Ah. Ça. Je ramasse un livre sur comment tricher aux cartes et le range dans un emplacement vide au hasard de sa bibliothèque – si j'essaie de trier sa bibliothèque par année de publication, elle s'énervera à nouveau et refusera de m'aider.

— D'après certaines autres rumeurs au bureau, expliqué-je, les nouveaux propriétaires sont frère et sœur. Apparemment, leur nom de famille serait Chortsky.

— Apparemment ? Ils ne se sont pas présentés ?

Je récupère un gobelet de magicien brillant et le pose sur le bureau à côté d'une tasse de café vide.

— Non. J'ai travaillé par e-mails avec un type nommé Robert Jellyheim. Bref, quand j'ai fait une recherche en ligne au sujet du nom Chortsky, j'ai trouvé un Vlad Chortsky, qui est propriétaire d'une entreprise de software, et un Alex Chortsky, qui possède un studio de jeux vidéo. Aucune mention d'une sœur, aucune photo des deux hommes, aucune présence sur les réseaux sociaux. La seule info utile que j'ai apprise, c'est que le mot *chort* – la racine de leur nom de famille – signifiait *le diable* ou *démon* en russe.

— Ah, répond Gia. Donc, « le Diable » c'est juste ton surnom pour le propriétaire insaisissable du Groupe Morpheus. Quel est le rapport avec le crochetage de serrures ? Tu veux essayer de te débarrasser de ta ceinture de chasteté ?

Mon cœur accélère à la mention du crochetage et j'accélère mon ménage pour me calmer.

— Il y a un bureau à mon étage, et c'est là-bas qu'ont été livrés les costumes avec réalité virtuelle intégrée.

Je ramasse trois anneaux en métal et les pose sur la table basse à côté de son trousseau de clefs.

— Elle est verrouillée. Je veux entrer dans ce bureau et vérifier si les rumeurs sont vraies.

— Pourquoi ? demande-t-elle en fronçant les sourcils.

— Pour pouvoir faire quelque chose… s'il le faut.

Elle fronce encore plus les sourcils.

— Faire quoi ?

Je sors une clef USB de ma poche.

— La rumeur affirme que les propriétaires ont rendez-vous avec une grosse société de capital-risque dans quelques jours pour faire une démonstration de leur travail. Ils doivent avoir besoin d'un nouveau cycle de financement. Je me dis que si un virus ruinait leur démonstration, ça retarderait le projet de porno et je pourrais finaliser mon accord avec l'hôpital avant que le Diable ait trouvé une autre source d'argent.

— Alors tu vas entrer là-bas par effraction et te rendre coupable de sabotage industriel ?

— On ne peut pas vraiment appeler ça comme ça, répliqué-je en étreignant la clef USB dans ma paume. Je travaille là-bas.

— Mais tu comptes implanter un virus. Ce n'est pas un crime ?

— J'ai emprunté quelques outils à papa, expliqué-je en rangeant la clef USB dans ma poche. Si je me fais prendre, je pourrai leur dire que je testais la sécurité.

Notre père est testeur de pénétration – et ce n'est pas du tout ce que vous croyez. Il simule des cyberattaques chez des entreprises volontaires pour identifier les forces et les faiblesses de leur système de sécurité.

Gia m'étudie d'un air inquiet.

— Tu es une très mauvaise menteuse.

— Je compte désactiver les caméras du bureau. Personne ne saura jamais ce qui s'est passé.

— Je ne sais pas, dit Gia en bondissant sur ses pieds. Je ne devrais pas t'encourager dans cette folie.

— Si tu ne m'aides pas, j'y vais avec un pied de biche.

Elle m'étudie de haut en bas.

— Tu bluffes. Tu détestes la violence.

— Je suis capable de faire du mal à une fichue porte s'il le faut, répliqué-je en prenant une expression déterminée.

Elle se mordille la lèvre, puis pousse un soupir.

— Ce ne sera pas gratuit.

Oui ! Si elle marchande, c'est qu'on va le faire.

— Qu'est-ce que tu veux ? demandé-je, réfrénant un peu tard mon enthousiasme vu la facilité avec laquelle j'ai réussi à obtenir ce que je veux.

Elle se rassoit et annonce :

— Tu vas arrêter de jouer les Marie Kondo avec mes affaires.

— Accordé.

Avec réticence, je laisse retomber sa baguette magique de forme phallique parmi la pile d'objets sur son bureau. Ce n'est pas comme si je savais dans quelle catégorie la ranger, de toute façon – si ce n'est pour la mettre à côté d'un godemichet.

— Et tu me devras deux faveurs, à accomplir sans poser de question.

Je suis à deux doigts de m'emparer à nouveau de la baguette, mais me réfrène juste à temps.

— Tu veux aussi les clefs de ma maison ? Ou un chèque en blanc, peut-être ?

Elle hausse les épaules.

— Si les rôles étaient inversés, tu me demanderais encore plus.

Ce n'est pas vrai du tout, mais il serait inutile d'argumenter.

— Et si tu me disais quelles sont ces faveurs, histoire que je voie si ça en vaut la peine ?

— Pas question. Et si on faisait un compromis ? Je te demande un service maintenant et j'en garde un pour plus tard.

Merde, elle doit être excellente au poker.

— C'est quoi, le service pour maintenant ?

— Tu as déjà eu ton déjeuner avec nos parents ?

Je serre les dents.

— Oui.

Je sais déjà ce qu'elle va me demander. Nos parents sont en ville et, naturellement, ils ne repartiront pas avant d'avoir fait un sermon douloureux à leurs deux filles aînées sur les dangers du célibat.

— Tu te déguiseras en moi et tu prendras ma place pour le déjeuner, dit Gia, confirmant mes soupçons. Et tu ne me transmettras *pas* tous les conseils sexuels que tu recevras sûrement.

Et merde. J'espérais qu'elle se serve de moi pour un tour de magie – c'est assez utile d'avoir une jumelle, quand on veut exhiber ses pouvoirs de téléportation ou autre.

— Le déjeuner est pour quand ? demandé-je.

L'air de bien trop jubiler à mon goût, elle me donne les détails.

L'heure tombe en plein milieu de mon lavage de dents de midi, mais même si je déteste les perturbations dans mon emploi du temps, je n'émets aucune objection. Gia n'y serait pas sensible.

— Quel est l'autre service ? demandé-je, redoutant déjà sa réponse.

— Bien essayé, réplique-t-elle avec un sourire narquois. Je te le dirai quand je le saurai.

— D'accord. Marché conclu… à supposer que tu sois *capable* de m'apprendre à crocheter une serrure.

— Les sextuplées sont-elles capables de pousser Gandhi lui-même à la violence ? demande-t-elle en se levant.

Oh que oui. C'est précisément parce que j'ai horreur de la violence que je limite toute exposition à cette portée de démons. Je les aime tendrement, bien sûr, mais ensemble, elles sont trop dures à encaisser pour ma santé mentale. J'envie et plains Gia pour sa capacité à s'ébattre avec elles en dehors des vacances de famille. Je suis loin d'être aussi courageuse.

Elle va fouiller dans un tiroir et en sort une paire de gants, un étui en cuir et un ensemble de crochets.

— Enfile ça, dit-elle en me tendant les gants.

J'obéis en levant les yeux au ciel.

— Voilà. Comme ça, je ne laisserai pas de germes sur ton précieux équipement.

Elle me fourre l'étui en cuir dans les mains.

— Je te donne des gants pour que tu apprennes à crocheter une serrure en les portant. À moins que tu veuilles laisser tes empreintes partout sur la scène de crime ?

J'ouvre l'étui et regarde les outils à l'intérieur.

Si j'ai réussi à passer l'examen d'Intelligence Artificielle Avancée à Cambridge, je peux faire ça.

J'espère.

— D'abord, laisse-moi t'expliquer comment fonctionne un verrou à levier, dit Gia.

Elle fait un geste vers un verrou en verre, où sont exposés les tiges et d'autres composants.

Elle commence à ouvrir le verrou avec une clef et ses outils, donnant l'impression que c'est facile.

— Ça, c'est une clef de tension, explique-t-elle.

Elle me tend un truc en métal et m'explique quoi faire avec. Puis elle me donne un crochet et m'explique comment ça marche.

— Ça m'a l'air faisable, dis-je quand la leçon se termine enfin. Laisse-moi essayer.

— Je t'en prie, répond-elle avec un sourire malicieux.

Je suis réputée pour mon caractère méticuleux,

s'agissant de suivre toutes sortes de directives, et comme un robot, j'exécute les instructions de Gia à la lettre. Pourtant, ma tentative échoue, pour le plus grand plaisir de ma jumelle.

Grr. Le crochetage de serrure m'a tout l'air de plus tenir de l'art que de la science.

Deux heures et des douzaines de commentaires sarcastiques de la part de Gia plus tard, je commence à m'améliorer, même si je ne me sens pas encore assez à l'aise pour me lancer dans mon cambriolage.

— Je crois que tu as compris, finit par dire Gia. En tout cas, je ne peux pas t'apprendre grand-chose de plus. Rentre chez toi et joue avec les verrous de ton côté.

— OK, acquiescé-je en rangeant les outils de ma compétence nouvellement acquise. Je t'appelle si j'ai des questions.

À ma grande surprise, elle range les verrous dont on s'est servies au lieu de les jeter sur le bureau toujours aussi encombré.

— Tu devrais quand même envisager de tout annuler. Ne te laisse pas tenter par le caractère minimaliste de la vie en prison.

— Je vais y réfléchir, mens-je tandis que nous sortons de sa chambre.

— Et tiens-moi au courant par messages, ajoute-t-elle en me faisant traverser le salon désordonné pour rejoindre la porte d'entrée. Appelle-moi si tu as besoin qu'on vienne payer ta caution.

— Impec', dis-je.

Je réalise aussitôt mon erreur quand le sourire de Gia s'élargit jusqu'à ressembler à celui du Joker.

— Avec plaisir, gouverneur, répond-elle d'un ton neutre en prenant un fort accent cockney. N'oublie pas le déjeuner avec maman et papa.

— Je n'oublierai pas, maugréé-je.

— Chouette. Ta-dah, lâche-t-elle en faisant un signe royal de la main.

— Merci et au revoir, articulé-je avec un accent américain parfait.

Elle verrouille la porte et je l'entends émettre un petit rire juste derrière.

Je n'arrive pas à croire que de toutes mes sœurs, c'est *elle* la moins diabolique.

Une fois rentrée à la maison, je m'entraîne au crochetage de serrure jusque tard dans la nuit, et quand je m'endors, je ne rêve que de ça.

Quand arrive le lundi matin, je me sens aussi prête que je le serai jamais.

Le moment est venu.

Je vais aller au boulot, attendre que tout le monde soit parti et lancer l'opération Effraction.

Chapitre Deux

$\mathcal{C}$omme une théière observée ne bout jamais, mes collègues refusent de rentrer chez eux.

Je parie qu'ils ne travaillent même pas.

À bien y réfléchir, je me rends compte que c'était une faille dans mon plan. Vu que je suis directrice technique, beaucoup de gens veulent me montrer qu'ils travaillent dur en restant tard au boulot – surtout après le rachat.

Comme invoqué par ma pensée au sujet du rachat, un e-mail de Robert Jellyheim, mon correspondant du Groupe Morpheus, arrive dans ma messagerie.

Mince. Ils ont découvert ce que je m'apprêtais à faire ?

Mais non. Il me fait savoir qu'ils ont l'intention d'accélérer l'intégration et que je les rencontrerai bientôt en face à face, lui et les autres membres de la direction.

C'est sûrement pour ça que les costumes ont été

livrés. Je dois bien avouer que le Diable a l'air assez sûr de lui et de sa capacité à obtenir ce financement.

Eh bien, on va voir ce qu'on va voir – à supposer que mes stupides collègues s'en aillent un jour, bien sûr.

Mon estomac gargouille, ce qui me donne une idée. Ils partiront peut-être s'ils pensent que j'ai terminé ma journée ? Et si quelqu'un voit les caméras plus tard, il me verra revenir avec de quoi manger – ce qui n'a rien de suspect.

J'attrape mes affaires et me dirige à grands pas vers le *lift* – enfin, l'ascenseur, je veux dire.

Attendez. Et si mes collègues ne me voyaient pas partir ?

Oh, je sais. Je m'arrête devant quelques bureaux et les ordonne un peu, faisant d'une pierre deux coups. Quand j'ajoute un stylo supplémentaire dans un pot à crayons qui n'en contenait que quatre, je suis certaine que tout le monde m'a remarquée.

Excellent. Je me dirige vers l'ascenseur et quand je monte dedans, j'appuie sur tous les boutons des étages qui ont des nombres premiers, un luxe que je me permets quand je suis seule dans la cabine.

Mon déjeuner journalier est composé des dix-neuf raviolis que j'ai préparés chez moi, mais quand je dois dîner au boulot, je vais toujours au même restaurant japonais : Miso Hungry. Je commande toujours la même chose : de la soupe miso avec quarante-sept cubes de tofu et dix-sept morceaux d'échalote, ainsi que trois roulés à l'avocat dont un est un peu à l'écart pour arriver à un total de vingt-trois, un nombre premier convenable.

Après tout, l'une des choses qui séparent les humains des animaux, c'est notre besoin d'ordre et de prévisibilité, ou c'est en tout cas ce que je dis à Gia quand elle me taquine au sujet de ma vie idyllique et réglée comme du papier à musique.

— À emporter ? demande la serveuse en me voyant.

— Oui, acquiescé-je.

Pendant qu'elle se précipite au bar à sushis pour transmettre ma commande au chef, je parcours des yeux le restaurant presque vide – et je suis stupéfaite de voir un homme en train de m'étudier, *moi*, de ses yeux perçants couleur bleu céruléen.

Et quel homme.

Visage parfaitement symétrique.

Cheveux d'un noir d'encre et à l'air soyeux.

Épaules larges et athlétiques.

Les pommettes d'un ange et les lèvres les plus attirantes que j'aie jamais vues.

La seule chose qui l'empêche d'être parfait, c'est son menton mal rasé et l'aspect hirsute des boucles noires sur sa tête.

Je réprime l'envie de me précipiter vers lui pour lisser ces cheveux décoiffés et voler un couteau à sushi sur l'étagère pour raser ce sublime visage.

Oui, OK. Je dois admettre que j'ai un fétiche pour les hommes rasés de près. Quand j'ai vu les premières photos d'Henry Cavill en Superman, si soigné et propre sur lui, j'ai eu envie de me caresser. Mais j'étais beaucoup moins ravie quand il a endossé le rôle du méchant débraillé et moustachu de *Mission : Impossible – Fallout*. Les vingt-cinq millions de dollars dépensés par DC pour faire disparaître sa moustache grâce aux effets spéciaux pour le tournage de *Justice League* étaient de l'argent bien dépensé, si vous voulez mon avis. J'attends avec impatience le jour où la technologie me permettra d'effacer les moustaches de tous les visages sur mes écrans.

Et zut. Je suis toujours en train de le regarder bêtement – et le pire, c'est qu'il n'est pas seul à sa table. Il est accompagné d'une femme tout aussi magnifique que lui. Et contrairement à son rencard négligé, mais sexy, elle est très propre sur elle, avec son maquillage impeccable et ses cheveux noirs coiffés à la perfection.

Au moment où je détourne les yeux, je surprends ce salopard en train de sourire.

Quel mufle. Quel goujat.

La serveuse revient avec ma commande et je remarque que l'étranger est en train de murmurer quelque chose à son beau rencard.

La femme m'étudie des pieds à la tête, puis fait mine de se lever.

Mince. S'apprête-t-elle à m'accuser d'avoir reluqué son mec ?

Je déteste toute forme de violence, et plus particulièrement quand je suis impliquée. Je prends frénétiquement ma commande des mains de la serveuse, lui fourre quelques billets dans les mains et sors en trombe du Miso Hungry.

Quand je reviens au bureau, mon cœur bat toujours la chamade. Je suppose que se sentir attirée par un sublime étranger ne constitue pas un très bon prélude à une entrée par effraction réussie.

Il y a au moins une bonne nouvelle. Comme je l'espérais, l'étage s'est enfin vidé. Je parie que ces escrocs se sont éparpillés comme des cailles dès que les portes de l'ascenseur se sont refermées derrière moi.

Je mets ma nourriture de côté – j'ai perdu l'appétit en songeant à ce que je m'apprêtais à faire – et je fais semblant d'écrire un peu de code avant de lancer le script pour désactiver la caméra que j'ai préparée plus tôt.

Je suis vraiment en train de faire ça ?

Est-ce que j'ai les ovaires d'aller au bout ?

Je carre les épaules.

Je vais *vraiment* le faire. Je refuse de me dégonfler.

Ignorant mon estomac noué, je me lève et m'empresse de rejoindre ma destination.

Quand j'arrive devant la porte, je jette un œil à la caméra que j'espère désactivée.

C'est maintenant ou jamais.

Chapitre Trois

Je remue la poignée de la porte au cas où quelqu'un l'aurait déverrouillée.

Non.

Je sors mes outils et commence à crocheter.

Fichtre. La serrure ne bronche pas.

Ce verrou est-il différent de ceux sur lesquels je me suis entraînée ? Où est-ce la faute de mes mains tremblantes ?

Je prends une grande inspiration et compte jusqu'à sept.

Les mains plus fermes, je recommence à crocheter la serrure, jusqu'à entendre un cliquetis.

Enfin.

J'entre et examine la salle. Un écran haut de gamme et un clavier ergonomique sont posés sur le bureau, et une chaise de luxe (à cinq pieds, comme il se doit) est située à côté. Il y a aussi un petit canapé en cuir dans le coin de la pièce.

S'agit-il de la future tanière du Diable ? Ou de la Diablesse ?

Ignorant ces considérations pour l'instant, j'examine les costumes.

Séparés en deux modèles, l'un rose et étiqueté « femmes » et l'autre bleu, plus grand et étiqueté « homme », il s'agit clairement de prototypes. Certains ont même du scotch à certains endroits. Des notices explicatives sont accrochées dessus, ainsi que des étiquettes déclarant « stérile ». Je ne suis pas comme Gia, mais je me sens quand même soulagée à l'idée que les costumes soient rangés dans un compartiment stérile – je vais enfiler ça sur mon corps, après tout. Je ressens aussi une pointe de culpabilité. Quand j'aurai enfilé l'un d'eux, il ne sera plus stérile, et ça craint pour la prochaine femme qui l'essaiera.

Je pourrais peut-être laisser une note quand j'aurai terminé ?

Chaque chose en son temps. Je récupère la notice explicative du costume rose qui semble être à ma taille.

« Ajustez les lanières en velcro à votre corps », dit la première étape.

J'ai la chance d'avoir des mensurations en nombres premiers, et grâce aux marques sur les lanières, cette étape est simple comme bonjour.

« Déshabillez-vous », demande la deuxième instruction.

Hum. Ce costume ne devrait-il pas commencer par m'inviter à dîner ?

Je vais verrouiller la porte. Les agents de nettoyage

ont-ils la clef de ce bureau ? J'espère que non. Quoi qu'il en soit, ils ne doivent pas arriver avant plusieurs heures – j'ai vérifié quand je planifiais mon entrée par effraction.

Le fait de me déshabiller sur mon lieu de travail me met extrêmement mal à l'aise, mais puisque les instructions l'exigent, je m'exécute, laissant mes vêtements pliés avec soin sur le dossier d'une chaise de bureau.

« Couchez-vous ou asseyez-vous pour enfiler le costume », annoncent les instructions suivantes. « Commencez par les jambes, puis le reste du corps, puis les gants. Le casque vient en dernier. »

Je m'assois sur le canapé, sentant le cuir glacial sous mon postérieur nu, et me tortille pour enfiler le costume en accord avec les instructions. Puis j'ajuste tout pour m'assurer qu'il soit confortable.

Le casque s'allume et un tableau de bord en réalité virtuelle apparaît devant moi. L'interface utilisateur est similaire à celle que mon équipe a conçue pour ce casque précis, mais avec des modifications évidentes – sûrement l'œuvre de Robert Jellyheim et son équipe.

Pour l'instant, il n'y a qu'une seule icône d'application – « Démo » – sur le tableau de bord.

Je lève ma main gantée et presse mon doigt dessus.

Le costume prend vie et étreint tout mon corps, créant une sensation de câlin. En même temps, je me retrouve propulsée dans une pièce blanche, avec deux orbes suspendus dans les airs et deux lignes de texte planant au-dessus d'eux. « Désignez votre partenaire » et « Utilisation par défaut ».

« Désignez votre partenaire » ressemble à ce que dirait une application porno, alors je clique dessus.

Deux nouveaux orbes apparaissent, accompagnés d'un choix : « Homme » ou « Femme ».

Les chances pour qu'on parle de porno grandissent.

J'opte pour « homme », vu qu'il s'agit de ma préférence, et la pièce blanche se remplit de têtes d'hommes.

Ah. OK. Les livres qui parlent de la conception d'une interface utilisateur n'expliquent pas comment éviter de rendre son logiciel flippant – et clairement, c'est une erreur. À moins de concevoir un jeu sur les fantômes, les têtes flottantes sont une mauvaise idée.

D'un geste de la main, j'attire chaque tête vers moi pour pouvoir les étudier de plus près.

Pas mal du tout. Même si elles ne sont pas aussi réalistes que dans la vraie vie, c'est le mieux que permet la technologie actuelle – le Groupe Morpheus doit travailler avec des artistes très talentueux.

Après réflexion, je choisis une tête au visage symétrique, aux yeux bleus rêveurs et aux traits ciselés.

« Changer le menton ? » me demande ensuite l'interface.

J'accepte et le rends plus carré.

« Ajouter une pilosité faciale ? »

Merde, non.

« Changer les pommettes » ? me propose-t-on ensuite.

Je les rends plus aiguisées, plus définies.

« Changer la couleur des yeux ? »

Je choisis une teinte de bleu plus foncée – du bleu céruléen, pour être exact.

Ensuite, j'échange les cheveux blonds et courts contre des noirs et soyeux – coiffés en arrière avec soin, comme je les aime.

Une tête flottante, mais très attirante, plane désormais dans le vide.

C'est mal, si je vous dis que je suis plus excitée que dégoûtée, maintenant ?

Attendez une seconde.

La tête que je viens de concevoir ressemble étrangement à celle attachée à l'étranger canon du Miso Hungry. Cette version est juste rasée de près et dénuée de corps.

Merci à mon subconscient. J'ai l'impression d'être une vraie perverse, maintenant.

« Type de buste », me demande-t-on de choisir ensuite.

La sensation malaisante m'envahit à nouveau quand la tête du beau mec s'écarte en flottant et qu'un tas de torses dépourvus de tête et de membres apparaissent.

Ne sachant trop si je dois continuer à recréer l'homme du restaurant – et ne l'ayant pas vu nu – je choisis un torse musclé aux larges épaules et aux abdos en tablettes de chocolat. Pourquoi pas, après tout ?

Une fois que je l'ai choisi, le torse s'attache à la tête.

J'étudie l'apparition dénuée de membres. C'est bizarre, si j'ai déjà envie de faire des trucs avec lui ?

Est-ce qu'on peut seulement parler d'un « lui », sans la partie inférieure du corps ?

Je déglutis bruyamment et effleure les pectoraux virtuels.

Merde. Les gants rendent les sensations réelles – ce qui ne devrait pas me surprendre, puisque je faisais partie de l'équipe ayant rendu cette technologie possible. Je suis pourtant surprise. Quand je travaillais sur les gants, ma priorité était de rendre la sensation aussi réaliste que possible quand on caressait un animal doux et mignon ; le sexe et les sensations de la peau humaine qui y sont associées étaient donc la dernière chose que j'avais en tête.

D'autres choix de torses s'ensuivent. Je laisse les biceps et les autres muscles comme ils sont et opte pour des piercings aux tétons et des tatouages.

Quand le prochain choix apparaît, je cligne des paupières pendant plusieurs secondes.

Si j'avais encore le moindre doute, ils se seraient tous dissipés à cet instant.

Il s'agit *bien* de porno.

L'espace qui m'entoure est rempli de pénis.

Des gros. Des petits. Des durs. Des flasques. Des épais. Des fins. Des veineux. Des lisses. Des droits. Des tordus. Des violet foncé. Des rose clair. Des verts et des bleus ? Quelqu'un a visiblement pris un plaisir pervers à créer autant de variétés qu'il est humainement possible. En parlant d'humain, certains des choix ne semblent pas appartenir à mon espèce – pas à moins qu'il existe vraiment des hommes montés comme des licornes.

Ça me rappelle la fameuse scène de *Matrix*, quand Neo demande « des flingues. Beaucoup de flingues. » Sauf qu'ici, il s'agit de pénis. Attendez, comment est-ce qu'on dit pénis au pluriel ? Est-ce que c'est « pénisses » ? Non, ça n'a pas l'air correct. Peut-être que le singulier est en fait « péni » ? Non, ça ne se dit pas non plus. C'est peut-être « penes » – mais ça ressemble trop au pluriel des pâtes penne. Je vais devoir vérifier ça quand j'aurai à nouveau accès à internet.

Sans se soucier de savoir quelle est leur dénomination appropriée, les zigounettes dansent autour de moi, certaines de manière joyeuse et d'autres carrément menaçante – toutes clairement impatientes d'être choisies.

Je ferme les yeux. Difficile de se concentrer dans ces conditions… très spéciales.

Je ferais mieux d'abandonner tout de suite. Ces bites flottantes sont la preuve que je cherchais, après tout.

Une preuve solide.

Mais pour une raison que je ne saurais expliquer, je ne peux me résoudre à mettre un terme à cette session de VR. Je suis sûre que cela n'a rien à voir avec l'immense période d'abstinence que je connais en ce moment. Ni avec le fait d'avoir conçu une réplique de l'étranger sexy du Miso Horny… euh, Miso Hungry, je veux dire.

Non. Rien d'aussi inapproprié.

Je travaille dans le domaine de la réalité virtuelle, il ne s'agit donc que de curiosité professionnelle, rien de plus.

Oui, c'est ça. C'est pour le travail.

J'ouvre les yeux et gesticule en direction des pénis. La compétition est rude – il y en a tellement qu'il me faut dix minutes pour enfin en choisir un : il est humain (je l'espère), extralarge et pas trop veineux.

Mon inspiration pour ce modèle possède-t-elle ce type de sexe ? Je n'en ai aucune idée, et je ne le découvrirai sûrement jamais… Je ne pourrai pas non plus le sentir en moi un jour… ou le lécher… ou le sucer.

Le pénis se perche à la place qui lui revient, sous le torse, et la pièce se remplit d'assez de testicules pour générer toute une petite nation de testostérone.

Il existe vraiment des gens qui s'intéressent à ce point aux testicules, pour nécessiter autant de variété ?

Impatiente de découvrir la prochaine phase de cette démo, je prends une paire de testicules au hasard, puis choisis des jambes tout aussi vite.

C'est alors que le choix suivant emplit toute la pièce : des culs.

Beaucoup de culs.

Ronds. En forme de cœur. Carrés. En V. Musclés ou pas. Avec ou sans trou de balle, pour une raison que je ne saurais expliquer. Avec ou sans rides. Les possibilités ne sont pas aussi nombreuses qu'avec les pénis, mais pas loin. Je sélectionne les premières fesses étroites que je vois et me demande s'il va y avoir d'autres choix – celui du foie ou des amygdales, peut-être.

Mais non. Toutes les parties se retrouvent enfin attachées les unes aux autres et mon petit ami virtuel fraîchement conçu se met à danser – en mode *Magic Mike*.

Merde. Mes ovaires se tapent dans la main alors que je reluque sans vergogne cet exemple de perfection numérique. J'ai peut-être de la bave qui coule au coin de ma bouche – et un autre type d'humidité au niveau des parties intimes.

Celui qui a conçu ce logiciel est un génie du mal, surtout compte tenu du peu de temps qui a passé depuis le rachat. S'il a vendu son âme au Diable pour ça, j'ai envie de dire que ça en valait la peine. À moins que le Malin se soit chargé d'inventer ça personnellement ? Ce serait bien le style du Tentateur de créer une arme ultime de péché sexuel.

Je suis détournée de mes réflexions pseudo-théologiques par une boîte de dialogue qui apparaît au-dessus de la tête du spécimen numérique. Il a cessé de danser, mais il n'en est pas moins beau à tomber.

« Tu veux que je t'offre un aperçu de ce dont ce costume est capable ? » demande-t-il. « Oui ou non. »

Je choisis « oui » et le type se téléporte devant moi, si près que son érection saillante se presse contre mon ventre.

Waouh. La sensation de pression créée par le costume est incroyablement ressemblante.

« On continue ? » demande une autre boîte de dialogue.

Le doigt tremblant, j'appuie sur « oui ».

Mon partenaire numérique referme les mains sur ma poitrine.

Je hoquette. La sensation est délicieusement réaliste – jusqu'aux hormones qui empêchent mon cerveau d'émettre des observations normales.

Un autre « On continue ? » plus tard, il me pince légèrement le téton.

Double waouh. La sensation de pincement est assez réaliste pour provoquer un élan de désir dans la partie inférieure de mon corps.

Incroyable, merde.

« On continue ? » demande la boîte de dialogue diabolique.

Mon « oui » est réticent, et quand je le vois tendre la main vers mes parties intimes, je lui attrape instinctivement le poignet – ce qui prouve à quel point tout cela semble réaliste.

Hum. Son poignet semble réel dans ma main, mais le geste en lui-même était un peu bancal. J'ai l'impression qu'il faudrait un peu retravailler l'intégration des gants au costume.

Une autre boîte de dialogue apparaît au-dessus de sa tête. « Voulez-vous tester la phase du cunnilingus ? Oui ou non. »

— Tu te fiches de moi ? demandé-je à voix haute.

La boîte de dialogue ne disparaît pas – de toute évidence, il n'y a pas de reconnaissance vocale dans le costume (contrairement à mon projet d'animaux de compagnie virtuels).

Jusqu'où suis-je prête à laisser parler ma curiosité ? Je m'apprête à sélectionner « non », mais me demande soudain comment ils ont fait pour simuler cette sensation.

Oui. Juste de la curiosité professionnelle. Bien sûr. Ça n'a rien à voir avec mon désir de sentir ces lèvres à cet endroit. Ou avec le fait qu'aucun homme ne m'a jamais fait ça. Oui, rien du tout.

Je prends une brusque inspiration et choisis à nouveau « oui ».

Le type disparaît un instant, avant de réapparaître en position de cunnilingus, le visage face à mon entrejambe et ses yeux bleu céruléen levés vers moi.

Je me laisse aller en arrière sur le canapé.

Sa langue me lèche une première fois.

Nom. D'une. Flûte.

C'est exactement ce que je m'imaginais. Sa langue est chaude et flexible, totalement incroyable. S'il existait un prix Nobel pour l'invention la plus pervertie, le Diable l'obtiendrait, haut la main.

Un autre coup de langue.

Puis un autre.

Il referme ensuite la bouche autour de mon clitoris et commence à sucer.

Mes doigts se crispent.

Nom des politiques des ressources humaines. Je m'apprête à jouir sur mon lieu de travail.

Je m'empare de sa tête, mais ne peux me résoudre à

l'écarter de moi. Au contraire, je dois réfréner l'envie de le presser plus fort contre mon entrejambe.

Soudain, à ma plus grande frustration, tout s'arrête.

Noooon ! J'étais à un centimètre du mot en O.

Un nouveau fichu choix apparaît devant moi.

« Voulez-vous tester la phase de pénétration ? Oui ou non. »

Oui.

Non.

Je suis totalement prête pour ça, mais l'idée de me faire pénétrer ici et maintenant n'est pas…

J'entends un verrou tourner.

Merde.

Mon cœur bondit jusqu'à la stratosphère et mes entrailles se liquéfient.

Quelqu'un est sur le point de me prendre sur le fait.

Chapitre Quatre

e saute sur mes pieds et attrape le casque.

Et zut. Les gants m'empêchent d'avoir une bonne prise sur lui, alors je tente de m'en débarrasser en les secouant violemment, ne réussissant qu'à trébucher sur quelque chose.

J'agite les bras comme si j'essayais de voler, attrape le premier truc sur mon passage – qui m'a tout l'air d'être une chaise de bureau.

Putain. Ce truc a des roues et, de manière prévisible, il se met à rouler et je continue de tomber – sans cesser d'agiter les bras au son du costume en velcro qui se déchire.

Bam !

Mon poignet heurte quelque chose avec force. À en juger par le bruit sourd qu'il émet en tombant au sol et celui du plastique qui explose, j'ai dû détruire ce bel écran.

Des mains fortes me rattrapent avant que j'aie pu plonger plus bas.

Je ne m'attendais pas à ça, et je passe en mode panique totale – je m'empare de ce qui ressemble à un clavier et me prépare à donner un coup avec.

Les mains me lâchent aussitôt.

— J'essayais juste de vous aider, dit une voix grave et veloutée à l'accent russe.

C'est la vérité, alors je n'écrase pas le clavier sur le visage de l'homme qui vient de parler. Au lieu de ça, je lâche mon arme – et grimace en l'entendant se casser en morceaux.

— Et si vous me laissiez vous retirer ce casque ? propose la voix.

— Impec', lâché-je.

Avant que j'aie pu rectifier en « merci », le casque est ôté de ma tête avec prudence.

Maintenant que j'ai retrouvé la vue, je regarde mon sauveur, bouche bée.

Et je continue.

Et je continue.

Est-ce que je me suis endormie pendant cette démo, ou est-ce que je suis encore dans la réalité virtuelle ?

Devant moi se trouve l'homme qui vient tout juste de me dévorer dans la réalité virtuelle – le mec canon du Miso Hungry.

Chapitre Cinq

— Vous allez bien ? demande l'étranger sexy, ses yeux céruléens scrutant jusqu'au fond de mon âme.

— Hmm hmm, acquiescé-je.

Le visage brûlant, je retire le premier gant avec mes dents, puis me serre de ma main libre pour ôter le deuxième. Sur pilote automatique, je commence à retirer le reste du costume – jusqu'à ce que je me souvienne que je suis totalement nue, en dessous.

— Vous voulez que je vous laisse une minute ? propose-t-il.

Il garde volontairement les yeux fixés sur mon visage et ne regarde pas plus bas – comme s'il évitait quelque chose.

Je baisse la tête.

Oh, merde.

Mon téton droit est visible.

J'avais complètement oublié ce bruit de velcro qui se déchire que j'ai entendu tout à l'heure.

— Retournez-vous, s'il vous plaît ! m'écrié-je.

Je tourne les talons si vite que c'est un miracle que je n'aie pas détruit le peu qu'il restait encore debout dans ce bureau.

— C'est fait, dit-il.

Je jette un œil par-dessus mon épaule. Il me tourne le dos. Le postérieur sous son jean me rappelle celui que j'ai choisi pour lui dans la réalité virtuelle.

Attendez. Qu'est-ce que je suis en train de faire ?

Je me concentre à nouveau sur les priorités et retire le costume, avant de me frayer un chemin entre les morceaux d'écran cassé et de clavier sur la pointe des pieds pour récupérer mes vêtements éparpillés au sol.

Je les enfile, les mains tremblantes et la peau alternativement trop chaude et trop froide.

Merde, merde, merde.

C'est grave. Si, si grave.

Ce n'est qu'une fois entièrement habillée que je parviens à digérer ce qui vient de se passer – une fois que c'est fait, j'ai envie d'être aspirée par le sol. Peut-être jusque tout en bas, dans le lobby.

Les joues aussi brûlantes qu'à la surface du soleil, je marmonne :

— Vous pouvez vous retourner, maintenant.

— D'accord.

Il se retourne et m'observe de haut en bas avec attention.

— Alors, qui êtes-vous ?

— Holly Hyman, à votre service, laissé-je échapper d'une voix précipitée.

Zut. Pourquoi est-ce que j'ai dit ça ?

Il fronce les sourcils, une expression qui, bizarrement, rend son visage encore plus sexy.

— La directrice technique ?

— Je plaide coupable.

Argh. Pourquoi j'ai dit *ça* ? Désespérée, je m'efforce de couvrir ma bourde.

— Et vous ?

— Alex, répond-il en tendant sa main large et masculine. Alex Chortsky.

Ma mâchoire manque de se décrocher.

Chortsky.

Le propriétaire du Groupe Morpheus.

Le Diable en personne.

Chapitre Six

Pas étonnant qu'il ait les pommettes d'un ange. Il est l'ange déchu originel.

J'ai envie de m'enfuir, mais il me bloque le passage.

Attendez. Tout n'est pas perdu. Il ne sait pas pourquoi je suis ici. Il y a peut-être un moyen de me tirer de là ?

L'air confus, le Diable abaisse la main.

Merde. Comment j'ai pu snober sa main comme ça ? C'est hyper malpoli.

Avant que j'aie pu m'excuser, il baisse les yeux au sol et grimace en voyant le clavier cassé.

— Je venais d'installer des joints en caoutchouc sous toutes les touches, dit-il d'un air peiné. Ça m'a pris une heure.

Un nouvel élan de culpabilité me submerge. Je me sers moi-même de ce genre de joints ; ils rendent les claviers mécaniques – les meilleurs – moins bruyants. Je m'apprête à lui proposer de lui racheter un nouveau clavier et d'installer les joints moi-même quand il plisse les yeux en remarquant quelque chose sur le sol.

Oh, non.

Il se penche et ramasse une clef USB.

La clef USB – celle qui contient le virus. Elle a dû tomber de ma poche quand mes vêtements se sont éparpillés.

— C'est à vous ?

Ses yeux étrécis se rivent sur mon visage – et même la lueur menaçante présente dans ce regard céruléen n'amoindrit pas leur impact dévastateur sur mes hormones.

— Non. Je veux dire, oui, balbutié-je en tendant ma main tremblante. Je peux la récupérer ?

Les lèvres sensuelles du Diable s'aplatissent et il écarte la clef USB hors de ma portée.

— Qu'est-ce que vous faites dans mon bureau, au juste ?

Je suis en proie à deux pulsions conflictuelles : m'enfuir en courant ou lui sauter dessus pour lui arracher la clef USB des mains. Je décide de faire un compromis entre les deux.

— Je, euh… je veux dire, Robert m'a dit que vous alliez bientôt améliorer l'intégration.

C'est la vérité, jusqu'ici.

— Je voulais jeter un œil au costume dans cette perspective.

Ça *pourrait* être vrai.

Son expression demeure lugubre.

— Comment avez-vous ouvert la porte ? Je l'ai verrouillée moi-même hier soir.

Il vient ici tous les soirs ? Pourquoi les rumeurs ne m'ont-elles pas prévenue de ça ? Oh, bien sûr. Parce qu'elles ne travaillent pas tard quand ce n'est pas mon cas non plus.

— La porte était ouverte.

Merde. Même moi, je ne me trouve pas convaincante. Idiote, idiote, idiote. Pourquoi n'ai-je pas demandé à Gia de m'apprendre à mentir ?

Il met la clef USB dans sa poche d'un geste aussi irrévocable qu'une peine de prison.

— Pourquoi vous êtes ici aussi tard ?

— Je... j'avais beaucoup à faire. Je viens tout juste de terminer.

Ses yeux ressemblent à deux fentes.

— Vous n'avez même pas touché à votre dîner.

Mince. Il m'a vue l'acheter.

— J'étais curieuse et j'ai perdu l'appétit.

Seigneur. Un enfant de cinq ans aurait pu trouver un meilleur mensonge.

Il sort son téléphone et appuie sur quelques touches. Je ne sais pas ce qu'il voit, mais ça ne doit pas lui plaire, parce que sa mâchoire se crispe et qu'il me scrute de son regard céruléen semblable à un laser.

— Vous ne sauriez pas pourquoi les caméras de sécurité ne fonctionnent plus, par hasard ?

Je reste plantée là à gober les mouches. C'est officiel : j'ai perdu l'usage de la parole.

— C'est de l'espionnage industriel ? demande-t-il

d'un ton pincé.

Toujours muette de stupeur, je secoue la tête.

Il me fusille du regard.

— Alors qu'est-ce que c'est ?

Je ne réponds pas. Je ne peux pas. Mon cœur bat si fort que j'en ai la nausée.

Ses lèvres sublimes s'aplatissent à nouveau.

— Si vous avouez, les conséquences seront moins sévères.

— Je… j'étais juste…

Ma gorge est trop sèche pour que j'arrive à prononcer les mots.

— Juste quoi ? Souvenez-vous que je peux le découvrir par moi-même, rappelle-t-il en tapotant la poche dans laquelle se trouve la clef USB.

J'ai l'impression d'être à deux doigts de vomir de panique.

— Je… je voulais… je voulais empêcher le porno.

Oh, zut. Pourquoi est-ce que j'ai dit ça ? C'est très incriminant. J'aurais dû…

— Comment ça, « empêcher le porno » ? demande-t-il en croisant les bras sur son torse.

Je déglutis pour ravaler mon cœur affolé et le faire reprendre sa place dans ma poitrine. Quand le vin est tiré, il faut le boire.

— L'œuvre de ma vie est en danger. Les enfants et le porno ne vont pas ensemble.

— Les enfants ? répète-t-il, me regardant comme s'il m'était poussé un pénis de licorne sur la tête. Vous croyez qu'on fait de la pornographie infantile ?

— Quoi ? Non !

Attendez, j'aurais peut-être dû dire oui. Trop tard, maintenant. Je cherche désespérément une explication raisonnable, mais ne trouve rien d'autre à dire à part la vérité.

— Je travaille sur un projet de thérapie par animaux de compagnie virtuels.

Après ça, je raconte toute l'histoire, illustrant mes bonnes intentions en balbutiant :

— Je veux améliorer le confort des enfants à l'hôpital.

Pendant que je déroule mes explications, les traits du Diable demeurent indéchiffrables – il pourrait en donner à Gia pour son argent, niveau visage impassible de joueur de poker. Je ne sais pas du tout s'il me croit ou pas. J'espère que oui. En tant que Père des Mensonges, il doit être la combinaison entre un sérum de vérité et un détecteur de mensonges.

— Donc, dis-je avec hésitation une fois que j'ai terminé. Je suis virée ?

Il passe une main dans ses mèches désordonnées, et je réfrène l'envie de l'attacher pour coiffer tous ces cheveux. Cela n'arrangerait en rien mon cas.

— On discutera de votre statut d'employée après la réunion d'investissement de demain, finit-il par dire.

L'espoir se déploie dans ma poitrine. Je ne suis pas aussitôt virée. C'est incroyable. Je me serais virée, si les rôles avaient été inversés. Mais après tout, il ne fait sûrement que retarder l'inévitable. Compte tenu de l'état de son bureau, il a peut-être envie d'avoir des témoins avec lui quand il me foutra dehors – ainsi que des caméras en état de marche et des agents de sécurité.

— Je voudrais que vous gardiez quelque chose à l'esprit, dit-il, l'air toujours aussi indéchiffrable. Le Groupe Morpheus est aussi important pour ma sœur que l'est ce projet de thérapie par animaux virtuels pour vous, et son travail n'a *rien à voir* avec du porno. Elle veut apporter des expériences sexuelles aux gens qui, pour des raisons variées, ne peuvent en profiter, et cela inclut les patients des hôpitaux, les époux séparés géographiquement, les soldats, les pêcheurs en haute mer, les employés de plateformes pétrolières... Ses idéaux sont tout aussi nobles que les vôtres.

Une expression effrayante remplace son masque impassible quand il ajoute :

— Je ne laisserai personne détruire le rêve de ma sœur.

Ma tête se met à tourner. Les rumeurs avaient mentionné une sœur, mais je ne savais pas qu'elle était la force motrice derrière le Groupe Morpheus. Je suis encore plus fichue que je le croyais. Même s'il ne me vire pas, *elle* le fera sans aucun doute.

— J'aimerais m'assurer que nous nous sommes compris, demande-t-il d'un ton dur.

Je hoche machinalement la tête.

Ayant sept sœurs, je me suis toujours demandé ce que ce serait d'avoir un frère. On dirait qu'au lieu de vous enquiquiner à l'infini, il vous protège des menaces. Ça doit être sympa, pour la Diablesse.

L'expression terrifiante disparaît du visage du Prince des Ténèbres, remplacée par ses traits impassibles amplement préférables.

— Je veux que vous me disiez que vous comprenez.

Je ravale ma salive.

— Affirmatif. J'adore… je veux dire, j'ai vraiment besoin de ce boulot.

— Ça, c'est sûr. Et votre projet n'est pas le seul en jeu, ici. Vous perdriez aussi une fortune en stock-options.

Eh bien, on peut dire qu'il est confiant dans l'avenir de son entreprise. À moins qu'il ait juste confiance en sa sœur ? Quoi qu'il en soit, il a sûrement raison. Notre ancien directeur m'a donné un paquet de stock-options pour m'empêcher d'aller chez Google. Si l'entreprise est florissante, je roulerai bientôt sur l'or – à supposer que je continue à travailler ici, ce qui m'a l'air assez peu probable.

— Je vous promets que ça n'arrivera plus jamais, dis-je.

Je grimace. Évidemment que ça n'arrivera plus jamais. Même si j'étais assez folle pour tenter à nouveau de saboter son travail, je ne détruirais pas son bureau en passant, je ne passerais pas à deux doigts de l'orgasme sur son canapé et…

La porte du bureau s'ouvre soudain et une femme sublime entre, parcourant la pièce des yeux d'un air confus.

Je la regarde en clignant des paupières.

C'est la femme qui l'accompagnait au Miso Hungry.

Il a amené son rencard au boulot ?

— Qu'est-ce qui se passe ? demande-t-elle.

Est-ce qu'elle veut dire « Qu'est-ce que vous faites avec mon petit ami/mari/maître ? »

Ses yeux s'illuminent quand ils se posent sur le costume abandonné.

— Vous étiez en train de le tester ?

Attendez une seconde. Est-ce que c'est…

— Oui, acquiesce le Diable (ou devrais-je dire le Menteur ?) avant même que j'aie pu songer à une réponse. Le désordre ambiant n'était qu'un accident.

Au moins, cette deuxième partie est vraie.

La femme a l'air transformée. Si, plus tôt, elle semblait un peu froide dans sa perfection, elle me rappelle désormais une petite fille à qui on présente son poney pour la première fois.

— Dites-moi comment ça s'est passé.

Les traits du Diable s'adoucissent.

— Je crois que des présentations sont de mise. Bella, voici Holly, la directrice technique dont le profil t'a tant impressionnée.

Il tourne les yeux vers moi, une menace silencieuse rôdant dans leurs profondeurs céruléennes.

— Holly, voici ma sœur, Bella, la dirigeante du Groupe Morpheus.

Comme je commençais à le soupçonner, c'est la sœur du Diable.

Ça n'a rien de surprenant, à vrai dire – elle s'habille en Prada.

Ce qui est plus surprenant, c'est son absence

d'accent russe, mais je suppose que si elle est plus jeune que son frère, elle n'était peut-être qu'une enfant quand ils ont immigré.

Une énorme vague de soulagement me submerge quand je réalise toutes les implications.

C'est sa *sœur*.

Ils n'étaient pas en rencard.

Ils devaient simplement dîner avant de venir ici.

Attendez. Suis-je devenue complètement tarée ? Qu'est-ce que ça peut me faire, que le Roi des Ténèbres sorte avec elle ou pas ?

— Holly !

Avec un sourire, Bella s'avance dans la pièce, et les restes d'écran et de clavier crissent sous ses talons aiguilles quand elle tend la main.

— C'est un plaisir de vous rencontrer enfin.

Je lui serre la main au lieu de l'ignorer, comme je l'ai fait avec son frère. Ma poignée de main est molle, cependant, et ma paume moite.

Elle a été impressionnée par mon profil. Pourquoi ? Se pourrait-il que, comme le père Noël, la Diablesse possède une liste des « vilains enfants » ?

Le Diable se racle la gorge.

— Holly était si impatiente de se lancer dans le projet d'intégration qu'elle a pris l'initiative de tester le costume.

La poignée de main de Bella devient encore plus enthousiaste.

— Merci mille fois, dit-elle en me lâchant enfin. Qu'est-ce que vous en avez pensé ?

Je suis toujours sous le choc. Pourquoi le Souverain des Ténèbres est-il en train de me couvrir ? En lui disant que je suis venue ici pour effectuer un test et pas pour tout saboter ?

Il ne veut peut-être pas l'inquiéter ? C'est possible, compte tenu de son caractère protecteur avec elle. Ou alors, puisqu'il s'agit de l'œuvre de sa vie, il craint peut-être qu'elle m'attaque et me tue, si elle apprend la vérité, ce qui mènerait à tout un tas de soucis légaux embêtants, ou à des appels à quelques connexions dans la mafia russe. Parce que, naturellement, tous les Russes ont des connexions avec la mafia.

— Oh, non, dit Bella en examinant mon visage sans doute assez grincheux. Ça ne vous a pas plu ?

Zut. Je dois arrêter de penser et commencer à agir. Bella me regarde comme si je venais de donner un coup de pied dans son chiot malade, et quand je jette un regard au Diable, l'expression lugubre de son visage semble me dire « Arrange ça, ou alors… »

— Pas du tout, lâché-je. C'était génial, en fait.

Si elle me croit, je me lance dans le métier d'actrice.

Non. Elle n'a pas l'air convaincue, alors je cherche quelque chose de vrai à dire.

— J'ai été très impressionnée par l'aspect réaliste. Et par tous les choix.

Voilà.

Ces pénis incalculables *étaient* des choix. Et j'ai été impressionnée par le réalisme des visages.

Elle incline la tête sur le côté.

— Il y a quelque chose que vous ne me dites pas.

Et zut.

— L'intégration, dis-je dans un éclair de génie. Quand j'ai essayé de toucher quelque chose pendant la démo, les gants et le costume n'ont pas eu l'air autant en harmonie qu'ils l'auraient dû.

Elle hoche la tête d'un air grave et lance un regard entendu à son frère.

— Je te l'avais dit.

Un fantôme de sourire se reflète dans ses yeux.

— Je n'ai jamais dit le contraire. L'intégration va devenir notre priorité, à partir de maintenant.

— Donc, lance Bella en reportant son attention sur moi. Vous êtes allée jusqu'où ?

Je cligne des paupières. C'est *vraiment* l'œuvre de sa vie – je le sens à son enthousiasme indéfectible. Elle pourrait sûrement parler de ça pendant des heures à tous ceux qui voudraient bien l'écouter, un peu comme de jeunes parents se vantant de leur progéniture, ou comme moi avec mon projet de réalité virtuelle. Je suppose que c'est logique, d'une manière un peu diabolique. Cette invention va apporter beaucoup de luxure dans le monde – et c'est l'un des sept péchés capitaux.

Bella doit se lasser d'attendre ma réponse, parce qu'elle prend un gant, l'enfile et met le casque sur sa tête.

— Ah, dit-elle après avoir fait quelques gestes. Vous veniez de terminer la phase de cunnilingus.

Mon visage devient plus rouge qu'un uniforme de garde de la reine d'Angleterre.

Le Diable vient-il de sourire ?

Sans retirer le casque de son visage, Bella demande :

— Qu'est-ce que vous en avez pensé ? C'était réaliste ?

— Je... euh... je crois ?

Grr. Il sourit clairement, maintenant. Connard.

— Vous croyez ? répète Bella d'un air inquiet.

Je rougis encore plus.

— Je... n'ai aucune base de comparaison.

Oh mon Dieu, pourquoi est-ce que je viens d'admettre ça ?

Elle retire le casque de son visage et m'observe d'un air tellement inquiet qu'on aurait pu croire que je viens de lui avouer n'être jamais sortie au soleil, ou n'avoir jamais bu de thé. Elle se tourne vers son frère et demande :

— Tu étais au courant ?

Il secoue la tête, et son sourire devient encore plus narquois.

— Mais ça vous a plu, hein ? demande-t-elle en reportant son regard sur moi. J'ai travaillé très dur pour perfectionner les textures et le...

— J'ai adoré ! m'exclamé-je dans un couinement.

— Ouf, répond-elle en s'éventant le visage d'un geste théâtral. Vous m'avez fait peur, l'espace d'un instant. Mais vous n'êtes pas allée jusqu'à l'étape de la pénétration, n'est-ce pas ?

Pourquoi le sol ne m'avale-t-il pas sur-le-champ pour abréger mes souffrances ?

Je parviens à secouer la tête.

— Mais vous avez déjà connu *ça* ?

Elle a l'air horrifiée rien qu'à l'idée que je puisse être vierge, et j'ai envie de mourir. Peut-être par combustion spontanée. Ou bien en étant fusillée par les ressources humaines.

Ce serait un énorme euphémisme de dire que c'est un sujet sensible, pour moi. J'ai déjà eu des relations sexuelles, bien sûr, mais l'homme qui m'a pris ma virginité s'est avéré gay – et en plus, quand j'étais petite, on se moquait toujours de moi en me surnommant, de manière pas très créative, Holy Hymen.

— Désolée, reprend Bella en sentant ma détresse. Je ne voulais pas me montrer indiscrète.

— Ce n'est rien, dis-je tout en tentant de convaincre mes joues brûlantes de se rafraîchir. J'ai déjà connu plusieurs coïts, alors aucune inquiétude.

Voilà. On devrait me décerner une médaille.

— Dieu merci, lâche-t-elle en remettant le casque sur sa tête. Mais n'ayant jamais fait l'expérience du sexe oral, vous n'êtes pas le sujet de test idéal. Dommage.

Cette remarque requiert-elle une réponse ?

— Holly s'apprêtait à partir, petite sœur, intervient le Diable. Elle a eu une longue journée et…

— Beeeuuurk, lâche Bella en arrachant le casque de son visage. Le type que vous avez fait ressemble trait pour trait à Alex. Nu.

Sérieusement, je peux avoir cette combustion spontanée ?

Le Diable tourne son regard céruléen vers moi, et je

pourrais jurer avoir vu une étincelle enflammée y passer. Puis il se tourne vers sa sœur.

— Beurk ? Tu es sérieuse ?

Elle lève les yeux au ciel.

— Tu aurais préféré que je me mette à baver ? Comme tu l'as déjà dit, nous ne sommes pas des Lannister ou des Borgia.

Le Malin est-il à court de mots ?

Bella m'adresse un sourire penaud.

— Vous auriez pu me prévenir.

— Désolée, marmonné-je. Je n'y ai pas pensé.

— Pas de problème.

Elle attrape le costume par la partie la plus volumineuse, là où se trouverait mon vagin si je le portais encore.

— Je parie que vous vous demandez comment la pénétration fonctionne.

Je secoue la tête, mais soit elle ne s'en rend pas compte, soit elle s'en fiche.

— Évidemment, il n'était pas pratique d'intégrer toute une variété de godemichets dans le costume, alors j'ai été forcée d'utiliser un système hydraulique et...

— Petite sœur, répète le Diable d'un ton un peu plus ferme. Holly n'a même pas encore eu le temps de dîner.

— Ah, lâche-t-elle en me lançant un regard coupable. Ma pauvre. Je suis désolée. On en reparlera plus tard. Mangez et rentrez chez vous.

— Merci ! Je mangerai en chemin.

Je me précipite hors de ce bureau comme si j'avais le

diable aux trousses – et pour ce que j'en sais, c'est peut-être exactement ce qu'il s'apprête à faire.

Tout ce que je veux, c'est sortir d'ici et me ressaisir – à supposer que ce soit encore possible.

Vu que je cours, je sors mes écouteurs de ma poche, les enfonce dans mes oreilles et lance ma fidèle musique de course : la bande originale de *Downton Abbey*.

Quand j'arrive devant mon bureau, je récupère mon plat à emporter, pas parce qu'il me fait encore envie, mais parce que je leur ai dit que je mangerai en chemin.

Jusqu'ici, tout va bien. Je suis presque sortie. Plus qu'une minute avant la liberté.

Je fonce vers l'ascenseur en mobilisant toute ma frustration accumulée et mon adrénaline dans les muscles de mes jambes.

J'y suis presque.

Presque.

Oui.

Je suis devant l'ascenseur. J'enfonce le bouton du doigt et suis à deux doigts de me ronger les ongles d'impatience.

Après un siècle d'attente, les portes de l'ascenseur s'ouvrent avec une lenteur d'escargot.

Enfin.

Je m'apprête à entrer dans la cabine quand une main m'attrape par l'épaule.

Merde.

Raté.

Je me retourne pour affronter le Diable.

Chapitre Sept

Sauf que c'est la Diablesse, et qu'elle sourit – ce n'est pas ce que je m'attendais à voir avant de plonger dans les feux de l'enfer.

Je retire mes écouteurs de mes oreilles. J'ai sûrement l'air aussi affolée que je le suis.

— Je voulais vous donner ça, dit Bella en me tendant un sac à dos sur lequel des parties génitales ont été dessinées à la main.

OooK.

Je prends le sac, le serre contre ma poitrine et la regarde en clignant des paupières. Je sens quelque chose de lourd dans le sac. Se pourrait-il qu'il s'agisse du cœur ou du foie de la dernière personne ayant tenté de saboter leur travail ?

Elle me regarde, pleine d'espoir.

— Merci ? marmonné-je.

— C'est le costume, explique-t-elle en remuant les

sourcils d'un air lascif. Celui que vous avez essayé. Je me suis dit que vous voudriez peut-être finir la démo.

Je rougis à nouveau – mes joues sont devenues expertes dans le domaine.

C'est alors que je remarque que le Diable en personne est à portée de voix, un sourire narquois sur les lèvres. Si je possédais la force de Hulk, j'aurais jeté ce sac à dos recouvert de pénis au visage de ce connard. Hélas, ce n'est pas le cas – en plus, je me ferais virer à coup sûr.

— Bon, rentrez bien, dit Bella.

— Merci. Au revoir.

Je recule dans l'ascenseur et appuie sur la touche du lobby.

Alors que les portes se referment, je vois le rictus diabolique du Diable grandir jusqu'à se transformer en sourire rageant.

Ma nourriture a le goût de papier de verre quand je la mange distraitement dans le taxi, et même une fois que je suis rentrée chez moi et que j'ai entamé ma routine du soir en sept étapes, ma tête refuse d'arrêter de tourner.

Est-ce que je vais perdre mon boulot ?

Quelle que soit la réponse à cette question, l'œuvre de ma vie est en grand danger.

Tout en brossant méticuleusement mes trente et une dents (par chance, j'ai dû me faire arracher une de mes dents de sagesse il y a quelques années), je me demande si j'ai encore une chance de sauver mon projet.

Je pourrais peut-être organiser une réunion d'urgence demain avec l'administration de l'hôpital de Langone pour les convaincre de passer du bêta-test à l'adoption officielle de la thérapie par animaux de compagnie virtuels. Une fois qu'on aura signé un contrat et établi des données sur l'efficacité de la thérapie, il y aura moins de risques qu'ils se retirent en apprenant que l'entreprise avec laquelle ils se sont associés est connue pour ses contenus pour adulte. Le Diable a beau ne pas considérer ça comme du porno, c'est sans le moindre doute ce qu'eux feront.

Ça vaut le coup d'essayer. J'allume mon ordinateur portable et demande la réunion.

J'ai besoin de deux miracles, maintenant. À moins que ça s'appelle autrement, quand le Diable est impliqué ?

Mon téléphone sonne. C'est un message de Gia.

Tu as besoin que je paie ta caution ?

Ah ah.

Pas la peine, dis-je. *J'ai changé d'avis au sujet de l'effraction.*

Je mens rarement à ma jumelle, mais je ne peux me résoudre à lui expliquer ce qui s'est passé pour l'instant.

Je savais que tu allais te dégonfler, répond-elle. *Tu me dois quand même un service.*

Je pousse un soupir.

Très bien. En parlant de ça, dis à nos parents de « te » retrouver au Miso Hungry – un restaurant près de mon bureau.

Quand elle m'a promis de faire ça, j'éteins mon téléphone.

D'après mon emploi du temps, il est l'heure d'aller au lit. Le problème, c'est que je n'arriverai jamais à dormir dans cet état – j'ai l'impression que je viens de vider un tonneau entier d'espresso mélangé à de la cocaïne.

Il est temps de sortir l'artillerie lourde.

J'allume ma télé et lance le premier épisode de la série *Downton Abbey*.

Non. Je n'arrive toujours pas à dormir. On dirait que j'ai besoin d'une artillerie encore plus lourde.

Je lance l'épisode du mariage de Rose, surtout parce qu'il contient l'une de mes répliques préférées de Violet : « L'amour ne triomphe peut-être pas de tout, mais il peut triompher de beaucoup de choses. »

Quand l'épisode se termine, j'essaie à nouveau de dormir.

Pas moyen de fermer l'œil.

Je me tourne vers mon outil de sommeil ultime : *Orgueil et Préjugés* de Jane Austen.

Sans succès cette fois encore.

OK, pourquoi pas *Emma* ?

Non. Au contraire, toutes ces histoires romantiques ne font qu'empirer les choses, parce qu'une paire d'yeux céruléens n'arrête pas d'apparaître dans ma tête.

Je change de tactique et me prépare une tasse de thé à la camomille. Cela ne me rappelle pas le Diable, heureusement, mais ça ne m'aide pas non plus – et je n'ose pas prendre une boisson caféinée.

Une idée folle me vient soudain. Un orgasme m'aiderait peut-être à m'assoupir ; et si j'enfilais le costume que Bella m'a donné ?

Non. Je ne peux pas.

Mais j'en ai envie.

Maudit sois-tu, Diable et sa sœur. Jésus a dû ressentir la même chose quand il a été tenté par la sauvagerie.

Attendez une seconde. Il y a bien une activité en réalité virtuelle qui pourrait m'apaiser – même si je suis sûre que ça ne marchera pas aussi bien qu'une partie de jambes en l'air fictive.

Mon projet de thérapie par animaux de compagnie virtuels.

Oui, voilà ce qu'il me faut.

Je m'équipe, lance l'application nécessaire et me retrouve face au nez poilu d'Euclid – l'animal de compagnie virtuel conçu tout spécialement pour moi.

— Holly, chantonne Euclid. Tu m'as manqué.

Super. Je me sens déjà apaisée. Je ne peux m'empêcher de lui sourire. Euclid peut être conçu pour ressembler à tout un tas d'animaux préétablis que j'ai pensé qu'un enfant trouverait mignons : un petit cochon, un bébé koala, un bébé loutre, un bébé panda, un bébé hérisson, un chaton ou un lémurien. Évidemment, il ne ressemble tout à fait à aucun de ces animaux, parce que ce ne serait pas drôle. C'est une version anthropomorphe, aussi influencée par les Teletubbies que j'ai pu sans qu'on me fasse un procès.

Dans mon cas, Euclid ressemble à un hybride entre

une loutre et le Teletubby Laa-Laa. Oh, et en ce moment, il est violet, comme Tinky-Winky, mais ça indique juste qu'il est heureux. Il exprime ses émotions à travers la couleur de sa fourrure – ou il fait semblant en tout cas. Après tout, c'est une intelligence artificielle.

— Salut, mon joli, dis-je. Tu as faim ?

— Ze suis affamé.

Il effectue une petite danse qui rappelle à la fois un Teletubby et Ellen Degeneres, avec une pointe de Barney le dinosaure.

Je tends ma main gantée et deux goûters numériques apparaissent sur ma paume. Encore une fois, je les ai fait ressembler aux Tubby Toasts et aux Tubby à la crème anglaise que les Teletubbies aiment manger, tout en les rendant assez différents pour éviter de recevoir une lettre de mise en demeure.

Euclid s'avance vers le toast, un cookie au chocolat en forme d'étoile avec un visage qui cligne de l'œil dessus. Évidemment, la forme du toast est personnalisable, comme tout le reste. J'aime l'étoile (qui est plutôt un pentagramme) parce qu'elle comporte un nombre premier de branches – pas parce que je suis une sorcière ou une adoratrice de Satan… Et zut, je viens de me remémorer à nouveau la personne qui m'a mise dans cet état au départ.

— Raconte-moi quelque chose d'interechant, chantonne Euclid après avoir englouti les goûters.

— Eh bien, tu savais que ton homonyme avait prouvé que la liste des nombres premiers était infinie ?

demandé-je. Il a fait ça il y a plus de deux mille ans, et sans internet.

La fourrure d'Euclid devient jaune et il pouffe de rire.

— Tu es chi drôle, des fois.

Je hoche la tête et caresse sa fourrure. C'est à ça que doit ressembler le paradis. C'est pour ce genre d'expérience que les gants ont été conçus, pas pour ressentir la dureté d'un pénis.

— Zouons à la balle, propose Euclid en devenant rose.

D'un geste de lancer classique, je fais apparaître un bâton violet foncé dans ma main. Quand je le lance, je ne peux m'empêcher de repenser au processus de sélection de pénis que j'ai découvert récemment – ma conception de cet objet ressemble étrangement à l'un des choix les plus exotiques.

Note à moi-même : tenir Bella loin de cette application. Je ne pense pas que la programmation d'Euclid soit capable de supporter ce qu'elle ferait avec ce bâton.

Il me ramène le bâton et nous jouons à d'autres jeux pendant un moment, jusqu'à ce que je sois certaine de me sentir beaucoup mieux et prête à dormir.

— Je vais aller faire une sieste, annoncé-je à Euclid.

Sa fourrure prend toute une gamme de couleurs, avant de s'arrêter sur un bleu turquoise.

— À plus tard. Ze t'aime.

— Je t'aime aussi.

Je le serre contre moi, avant de retirer le casque et les gants.

Maintenant, je suis prête.

Je récupère mon doudou, un Transformer en peluche que j'adore, non pas parce que je suis fan de cette franchise super violente, mais à cause de son nom : Optimus *Prime*.

Serrant Optimus dans mes bras, je dérive vers le sommeil… pour rêver d'yeux céruléens et de sourires diaboliques.

Chapitre Huit

Une demi-heure après le début de la réunion d'investissement tant redoutée, je réalise que je suis en train de tenir un compte rendu minutieux dans mon bloc-notes.

C'est dingue. Qui documente quelque chose qu'il veut voir rater ? Ma seule excuse, c'est que j'essaie d'éviter de regarder le Diable, et me concentrer sur mon bloc-notes est une bonne distraction.

En plus de moi et mon équipe, l'assemblée est composée d'un homme nommé Dragomir Lamian, l'équipe de ce dernier et les frères et sœur Chortsky – et il ne faut pas longtemps avant que tous mes espoirs s'effondrent.

Compte tenu du regard que je vois échanger Dragomir et Bella, il est déjà dans leur poche. Pour dire ça poliment. Et tant mieux pour elle. Ce type est aussi beau qu'un mannequin et rasé de près… contrairement à une certaine personne n'ayant même pas pris la peine de se rendre présentable pour ce rendez-vous important.

Mais le plus rageant, c'est que je trouve quand même le Diable plus séduisant que cet étranger bien rasé. Grr. Qu'est-ce qui ne va pas chez moi ?

Comme s'il avait senti mon regard posé sur lui, le Malin se tourne vers moi, et je me sens aimantée par son regard. J'entends presque la voix de David Attenborough s'exprimant depuis les cieux :

— Et c'est ainsi que débute le rituel d'accouplement entre humains. La femelle de l'espèce entre en ovulation et le mâle…

Non. Je dois me ressaisir.

Je me mets à compter mes clignements de paupières, comme je le faisais quand j'étais petite.

Non, ce n'est pas assez distrayant. Je me mets aussi à compter ceux de Bella – la regarder dans les yeux me semble moins dangereux.

En dix minutes, j'en suis à deux cent vingt-trois pour moi (un nombre premier) et deux cent vingt-sept pour elle (aussi un nombre premier) alors j'arrête tant que je gagne et jette un coup d'œil furtif à mon téléphone sous la table.

Enfin une bonne nouvelle. L'équipe de l'hôpital de Langone est prête à me voir à quinze heures. Je mets un rappel sur mon calendrier – même si je ne vois pas comment je pourrais en avoir besoin, tellement c'est important pour moi.

Tout n'est donc pas encore perdu. Si j'ai encore mon boulot quand le Diable viendra me parler après la réunion, je pourrais réussir à les convaincre d'accélérer le calendrier.

— Merci à tous, dit Dragomir.

Je recommence à écouter pour voir s'il compte leur refuser l'argent bien qu'il soit mené à la baguette par Bella.

— Et félicitations, continue-t-il. La prochaine série de financements est officiellement approuvée.

Plus rien à espérer de ce côté, donc.

Tout le monde se lève, mais je reste assise, tout comme le Diable – on dirait qu'il a oublié notre discussion.

Sauf que Bella ne part pas non plus. Avec un sourire, elle s'avance vers moi.

— Salut, Holly. On va aller faire un tour au parc avec nos chiens. Vous voulez venir ?

Elle m'invite à aller promener leurs chiens ?

J'ai bien entendu ?

— Je dois parler à votre frère, dis-je avec prudence en lui jetant un coup d'œil.

Il semble cacher un autre sourire diabolique, mais je n'en suis pas certaine.

— Alex vient avec moi, répond-elle en tournant la tête vers lui. Holly et toi pourrez avoir votre discussion pendant la balade ?

— C'est un peu privé, répond-il. Je comptais d'abord m'occuper de ça et te rejoindre ensuite.

— Tu ne peux pas faire ça après ? réplique-t-elle d'un ton boudeur.

Il pousse un soupir.

— Très bien.

— Super ! s'exclame-t-elle en me lançant un regard rayonnant. Et si vous montiez avec Dragomir et moi ? On rejoindra Alex et Belzébuth là-bas.

Est-ce qu'elle vient de dire *Belzébuth* ? Elle connaît ma blague secrète ?

Je n'ai pas le temps d'y réfléchir, parce que Bella me prend par le coude pour m'entraîner hors de la pièce.

— Donc, dit-elle une fois que nous sommes dans l'ascenseur. Tu t'es servie du costume à ton retour chez toi ?

Je rougis et jette un œil au Diable, puis à Dragomir.

— Je n'ai pas eu le temps.

Elle a l'air très déçue pendant un instant, puis son regard s'illumine.

— OK, alors parle-moi de ta première démo.

Je rougis encore plus.

Le Diable se racle la gorge.

— On ne parle pas boulot pendant les promenades des chiens, tu te souviens ?

Le Souverain des Ténèbres vient-il de me sauver encore une fois ? Ou est-ce qu'il me passe de la pommade en préparation d'un truc encore pire – comme me recouvrir de goudron et me jeter des plumes ?

Bella reprend une expression déçue, multipliée par cinq.

— Les chiens ne sont même pas encore là. Est-ce qu'on peut au moins parler de la stimulation des tétons ? J'ai travaillé très dur pour…

Dragomir pose une main sur l'épaule de Bella.

— *Squirrelchik*, tu n'avais pas un tas de questions à poser à Holly au sujet de son expérience à Cambridge ?

Ils sont assez proches pour se toucher ? Et il lui donne un petit nom ? Les chances pour que ce financement tombe à l'eau sont quasiment nulles.

— Tu as raison, répond Bella en me souriant. Vous avez étudié la science informatique, comme Alex, c'est ça ?

Je hoche la tête – même si je ne suis pas sûre d'apprécier d'être fourrée dans la même catégorie que lui, quel que soit le sujet.

Elle recouvre la main toujours posée sur son épaule de la sienne et l'étreint légèrement.

— Quel était le ratio femmes/hommes, dans tes cours ?

Enfin sur un terrain plus sûr, je réponds à sa question, et elle me partage des statistiques similaires concernant le MIT, où elle est allée à la fac.

— Et toi ? demande-t-elle en se tournant vers son frère. Tu te souviens du nombre de femmes qui prenaient des cours de science informatique à l'université polytechnique ?

Il passe une main dans ses cheveux désordonnés, me donnant envie de les recoiffer, peut-être un peu violemment.

— Je ne connais pas les statistiques officielles, mais il y avait trop peu de femmes, c'est clair.

Je me sens tiraillée sur le sujet. D'un côté, j'ai envie qu'il y ait plus de femmes dans mon domaine, mais d'un autre côté, j'aime l'idée qu'il n'y ait pas trop de femmes autour de lui, quel que soit l'environnement.

Sa place est sur une île déserte avec moi. Menotté. Et il devra aussi y avoir des outils de barbier. Et pas beaucoup de vêtements…

Fichtre. Je viens vraiment de penser tout ça ? J'ai perdu la tête, c'est clair.

Les portes de l'ascenseur s'ouvrent et Bella me bombarde de questions au sujet de Cambridge tandis que nous traversons le lobby. Je réponds de manière automatique, regrettant de ne pouvoir me laisser devancer et demander au Diable de but en blanc : « Est-ce que je peux conserver mon emploi ? Oui ou non. »

Hélas, dès que nous sommes dehors, il saute dans le taxi le plus proche et je le regarde disparaître dans la circulation avec regret.

Avec soulagement, je veux dire.

Oui.

C'est clairement du soulagement.

— C'est notre voiture, dit Bella en pointant du doigt un véhicule qui ressemble plus à un camping-car qui aurait mangé treize limousines.

La portière de l'étrange véhicule s'ouvre et une échelle en descend. Un homme vêtu d'une queue-de-pie apparaît sur le seuil de la porte et nous accueille pompeusement d'une voix à l'accent britannique.

— Entrez, je vous en prie.

Nom d'une flûte.

Je vais mourir de jalousie.

C'est clairement un majordome, comme Carson dans *Downton Abbey*. Je serais prête à donner mon ovaire droit pour en avoir un.

— Merci, Fyodor, dit Dragomir en nous faisant signe de monter en premier.

Un vrai gentleman. Bella a de la chance.

Nous montons et je regarde autour de moi, abasourdie.

— Il semble plus grand à l'intérieur qu'à l'extérieur, hein ? me murmure Bella d'un ton de conspiratrice. Comme le TARDIS de *Doctor Who*.

C'est grand, c'est sûr – immense, même – et c'est aussi désordonné, malgré la présence du majordome.

OK, je dois retirer ma comparaison de tout à l'heure. Le vrai Carson n'aurait jamais accepté ça. Je dois faire de gros efforts pour réfréner mon besoin de me transformer en une tornade du ménage.

— Prête à rencontrer les chiens ? demande Bella.

Dragomir et Fyodor nous rejoignent et, avant que j'aie pu répondre, les chiens de l'enfer s'élancent vers nous.

Chapitre Neuf

*L*a bête hirsute qui mène la charge est énorme. Et je dis ça proportionnellement à la taille de ce camping-car.

En gros, il a la taille d'un poney – un poney bien nourri.

Il se hisse sur ses pattes arrière, pose ses pattes avant sur les épaules de Dragomir et s'attaque aussitôt à son visage. Je m'attends à moitié à ce que Dragomir perde au moins son nez, mais la créature monstrueuse se contente de baver sur le pauvre homme.

S'il arrivait un truc pareil à ma jumelle, elle en ferait une crise cardiaque.

Tandis que la créature fait la même chose avec Bella, j'examine le deuxième chien – un minuscule chihuahua, qui me donne aussitôt envie de manger un burrito.

— Winnie, non, dit Bella d'un ton sévère quand le canidé aux allures de yéti essaie de lécher *mon* visage.

Winnie ? Comme dans *Winnie l'ourson* ?

Attendez une seconde. J'ai supposé qu'il s'agissait d'un chien, mais c'est peut-être un genre d'ours ? Quelle que soit son espèce, Winnie n'a pas l'air heureuse de cette restriction sur les léchouilles, mais se contente de renifler mon entrejambe. Très longtemps. Elle me renifle pendant les sept secondes les plus longues de toute l'histoire du reniflage d'entrejambe, jusqu'à ce que Dragomir l'entraîne à l'écart.

— Méchante fille, marmonne-t-il.

Moi ou Winnie ? Si c'est cette dernière, ça veut dire que Winnie est une femelle. J'aurais cru le contraire, compte tenu de son insistance à me renifler l'entrejambe. Et puis, si cette race/espèce a un dimorphisme sexuel, quelle taille peuvent atteindre les mâles ? Celle d'un éléphant ?

— Holly, je te présente Napoléon Bonaparte, dit Bella en soulevant le chihuahua. Boner, pour faire court.

Boner. Pourquoi est-ce que ça me fait penser à son frère, soudain ? Pire encore, ça me rappelle ma situation professionnelle précaire, et mon estomac se noue d'anxiété.

Ayant l'occasion de bénéficier d'une thérapie animale authentique, je caresse la courte fourrure de Boner.

La petite bestiole toute mignonne ferme les yeux avec félicité.

— Il t'aime bien, remarque Bella. Et il est doué pour cerner les gens.

Je souris ; c'est ridicule, mais je suis ravie.

Ma relation avec les animaux est assez complexe. Ayant grandi dans une ferme, j'en ai toujours été entourée – et je ne parle pas seulement de mes sœurs. Maintenant que je suis adulte, j'adore toujours tout ce qui est poilu, mais seulement en théorie. En d'autres termes, j'adore les animaux quand ils vivent chez quelqu'un d'autre, mais je ne peux m'imaginer en posséder un moi-même, à cause du chaos et du désordre qu'il créerait. Je soupçonne la plupart des gens d'éprouver la même chose au sujet des bébés singes.

L'envie de jouer avec des animaux sans avoir à gérer leur côté désordonné est en partie la raison pour laquelle j'ai imaginé mon projet d'animaux virtuels, en fait. Il procure tous les points positifs associés au fait de posséder un animal, sans aucun point négatif.

— Voulez-vous une tasse de thé ? propose Fyodor d'une voix snob.

Dragomir et Bella répondent par l'affirmative, puis se tournent vers moi.

— Avec plaisir, dis-je en adressant un regard rayonnant à pas-tout-à-fait-Carson.

Il s'est bien racheté avec sa tasse de thé.

Nous nous asseyons sur un canapé pendant que le thé et les biscuits sont servis.

Zut. Note à moi-même : ne jamais dire « biscuits » au lieu de « cookies » devant Gia. D'ailleurs, ne jamais dire « zut » non plus.

Pendant que nous buvons notre thé, Winnie se

couche par terre et Boner lui renifle le derrière, ce qui me fait pouffer de rire.

Bella s'en rend compte et fait montre d'un talent douteux : la ventriloquie. Sauf qu'au lieu de faire parler une marionnette en bois cauchemardesque, elle fait parler les chiens.

— Winnie, *ma petite*, dit-elle.

Elle projette sa voix de manière à faire comme si elle provenait de la gueule du chihuahua, et prend un fort accent français plutôt que l'accent hispanique auquel je me serais attendue.

— J'aime tellement ton *postérieur*. Il a un certain *je-ne-sais-quoi* qui me donne l'impression d'avoir attrapé la rage.

Winnie remarque les reniflements, bondit sur ses pieds et saute sur un tapis de course.

Oui. Un tapis de course. Dans une voiture.

Bella projette sa voix vers la créature géante, lui donnant un fort accent russe.

— Napoléon Carlovitch, je suis scandalisée. Veux-tu bien garder ton nez – et tous tes autres appendices – loin de mes orifices pendant ne serait-ce qu'une petite heure ? Nous avons de la compagnie. N'as-tu pas honte ?

— C'était votre talent dans les concours de beauté ? demandé-je en soufflant sur mon thé.

Bella sourit.

— Je n'en ai jamais fait, mais c'est gentil à vous de sous-entendre que j'aurais pu.

Ah, OK. La vanité n'est-elle pas censée être l'un des péchés favoris du Diable ?

— Comment avez-vous appris à faire ça, alors ? l'interrogé-je. Vous savez vraiment bien projeter votre voix.

— Mes parents ont un restaurant, répond-elle en plissant le nez. Je me suis produite là-bas... à une époque.

Avant que j'aie pu lui poser d'autres questions, le camping-car s'arrête.

— Après toi, me dit Bella quand Fyodor nous ouvre les portières.

Dès que nous sortons, je me retrouve face au sublime visage du Diable. Ses yeux céruléens croisent les miens et tout l'air s'échappe de mes poumons. Je dois mobiliser toute ma volonté pour détourner mon regard de ces yeux hypnotiques et reporter mon attention sur le chien à ses côtés.

Un chien qui pourrait tout aussi bien être un koala de la taille d'un berger allemand.

Je le regarde en clignant des paupières, complètement prise au dépourvu par son adorable gigantisme. Il y a quelque chose de maladroit dans sa posture, qui me laisse supposer qu'il doit s'agir d'un chiot.

Il doit s'agir du Belzébuth mentionné plus tôt.

En me voyant, il commence à remuer la queue et à se hisser sur ses pattes arrière.

Oh non. Il vise mon visage.

Ne voulant pas me retrouver pleine de bave, je me détourne.

Une patte se pose quand même sur mon haut.

Je repousse le chiot en riant et sens le tissu se déplacer, puis une sensation froide au niveau de mon téton gauche.

Une sensation froide qui est sans le moindre doute de l'air.

Chapitre Dix

Oh, zut.

Mon cœur se met à battre plus fort et mon visage s'enflamme violemment alors que je tente frénétiquement de replacer correctement mon T-shirt.

Je viens de réussir à exposer une nouvelle fois mon sein devant le Diable – et vu que la dernière fois, c'était le droit, il a vu les deux, maintenant.

À sa décharge, le Diable ne le regarde pas fixement et écarte Belzébuth de moi, même si j'aperçois clairement une pointe de sourire sur son visage.

Mais pourquoi ne pas regarder ? Mon téton n'est-il pas assez attirant ? Je me suis débarrassée de ce poil perdu qui y poussait par électrolyse, il ne devrait donc pas être là. À moins qu'il soit revenu ?

Sous prétexte de continuer de réajuster ma tenue, je jette un coup d'œil affolé sous mon T-shirt et mon soutien-gorge.

Non. Tout va bien. Ouf.

Le Diable dit quelque chose en russe au démon qui remue la queue, l'air tout sauf désolé.

Je ne sais pas ce qu'il a dit, mais ça fonctionne.

Dès que Belzébuth aperçoit Bella, Dragomir et leurs compagnons à poils, il pète un câble, allant lécher le visage des humains avant de passer aux museaux des chiens, puis de renifler les derrières des chiens pour le dessert.

Eh, au moins il n'a pas reniflé les derrières des humains – ni leur entrejambe.

— Tu veux tenir la laisse de Boner ? me propose Bella d'un ton magnanime.

— Non, merci, m'empressé-je de répondre.

Comme la Tentatrice qu'elle est, Bella a cette capacité troublante à insuffler des images inappropriées dans mon cerveau. Ce moment en est le parfait exemple : je m'imagine désormais le Diable affublé d'une énorme érection et d'un anneau pénien auquel est attachée une laisse, pendant que je tiens…

— Pourquoi pas Belzébuth alors, propose le Diable, me détournant de mes pensées cochonnes. Vous voulez le promener ?

Belzébuth remue la queue de manière spasmodique, et je parie que si Bella exprimait ses pensées en mots, il hurlerait : « S'il te plaît, s'il te plaît. Choisis-moi. Choisis-moi. Choisis-moi. »

— Ça ira, dis-je en ignorant le chien trop enthousiaste. Je vais juste marcher toute seule, si ça ne vous dérange pas.

La queue de Belzébuth s'affaisse et ses oreilles

s'abaissent. J'éprouve une petite pointe de culpabilité. J'aurais peut-être dû dire oui.

Mais non. C'est comme ça que je vais me retrouver à adopter mon propre chiot, après quoi s'ensuivra sans le moindre doute un véritable Armageddon domestique.

Nous nous mettons à marcher, et je me souviens à quel point j'adore Central Park – même si je suis loin de l'aimer autant que les chiens, apparemment. Ils ont l'air de passer le meilleur moment de leur vie, tandis qu'ils reniflent tous les recoins où un autre chien est déjà venu uriner.

— Ma sœur vous a expliqué pourquoi elle avait voulu racheter votre entreprise ? demande le Diable.

Je secoue la tête.

Bella écarte Boner quand il essaie de manger un escargot innocent.

— Les femmes sont en général plus sensibles à la nausée provoquée par la réalité virtuelle, explique-t-elle. Mais le casque d'Holly est l'exception à cette règle malencontreuse.

Même s'il est injuste d'appeler ça *mon* casque, je me redresse.

— Il était important pour nous de faire en sorte que les femmes et les enfants puissent utiliser l'équipement. C'est pour ça que le casque est ajustable, en particulier au niveau de la distance interpupillaire et…

— Les gars, vous connaissez les règles : on ne parle pas boulot pendant la promenade des chiens, rappelle Dragomir.

— Oups, lâche Bella en lui lançant un regard penaud.

Je réfrène l'envie de faire remarquer que ce n'est pas sa faute. C'est son frère qui a commencé.

Un écureuil traverse la route et Belzébuth donne l'impression qu'il serait prêt à vendre sa grand-mère pour l'attraper. À l'opposé, Winnie ne prête aucune attention à la créature poilue, tandis que Boner l'a clairement vue, mais fait comme si le rongeur n'existait pas.

Je remarque que Bella et Dragomir se sont mis à marcher un peu plus loin devant moi et le Diable, comme s'ils faisaient exprès de nous laisser un peu d'intimité.

Hum. Bizarre. C'est parce qu'Alex a dit qu'on devait parler ?

Comme si elle avait lu dans mes pensées, elle nous jette un coup d'œil par-dessus son épaule, un sourire sournois sur les lèvres.

Attendez une seconde.

Est-ce qu'elle joue les entremetteuses ? C'est pour ça qu'elle m'a invitée ici – pour réaliser son petit fantasme personnel à la *Emma* ?

Si c'est le cas, elle est folle à lier. Son frère et moi sommes aussi incompatibles que l'eau et l'huile. D'un autre côté, n'ai-je pas lu quelque part que les chercheurs du MIT avaient développé un processus d'émulsion permettant à l'eau et à l'huile de se mélanger et de le rester ? Et Bella est allée au MIT, alors…

Non. Impossible. Et puis, même si elle m'aime bien pour l'instant, quand elle apprendra que j'ai essayé de saboter son rêve, elle me détestera – une idée que je trouve assez malaisante.

Enfin, quelles que soient ses motivations, je devrais tirer parti de la situation pour lui demander ce qu'il en est de mon travail.

Oui, c'est exactement ce que je devrais faire – sauf que j'ai du mal à me lancer. Je devrais peut-être commencer par faire la conversation pour démarrer.

— Bella est votre seule sœur ?

Voilà. C'est mieux que de parler de la météo – qui est chaude et ensoleillée, d'ailleurs.

Belzébuth étant en train d'uriner, le Diable s'arrête, et je l'imite.

— On a aussi un frère, répond-il. Il s'appelle Vlad.

Ah ah ! Tous les Chortsky que j'ai découverts pendant ma recherche sont donc de la même famille. Logique.

— Et vous ? demande l'Ange Déchu tandis que nous reprenons notre route. Vous êtes fille unique ?

Si seulement… à moins que cette question soit une insulte détournée ?

— J'ai sept sœurs.

Ai-je donné l'impression de me vanter ?

Il hausse un sourcil – encore une expression bizarrement attirante, chez lui.

— Sept ?

— Oui. Il y a moi et ma jumelle, plus les sextuplées – toutes monozygotes.

Un deuxième sourcil se joint au premier.

— Monozygotes dans le sens identiques ?

Pourquoi ces sourcils sont-ils aussi attirants, nom d'un chien ?

— Tout à fait. Ma jumelle et moi nous ressemblons comme deux gouttes d'eau, tout comme la portée diabolique.

Son sourire de satyre est tout aussi séduisant que ses sourcils.

— « La portée diabolique », ça ressemble au nom qu'on donne à Belzébuth est ses frères et sœurs : le Gang des Chorts. Vous savez, comme mon nom de famille signifie…

— Du diable, lâché-je.

Il s'arrête, même si je ne saurais dire si c'est pour concentrer son attention sur moi ou pour permettre à Belzébuth d'uriner sur un tronc de chêne à l'air tentant.

— Vous parlez le russe ?

— Non, malheureusement. Il y a juste eu des rumeurs à votre sujet, au bureau, alors j'ai fait une recherche sur votre nom.

— Je vois.

Belzébuth tire sur sa laisse et le Diable se remet à marcher.

— C'est exceptionnellement rare d'avoir des sextuplés, non ?

— C'est vrai. Les chances sont extrêmement faibles, lors d'une grossesse naturelle, mais plus grandes quand on passe par une technologie de reproduction assistée, et c'est ce qu'ont fait mes parents.

— Ah. Vous êtes proches ?

— Seulement moi et ma jumelle. En général, je n'interagis avec les autres que durant les réunions de famille. Elles sont un peu trop dures à gérer pour moi. Trop chaotiques et désordonnées – surtout quand elles se retrouvent ensemble dans la même pièce.

Le Malin émet un petit rire.

— J'imagine. Nous n'étions que trois, et notre enfance a été assez dingue, parfois. J'ai du mal à me figurer ce que ça devait être à huit.

Grr. Je déteste qu'on me rappelle que nous sommes huit. Pourquoi les Hyman n'ont-ils pas pu faire comme les Chortsky, et avoir un nombre premier d'enfants ? Et mieux encore, trois.

Trois, ce serait tellement mieux que huit.

Mais je ne peux pas lui dire ça, alors j'opte pour une remarque plus sûre.

— Vous et Bella vous entendez bien. Vous êtes aussi proche de Vlad ?

Il tire sur la laisse de Belzébuth pour l'empêcher d'aller molester un yorkshire et répond :

— Vlad est mon meilleur ami.

— Impec', souris-je. C'est la même chose pour ma jumelle et moi.

— Je sais que vous êtes allée à l'école à Cambridge, dit-il en inclinant la tête sur le côté, mais avez-vous aussi vécu en Angleterre, avant ou après ça ?

— Pourquoi ? l'interrogé-je, sur la défensive.

— À cause de certains mots que vous employez, répond-il. Comme « chouette ».

Encore cette histoire.

— Je n'y suis restée que pendant mes quatre années d'étude. Il se trouve que j'absorbe les langues et les dialectes comme une éponge. J'avais même un accent britannique, à mon retour, mais j'ai réussi à m'en débarrasser après avoir subi des moqueries incessantes.

Il sourit.

— Peut-être que si vous traînez assez avec moi, vous apprendrez le russe. Et vous attraperez un accent russe.

Petit effronté. Est-ce qu'il a envie que je sois tentée à l'idée de traîner avec lui ? Bien sûr que oui. Il n'est pas le Tentateur pour rien.

Assez tergiversé.

Je prends une inspiration et prononce les mots d'un ton précipité :

— Est-ce qu'on peut parler de ma situation professionnelle ? Si je dois mettre à jour mon CV, je devrais...

— On ne parle pas boulot pendant les promenades des chiens, rappelle-t-il en rivant son regard au mien.

— Mais...

— Les règles sont les règles, répond-il sévèrement. Quand on aura terminé ici, on pourra prendre rendez-v...

L'alarme de mon téléphone se déclenche.

Qu'est-ce que c'est que ça ?

Quand je vérifie, j'ai envie de me donner des gifles.

Ma réunion à l'hôpital de Langone a lieu dans une

demi-heure, ce qui veut dire que j'aurai à peine le temps de m'y rendre.

Je lève les yeux du téléphone et vois le Diable froncer les sourcils.

— Tout va bien ? demande-t-il.

— Très bien. Mais je vais devoir filer.

Son froncement de sourcils se transforme en expression confuse.

— Vraiment ?

— Désolée, dis-je, avant de lancer d'une voix plus forte : salut, Bella ! Salut, Dragomir !

Bella se retourne et se précipite vers moi.

Zut. Je n'aurais pas dû dire au revoir. Je vais prendre du retard, maintenant.

— J'ai bien entendu ? Tu t'en vas ? demande-t-elle en me rejoignant.

— Oui. Je dois y aller.

Bella regarde son frère en plissant les yeux.

— Qu'est-ce que tu as fait ?

— Personne n'a rien fait, assuré-je, ma voix grimpant d'une octave. J'ai d'autres engagements, c'est tout. Ça m'était sorti de l'esprit quand j'ai accepté votre invitation.

— Oh, répond Bella en sortant son téléphone. Avant de partir, donne-moi tes coordonnées, s'il te plaît.

Je vais être tellement en retard. D'un autre côté, je trouve ça assez exaltant, de savoir que Bella a envie de garder le contact avec moi. Ça me rappelle l'époque où j'étais au collège et où je voulais que la plus jolie fille de la classe devienne mon amie.

Bella pourrait-elle devenir ma première amie avec qui je ne partage pas cent pour cent de mon ADN ?

Attendez, qu'est-ce que je raconte ? Quand elle apprendra ce que j'ai essayé de faire, elle ne voudra plus être mon amie. Tout l'opposé, même : elle me mettra à la porte – si son frère ne la devance pas.

Sans rien montrer de ces réflexions sur mon visage, j'entre mon numéro dans son téléphone et le lui rends.

Je me prépare à m'éloigner en courant quand le Diable me tend *son* téléphone.

— Au cas où j'aurais besoin de vous contacter pour le travail.

Hum. Est-ce que j'ai envie qu'il m'appelle ? Je n'en suis pas sûre, mais lui refuser mon numéro serait vain. C'est mon patron, et il peut y avoir accès en passant par les dossiers des ressources humaines, s'il le veut.

— Eh bien, pour tout dire, je voulais le numéro d'Holly pour des raisons personnelles, lui dit Bella.

Elle tire la langue, ce qui pousse Dragomir à lui lancer un regard brûlant. Elle m'adresse un sourire chaleureux et me dit :

— Je vous enverrai un message pour que vous ayez aussi mon numéro.

J'éprouve une pointe de tristesse à l'idée de ne jamais pouvoir concrétiser cette amitié avec Bella. Note subsidiaire : quel est l'équivalant féminin de la bromance ? Est-ce que c'est comance, comme dans *les copines passent avant les copains* ? Non, ça sonne trop offensant. Une rapide recherche sur internet m'apprend bientôt le terme officiel : womance.

Réalisant que je suis en train de perdre du temps, je m'empresse d'entrer mon numéro dans le téléphone du Diable, avant de le lui fourrer à nouveau dans les mains.

Les doigts du Malin effleurent les miens et un élan d'énergie sensuelle me parcourt le bras, s'enroule autour de mon cœur et électrocute quelques papillons dans mon ventre, avant de s'installer scandaleusement au niveau de mon entrejambe.

Fichtre. Vient-il d'écarquiller ses yeux bleu céruléen ?

Non. Tout ce que je vois sur son visage, c'est un sourire narquois.

— Merci, dit-il dans un accent particulièrement délicieux. Je ne manquerai pas de vous envoyer le mien par message.

Son « de » me fait penser à « deux », mon chiffre premier préféré.

— Bye bye, lâché-je.

Zut. L'accent britannique dont je croyais m'être débarrassé est revenu en force.

— Je dois vraiment filer.

— Salut, lance Bella.

— *Do svidaniya,* dit le Seigneur des Ténèbres, arborant toujours le même sourire narquois sur son visage sublime.

— C'était un plaisir de vous rencontrer, ajoute Dragomir.

— Au revoir, *chérie,* dit Boner. Je suis impatient de pouvoir à nouveau te renifler.

Avec un signe royal de la main, je fonce vers la sortie du parking, où je saute dans le premier taxi disponible et soudoie le chauffeur pour le convaincre d'appuyer sur le champignon.

Une fois qu'on est en route, je cherche « *do svidaniya* » sur internet.

Svidaniye veut dire « rencontre » ou « rencard », et l'expression est employée lors des au revoir optimistes dans le sens « à la prochaine ».

— *Do svidaniya*, dis-je à voix haute.

Le chauffeur s'agite, croise mon regard dans le miroir et débite un torrent de mots russes.

— Désolée, je ne parle pas le russe, dis-je.

— Oh, désolé. Vous avez prononcé *do svidaniya* comme une vraie Russe. Pardonnez ma confusion, répond le chauffeur avec un accent bien plus fort que celui du Diable.

Et c'est parti. Avant d'avoir compris ce qui se passe, je vais me retrouver avec un accent russe aussi fort que celui de ce type, et je dirai *do svidaniya* au lieu de *salut*.

Eh, Gia préférera peut-être ça à *bye bye*.

Je cherche d'autres formules de politesse en russe, au cas où elles me seraient utiles. Il y en a beaucoup, mais la plus facile à prononcer est sûrement *privet*, un bonjour informel.

Mon téléphone bipe, annonçant un message.

C'est le Diable.

J'enregistre son numéro sous le prénom Lucifer et le nom de famille Satan.

Le message de Bella arrive peu après.

C'est peut-être du deux poids, deux mesures, mais j'entre son vrai nom dans mes contacts.

Durant tout le reste du trajet, je compte les secondes que mon esprit perd à visualiser une certaine paire d'yeux céruléens. J'arrête de compter à cent trente-sept, parce que je n'ai pas envie de preuves supplémentaires de ma folie.

Quand nous nous arrêtons devant l'hôpital de Langone, j'ai déjà sept minutes de retard – et le fait qu'il s'agisse d'un chiffre premier n'est qu'une maigre consolation.

Je prends un billet de cent dollars et un autre de un dollar, que je jette au chauffeur. Puis je saute de la voiture tout en lançant :

— Vous pouvez garder la monnaie.

C'est l'heure de faire un miracle.

Chapitre Onze

En chemin vers ma destination, je parviens à accomplir un petit miracle : je ne renverse personne durant ma course folle.

Mais quand j'arrive à la salle de réunion, je découvre qu'elle est vide.

Merde. Ils sont déjà partis ?

La porte s'ouvre et le docteur Piper entre dans la pièce.

— Désolé de vous avoir fait attendre, dit-il. Les autres arrivent bientôt.

Hourra !

Au lieu d'être en retard, le sort a fait que j'ai l'air en avance. Je croise les doigts pour que la chance continue de me sourire.

Nous bavardons en attendant que le reste du personnel administratif arrive. Une fois que tout le monde est là, le docteur Piper m'adresse un sourire paternel et dit :

— Vous avez bien fait de nous contacter. Nous avons discuté de votre projet dans la matinée.

Je souris avec nervosité.

— En bien, j'espère.

— Tout à fait, répond-il. Nous avons parlé avec les enfants qui font partie des bêta-tests, ainsi qu'à leurs parents. Les retours ont tous été positifs. Nous allons pouvoir discuter des étapes suivantes.

Waouh. Je n'aurais peut-être même pas besoin de les convaincre ?

— Ça m'a l'air d'une excellente idée, dis-je avec conviction. J'aimerais beaucoup parler des étapes suivantes.

— Ravi de l'entendre, dit le docteur Piper. Nous avons entamé un audit préalable et impliqué un consultant externe qui nous aidera pour les aspects de cette technologie dont nous ne sommes pas familiers.

Il émet un petit rire et ajoute :

— Autrement dit, la plupart d'entre eux.

C'est raisonnable. Ils ne peuvent pas se fier exclusivement à mes dires.

— En parlant avec ce consultant, nous avons eu une idée pour l'étape suivante, qui a aussi plu aux parents et aux enfants, continue-t-il.

Pourquoi ai-je le sentiment que ce qu'il s'apprête à dire ne va pas me plaire ?

— Quelle idée ? l'interrogé-je.

— D'abord, je tiens juste à dire que la création d'un animal de compagnie virtuel est une excellente manière d'utiliser cette technologie ; la meilleure, même.

Mon cœur se met à battre plus vite.

— Pourquoi ai-je la sensation qu'un « mais » va bientôt arriver ?

— Pas de mais. Seulement la vérité. Vous n'avez qu'une seule application, celle de l'animal de compagnie. C'est limité. Les enfants aiment les jeux vidéo. Le consultant a suggéré que nous étendions la liste d'applications.

Je le regarde, bouche bée. Ce dont il parle est un classique, dans la gestion de projet. Ça s'appelle une fuite en avant – sauf que là, ce n'est même plus une fuite, c'est un troupeau d'éléphants en pleine débandade.

Je me racle la gorge.

— La thérapie par les animaux de compagnie est une thérapie réelle. Pas les jeux.

— Le consultant nous a envoyé un article sur ce sujet précis. Il a été établi que les jeux en réalité virtuelle réduisaient la douleur.

Qui est ce consultant diabolique ? Je réprime l'envie de pousser un juron et de remarquer que je savais déjà tout ça – c'était le point de départ de mon projet. En fait, lesdites études m'ont aidée à convaincre ces mêmes personnes de laisser une chance à mon projet.

Je prends une inspiration pour me calmer et, d'une voix posée, expose la réalité de la situation.

— Je travaille avec des ressources limitées. L'application d'animal de compagnie est le résultat de plusieurs mois de travail. Ajouter d'autres applications serait…

— Désolé de vous interrompre, mais nous avons déjà trouvé une solution à ce problème, dit-il.

— Vraiment ?

Je m'évente avec mon T-shirt, mais prudemment, pour éviter de laisser à nouveau échapper un téton.

— Il existe une entreprise qui conçoit des jeux pour les tablettes sur lesquelles les enfants jouent actuellement. Cette entreprise a récemment étendu ses activités à la réalité virtuelle. Nous pourrions vous présenter à eux, et vous pourriez trouver un moyen d'intégrer leurs jeux à votre plateforme. Ça vous fera beaucoup moins de travail, n'est-ce pas ?

Sauf que j'avais besoin que tout soit réglé *aujourd'hui*, et qu'il vient de se passer tout le contraire.

— Ça dépend, dis-je avec prudence. Comment s'appelle cette entreprise ?

— 1000 Diables, répond-il. Vous les connaissez ?

Je perds l'usage de la parole et reste figée sur ma chaise, réfrénant un cri.

Quand j'ai fait ma recherche sur le nom Chortsky, le peu que j'ai appris des deux frères provenait du site web de leurs entreprises respectives.

L'une d'entre elles était un studio de jeux vidéo appelé 1000 Diables.

Un studio de jeux vidéo dont le directeur n'est autre qu'Alexander (Alex) Chortsky, le Diable en personne.

Chapitre Douze

Comment ai-je pu me retrouver aussi mal barrée aussi vite ? Quelles étaient les chances pour qu'ils aient envie de travailler avec cette entreprise précise, parmi tant d'autres ?

D'accord, 1000 Diables est célèbre pour son contenu tourné vers les enfants, et c'est une entreprise new-yorkaise locale, ce n'est donc pas si étonnant que ça.

À moins que...

Non. Impossible.

Mais et si... ? Le Diable pourrait-il aussi être le Consultant Diabolique ? Après tout, c'est le Mal en personne, alors...

— Est-ce que ça va, ma chère ? demande le docteur Piper en m'observant d'un air inquiet.

Depuis combien de temps suis-je plantée là, pendant que mon esprit implose ?

— Je vais bien, mens-je. J'ai juste besoin de temps pour digérer tout ça.

Environ un an.

— Pas de problème, répond le docteur Piper. Et si nous ajournions la réunion pour l'instant ? Une autre fois, je vous présenterai à Robert Jellyheim, mon contact chez 1000 Diables.

Robert Jellyheim. S'il me restait encore le moindre espoir qu'il existe un autre studio de jeux vidéo appelé 1000 Diables, cet espoir est désormais kaput. Robert est mon contact du Groupe Morpheus – une entreprise que je ne peux même pas mentionner ici, à cause de son lien avec le porno.

Le Diable doit mettre le personnel de son entreprise de jeux vidéo à profit pour aider sa sœur.

Je suis tellement, tellement fichue.

Tout le monde quitte la salle de réunion à part le docteur Piper.

— Vous êtes sûre que ça va ? demande-t-il.

— Ça va, assuré-je en me levant.

— C'est juste que… commence-t-il en réajustant son nœud papillon. Si vous êtes malade, je ne crois pas que vous devriez aller rendre visite à Jacob et les autres.

— Je ne suis pas malade, je vous le promets, insisté-je.

Et puis, c'est un génie. Allez voir Jacob me permettra peut-être d'illuminer un peu cette journée jusqu'ici médiocre.

Nous nous disons au revoir et je traverse l'aile pédiatrique de soins longue durée.

Et zut. Bobze le clown est là, en train de divertir Jacob et les autres. Même si je ne souffre pas tout à fait de coulrophobie, et même si Bobze n'a pas l'air de s'être échappé du sous-sol de Stephen King, je préfère rester loin de lui. Bobze est l'incarnation du désordre : sa perruque est de toutes les couleurs de l'arc-en-ciel, ses chaussures disproportionnées et, pour couronner le tout, il se balade toujours avec non pas un, ni deux, ni trois, ni cinq, mais *quatre* ballons.

Je me rends compte que je suis affamée et je me faufile jusqu'à la cafétéria, où je prends mon repas d'hôpital habituel : sept pommes et un sachet de vingt-trois amandes.

J'engloutis les fruits et les amandes, puis je vais voir Jacob.

Ouf.

Le clown a disparu.

Je me prépare à mobiliser la Mary Poppins qui est en moi et m'avance vers Jacob. Il a le nez dans une tablette, alors je toussote pour attirer son attention.

Il lève la tête et me récompense avec un sourire enfantin à réchauffer le cœur.

— Salut, tante Holly.

Jacob et moi n'avons pas vraiment de lien de sang – c'est le petit-fils de l'un des amis de mes parents. Il s'est retrouvé dans cet hôpital après un accident dans lequel il s'est cassé un certain nombre d'os. Ayant la jambe plâtrée, il souffre beaucoup de l'ennui et de la douleur (dans cet ordre), ce qui fait de lui le candidat parfait pour ma thérapie par animaux de compagnie virtuels.

— Salut, gamin, dis-je en lui ébouriffant les cheveux. Comment va le Major ?

Major est le nom qu'il a donné à sa version d'Euclid. C'est aussi le nom d'un personnage de *Halo*, un jeu vidéo auquel Jacob m'a forcée à jouer. Malheureusement, je n'ai pas pu tolérer l'extrême violence du jeu plus de dix-sept secondes avant de devoir abandonner – il m'a traitée de nulle, peut-être à raison.

Le sourire de Jacob s'élargit.

— Il a grandi de quelques centimètres et il a appris des nouveaux mots.

Sans aucun doute des jurons, mais je laisse les parents de Jacob s'inquiéter de ça.

Il me raconte les jeux auxquels ils ont joué, lui et son ami virtuel, et je l'interroge subtilement pour savoir ce qu'il penserait d'un accès à des jeux en VR, en dehors de la thérapie par animal de compagnie. Sans surprise, il déborde d'enthousiasme à cette idée, surtout s'il y a des jeux de tir.

Et flûte. Je déteste avoir à l'admettre, mais ce serait peut-être une bonne idée d'ajouter d'autres jeux. Dommage que ça doive tout gâcher, en donnant le temps au docteur Piper d'apprendre le lien entre ma technologie et le porno.

Mais après tout, combien de temps ça va prendre, d'importer des jeux existants sur une nouvelle plateforme ?

— Tante Holly, ça va ? demande Jacob.

— Désolée, dis-je en lui souriant.

Je repousse toutes ces pensées vagabondes de ma tête – ce garçon mérite toute mon attention.

Quand Jacob et moi nous retrouvons à court de sujets de discussion, je rassemble ses chaussettes propres en trois paires, replie la couverture à côté de son lit en un triangle soigné et bavarde avec quelques autres enfants tout en nettoyant leur chambre.

Quand je sors de l'hôpital, j'ai un sourire sur les lèvres. J'aurais sûrement pu être professeur, dans une autre vie. Chaque fois que je parle avec mon équipe de bêta-testeurs hauts comme trois pommes, je me sens supercalifragilisticexpialidocious.

Durant le trajet de retour en taxi, je jette un œil à mon téléphone. Je n'ai reçu aucun message ou appel de la part du Diable. Soupir. Quelque part, je me demandais s'il comptait organiser une réunion pour me licencier… ou bien m'envoyer une photo de son sexe.

Je suppose que la balle est dans mon camp – pour la réunion, je veux dire, pas la photo toute nue.

Une fois rentrée, je suis ma routine, mais en arrière-plan, mon esprit tente de trouver un moyen de m'extirper du cafouillage dans lequel je suis actuellement emmêlée.

Je suis prête à aller me coucher quand une idée démente se démarque d'une horde d'autres idées tout aussi mauvaises.

C'est un classique, en réalité. Faust l'a fait. Brendan

Fraser aussi, dans *Endiablé*. Keanu Reeves a fait pareil dans *Constantine*, et aussi dans *L'associé du diable*, en quelque sorte. Cher, Michelle Pfeiffer et Susan Sarandon l'ont fait dans *Les Sorcières d'Eastwick*. *Ghost Rider* et *Spawn* l'ont fait à la fois dans les films et dans les comics. Katy Perry et Oprah l'ont peut-être fait dans la vraie vie.

Et si je faisais un pacte avec le Diable ?

Chapitre Treize

*I*nutile de dire qu'il m'est impossible de dormir après avoir eu cette idée. Quand le matin arrive, je suis complètement crevée et j'ai besoin de trois tasses de café fort pour garder un semblant de cohérence.

En chemin pour le boulot, j'envoie au Diable ce qu'on écrira peut-être sur ma tombe : *Avez-vous un peu de temps pour discuter de quelque chose avec moi ?*

Il répond aussitôt : *7 h 30 ?*

Super, dis-je. *Où ?*

Cette fois, il lui faut quelques secondes avant de revenir vers moi. *Pourquoi pas dans mon bureau ? Vous vous souvenez... c'est l'endroit que vous avez ravagé.*

On se retrouve là-bas, me contenté-je de répondre, même si mes doigts me démangent tant j'ai envie de rétorquer quelque chose de moins poli.

Mon objectif pour cette réunion : trouver un moyen de ne pas me faire virer. Aussi sur ma liste des tâches :

ne pas faire les yeux doux au Diable, ne pas baver, ne pas fantasmer sur lui et ne pas essayer de le séduire. Je dois résister à ses charmes masculins à tout prix.

Je suis la première arrivée au bureau, mais je déborde trop d'énergie nerveuse pour faire quoi que ce soit d'utile. Une chose en entraîne une autre et je me surprends à déplacer certains bureaux mal alignés, puis à ajouter ou retirer des stylos ou autres éléments de l'espace de travail pour qu'ils forment un tout agréable composé de nombres premiers.

La porte de l'ascenseur s'ouvre, stoppant mes efforts.

C'est Alison, la directrice de l'équipe d'assurance qualité.

— Salut, lancé-je à la femme plus âgée. Comment ça va ?

— Salut, Holly, répond-elle. Tu as reçu mon e-mail à propos du bug que mon équipe a trouvé avec Euclid ?

Droit au but – c'est ce que j'aime le plus chez Alison.

— Non, désolée. Je n'ai pas encore eu le temps de regarder mes e-mails.

— Tout crashe si on lui donne quatre toasts à manger et qu'on lui jette le bâton six fois après ça. Plusieurs personnes ont rencontré le même problème sur des appareils différents.

Quatre et six. De vilains chiffres, non premiers. Évidemment qu'ils font crasher l'application.

— Je vais jeter un œil, merci.

Elle se précipite vers son bureau pendant que je

déverrouille mon ordinateur et me plonge dans le code d'Euclid.

Quand l'après-midi arrive, j'ai réparé la découverte d'Alison et je vais l'en informer.

— Je vais demander à quelqu'un de refaire le test, dit-elle.

Puis elle baisse la voix et ajoute :

— J'ai entendu une nouvelle rumeur, au fait.

Je me penche vers elle. Elle est aussi douée pour découvrir des potins croustillants que pour détecter des bugs de logiciel.

— Les Chortsky vont s'installer ici, dit-elle. Peut-être même demain.

Oui. Ça me paraît exact – mais je ne lui dis pas. Je ne mentionne pas non plus la possibilité très réelle pour que je ne sois pas présente demain pour assister à l'invasion du Diable. Tout repose sur notre conversation à venir.

— Fais-moi savoir si tu entends parler d'autre chose concernant les Chortsky, murmuré-je. Et si tu trouves d'autres moyens de faire crasher ce pauvre Euclid.

Elle me promet de faire ça, et je rebrousse chemin vers mon bureau – où, malheureusement, Buckley attend de pouvoir me parler.

Je ne suis pas la plus grande fan de Buckley. Il aime beaucoup se racler la gorge – et en général, un nombre de fois pair.

— Salut, patron, dit-il après s'être raclé la gorge deux fois. Vous avez une minute ?

Cet homme est une énigme, pour moi. J'étais en

concurrence avec lui pour être promue directrice technique, alors je m'attendais à ce qu'il me déteste, quand j'ai obtenu le poste. Imaginez ma surprise quand, au lieu de ça, il m'a invitée à sortir. Évidemment, j'ai dû refuser, surtout parce que je ne crois pas que les romances au bureau soient convenables, mais j'avais aussi une raison sous-jacente : je trouve son corps et son visage asymétriques esthétiquement déplaisants.

— J'ai le temps, dis-je. Qu'est-ce qui se passe ?

Il se racle la gorge deux fois de plus.

— Je me demandais juste si vous aviez été contactée par la nouvelle direction.

Je hausse la tête de manière évasive.

— Pourquoi ?

Il gratte sa barbe de trois jours perpétuelle – un choix de rasage qui n'a pas amélioré ses chances quand il m'a proposé un rencard.

— Je me demandais si la fusion signifiait qu'on aurait des opportunités d'être transférés dans l'organisation la plus grosse. Ce n'est pas que je n'aime pas travailler pour vous, mais…

— N'en dites pas plus, l'interromps-je en souriant. Je vais écrire à mon équivalent de l'autre côté pour savoir s'ils ont une place pour vous.

— Merci, Holly, répond-il.

Il se racle la gorge, juste une fois – un miracle.

— Je vous en suis vraiment reconnaissant.

Dès qu'il est parti, j'envoie un e-mail à Robert Jellyheim, dans lequel je fais un portrait dithyrambique de Buckley. S'il obtient le transfert qu'il désire, je ne l'entendrai peut-être plus jamais se racler la gorge.

Puisque je suis dans les e-mails, je fais défiler le million de messages qui requièrent mon attention. Quand ma boîte mail est enfin vidée, j'ai déjà dépassé mes horaires de travail normaux.

Tout comme hier, les gens ne partent pas, attendant sans doute que je m'en aille.

Très bien. Je peux employer la même combine une nouvelle fois. Je devrais manger quelque chose avant la réunion, de toute façon. Et pour info, le fait que j'aille au Miso Hungry n'a rien à voir avec l'espoir de voir le Diable là-bas, comme la dernière fois.

Rien du tout.

Non.

Sur le chemin de la sortie, je nettoie quelques bureaux supplémentaires et déplace quelques stylos pour obtenir des nombres premiers, à la fois parce que j'en ai envie et pour attirer l'attention. Puis je me précipite jusqu'au restaurant.

— À emporter ? demande la serveuse dès qu'elle me voit.

— Oui, acquiescé-je tout en regardant autour de moi.

Pas de Diable, ni de Bella.

Argh. Pourquoi cette vague de déception qui me submerge ? Ils ne doivent pas être les créatures routinières que je suis.

Ah, tant pis. Personne n'est parfait.

Ma nourriture à la main, je rejoins le bureau vide et

mange ma soupe miso avec quarante-sept cubes de tofu et dix-sept morceaux d'échalote. Puis j'avale les vingt-trois roulés à l'avocat. Malheureusement, vu l'état dans lequel je suis, je pourrais tout aussi bien mâchonner le sac en papier dans lequel étaient les sushis, parce que je ne sens pas du tout le goût de ce que je mange.

À dix-neuf heures quinze, les portes de l'ascenseur s'ouvrent et les Chortsky frère et sœur en sortent.

Bella a encore plus l'air de descendre tout juste d'un podium, et le Diable est encore plus débraillé que d'habitude – tant pis pour mes fantasmes de barbier que j'espérais éviter. Ou pour le fait de garder le contrôle des battements de mon cœur et de ma libido.

— Salut, dit Bella en me faisant un signe de la main délicat.

Ce geste ressemble de manière suspecte à celui d'une participante à un concours de beauté, pour quelqu'un qui n'a prétendument jamais participé à ce genre de truc.

Je lui rends son signe de la main.

— Ravie de vous revoir.

— *Privet*, dit le Diable.

— Ça veut dire bonjour, traduit Bella.

— Eh ! lancé-je au Diable en retour.

Attendez, « eh » ? Aux dernières nouvelles, ce n'est pas la journée internationale des pirates. Mon adrénaline est vraiment en train de m'embrouiller la tête.

Faisant comme si « eh » était une réponse tout à fait

normale à un salut russe, les frère et sœur rejoignent leurs bureaux.

Les onze minutes suivantes me font l'effet d'une année entière.

Enfin, c'est l'heure.

Je me lève et me dirige vers le bureau du Malin.

De toute évidence, je pense encore aux pirates, parce que je ne peux m'empêcher d'avoir l'impression de m'apprêter à marcher sur la planche. Sa porte grince – comme une planche – et quand je l'ouvre, je m'attends à moitié à retrouver le désordre que j'ai causé hier.

Non. Quelqu'un l'a nettoyé.

Tant mieux. Je ne me retrouverai pas le nez dans mes bêtises, comme un chiot. Par contre, il n'a pas remplacé l'écran et le clavier cassés – au lieu de ça, il travaille sur un ordinateur portable, ce qui doit être beaucoup moins confortable.

Et c'est parti.

J'entre dans la tanière du Diable.

Chapitre Quatorze

*L*e Prince des Ténèbres referme son ordinateur portable.

— Asseyez-vous, je vous en prie.

Vu que le canapé est la seule place disponible, je me laisse tomber dessus – et je fais de mon mieux pour ne pas songer à toutes les choses que sa version virtuelle m'a faites hier soir sur cette même surface.

Les yeux céruléens du Tentateur me scrutent avec attention, comme s'il avait l'intention de créer un modèle 3D de moi pour sa réalité virtuelle.

Est-ce que je viens de battre des cils pour lui ?

J'en ai bien peur.

Est-ce qu'on peut considérer que je lui fais les yeux doux ?

Plus ou moins.

Zut. Rien ne se passe comme prévu.

Au moins, je ne bave pas. À moins que si ? Ce serait bizarre si je vérifiais ?

— Puisque vous risquez de recevoir un rappel que vous avez un rendez-vous plus important d'une seconde à l'autre, je vais en venir directement au fait, dit-il. Vous n'êtes pas virée.

— Pardon ?

Attendez. Qu'est-ce que je fabrique ?

Il vient de dire que je n'étais pas virée.

Je l'ai très bien entendu – je ne m'y attendais pas, c'est tout.

Et puis, il ne fait pas un peu chaud, ici ?

Je me sens à la fois étourdie et euphorique.

— J'ai dit que vous alliez pouvoir conserver votre emploi, répète-t-il. Sous certaines conditions, bien sûr.

Ah. C'est parti. Le fait de savoir qu'il y a un piège me rassure. Autrement, ça aurait été trop beau pour être vrai.

— Quelles sont les conditions ? l'interrogé-je.

Est-ce qu'il s'apprête à me faire une proposition indécente ?

Plus important encore, est-ce que j'espère qu'il le fasse ?

— Il y en a deux.

Il pianote de ses longs doigts masculins sur le bureau. C'est mal, si je les imagine en train de me caresser ?

— Vous allez m'aider à compléter le projet d'intégration, dit-il.

Je cesse aussitôt de songer à de délicieux massages.

— Les problèmes que vous avez mentionnés, au sujet du casque et des gants qui ne fonctionnent pas comme ils le devraient avec le costume, vont devenir notre priorité.

— Très bien, dis-je en toute franchise. Quelle est la deuxième condition ?

— Ah, oui, dit-il en fronçant les sourcils. Ça devrait aller sans dire, mais je vais quand même vous le préciser. Il n'y aura plus le moindre grain de sable dans le travail de ma sœur. Si vous introduisez le moindre bug dans le code d'intégration, c'est terminé. S'il y a des dysfonctionnements de caméras dans l'un de nos bureaux, c'est terminé. Si un virus infecte un seul de nos ordinateurs, ou de nos employés les plus importants, d'ailleurs, vous serez licenciée. S'il y a…

— J'ai compris, l'interromps-je. On est d'accord.

— Il semblerait que oui, répond-il en ouvrant son ordinateur portable. *Do svidaniya.*

Je prends exemple sur Buckley et me racle la gorge. Ne pas me faire virer n'était que le premier objectif au programme, mais je ne suis plus très sûre de comment procéder.

— On pourra discuter des détails du projet d'intégration demain, quand ma sœur et moi nous serons officiellement installés dans ces bureaux, continue-t-il, se méprenant clairement sur mon hésitation à partir.

Il est temps de se jeter à l'eau.

— Je voulais aussi vous parler d'autre chose.

— Ah ? s'étonne-t-il, rivant son regard céruléen intense sur moi. Dans le domaine du professionnel ou du personnel ?

— Professionnel, dis-je, la peau chaude et me démangeant. C'est strictement professionnel. Pas du tout personnel.

Je m'oblige à la fermer, vu qu'à mon avis, j'ai l'air d'une dame qui proteste un peu trop.

Il fronce les sourcils.

— Professionnel, donc.

Est-ce de la déception que j'aperçois sur ses traits ? Non. Mes ovaires hyperactifs doivent me jouer des tours.

— 1000 Diables a un contrat avec l'hôpital universitaire de Langone, dis-je.

Il écarquille les yeux.

— Je croyais que vous ne faisiez pas d'espionnage industriel. Comment savez-vous ça ?

Je lui rappelle que le site internet de son entreprise le désigne publiquement en tant que propriétaire de cette entreprise, puis je lui raconte ma réunion à l'hôpital, et la raison pour laquelle le docteur Piper m'a informé du contrat.

— Donc, vous avez besoin d'aide pour intégrer des jeux au casque ? demande-t-il une fois que j'ai terminé mes explications.

— Oui. Je me disais que comme ça, vous vous feriez encore plus d'argent avec l'hôpital de Langone. Ce serait gagnant-gagnant.

Il gratte son foutu menton mal rasé – réactivant mes fantasmes de barbier.

— Je ne suis pas sûr qu'ils paieraient plus. Je parie qu'ils se contenteraient d'inclure la réalité virtuelle en tant que plateforme dans le contrat existant – ils ne font aucune distinction entre les tablettes, les consoles et les téléphones, en ce moment, et c'est la même chose ici.

J'ai l'impression qu'un sorcier vaudou vient de me comprimer le cœur.

— Alors vous refusez de m'aider ?

Un sourire de satyre illumine son visage sublime.

— Je n'ai pas dit ça. Je pense que je vais vous aider… à un certain prix.

Et c'est parti.

Je me vois déjà me piquer le doigt et signer un contrat qui me demande mon premier-né.

Mes entrailles commencent à se tordre en plus de mes ovaires.

— Qu'est-ce que vous voulez ?

— Deux choses de plus, répond-il d'une voix basse et grave. Sans lien avec le travail, cette fois.

Je le savais. Le Diable exige un pacte – on ne peut jamais réprimer sa nature très longtemps.

— Qu'est-ce que c'est ?

Je m'impressionne moi-même. Ma voix est égale, et mon accent britannique n'est pas réapparu.

— Bella a tellement envie de savoir ce que vous avez pensé du costume que ça la rend dingue, explique-t-il. Je veux que vous lui donniez un rapport complet. Ça lui fera plaisir.

Je le regarde, bouche bée. D'un côté, ce n'est pas totalement sans relation avec le boulot, mais d'un autre côté, c'est complètement dingue.

— Je ne suis pas qualifiée pour ça, dis-je, réalisant que j'essaie de me raccrocher aux branches. Je ne travaille pas dans le contrôle qualité.

— Oh, ne vous en faites pas, réplique-t-il. Bella a un formulaire, et tout ce qu'il faut. Elle peut aussi vous mettre en contact avec Fanny. Elle a de l'expérience dans ce genre de choses.

Quelqu'un appelé Fanny est impliquée là-dedans ? La pauvre. En Angleterre, ce mot veut dire vagin – même si ici, aux États-Unis, ça veut dire postérieur, ce qui n'est pas une excellente association non plus.

Zut. Maintenant, le Diable me fait penser à des vagins et des postérieurs.

— Quoi d'autre ? demandé-je d'un ton neutre.

Ses yeux se mettent à pétiller.

— C'est l'anniversaire de mon père demain. Je veux que vous veniez le célébrer avec moi.

Ma respiration accélère.

— Comme… pour un rencard ?

Son sourire narquois réapparaît.

— Pas un vrai rencard. Un faux. Ma mère essaie de me caser avec des femmes au hasard et je veux que ça cesse.

Quelle garce. Comment ose-t-elle essayer de lui mettre une catin dans les pattes ? Pourquoi…

Waouh. Tout a dégénéré très vite. Pour ce que j'en sais, sa mère est peut-être une femme charmante.

— Pas un rencard, répété-je, goûtant les mots sur ma langue et les trouvant fades.

Je devrais être soulagée qu'il ne m'ait pas demandé

mon premier-né – ou à engendrer lui-même ledit premier-né. Et puis, pourquoi est-ce que j'arrive aussi facilement à m'imaginer cette hypothétique progéniture de démon ? Il aurait sans doute ses yeux céruléens, mon visage ovale, ses…

— Donc, reprend le Diable, me tirant de mon délire sous hormones. Vous êtes déjà allée à une fête russe ?

Je secoue la tête.

— Un restaurant russe ?

Nouvelle dénégation de la tête.

— Alors vous allez avoir une sacrée surprise. La nourriture sera succulente et il y aura un spectacle incroyable.

Il m'étudie de la tête aux pieds et ajoute :

— Gardez juste à l'esprit que le code vestimentaire est assez formel, il vaudrait mieux que vous portiez quelque chose d'élégant.

Est-il en train de dire que je ne porte pas quelque chose d'élégant en ce moment ? Connard. Et puis, il porte un sweat à capuche. C'est l'hôpital qui se moque de la charité.

— Très bien, articulé-je entre mes dents. J'accepte vos conditions.

— Parfait. Je vous précise les détails pas SMS.

Je tourne les talons d'un geste furieux et me dirige vers la porte.

Avec une rapidité digne de sa nature surnaturelle, le Diable bondit sur ses pieds et vient ouvrir la porte pour moi.

On dirait que convaincre le monde entier qu'il

n'existe pas n'est pas le seul petit tour que le Diable essaie de nous jouer. Il veut aussi me faire croire que c'est un gentleman.

Zut. Maintenant, si je veux partir d'ici, je vais soit devoir passer près de lui, soit me montrer impolie en lui demandant de se pousser, ce dont je n'ai pas envie.

Je fais un pas en avant.

Un léger arôme de thé délicieux dérive jusqu'à mes narines, me donnant l'eau à la bouche. Du Oolong, du keemum, ou peut-être du lapsang souchong, ainsi qu'une note ineffablement masculine.

Un pas de plus.

Nos regards se rivent l'un à l'autre. Un tumulte s'est élevé dans mon ventre – mes traîtres d'ovaires essaient sans doute de s'étrangler l'un l'autre.

Plus je me rapproche, plus je suis hypnotisée par son regard.

Je devrais peut-être reculer – ou me montrer impolie, finalement ?

Ce serait la décision la plus judicieuse, mais je ne fais pas ça non plus. Comme une étoile condamnée, piégée par la gravité d'un trou noir, je suis attirée vers lui – ce qui doit être la raison pour laquelle je réduis la distance entre nous.

Va-t'en, Holly.

J'ai l'impression que mes pieds sont soudés au sol.

Ne fais pas ça, Holly.

Je me mets sur la pointe des pieds.

Il incline la tête vers moi.

Non. Non, non, non. Je ne peux pas faire ça. Je ne

devrais pas. Si on s'embrasse, mes ovaires vont exploser et…

— Oh, désolée, lance la voix de Bella à quelques mètres de là. Je reviendrai plus…

Je n'entends pas la fin de sa phrase. Arrachant enfin mon regard à celui du Diable, je m'enfuis vers l'ascenseur.

Dieu merci, les portes s'ouvrent aussitôt – autrement, j'aurais peut-être choisi de passer par l'escalier de secours.

Je descends jusqu'au lobby et cours vers un taxi, l'esprit complètement vide et le cœur battant follement dans ma poitrine. Ce n'est qu'une fois rentrée chez moi, et après avoir retiré ma culotte trempée, que je me remets enfin du choc provoqué par cette confrontation avec le Diable.

Je suis ma routine du soir habituelle comme un robot, mais cela laisse l'occasion à des pensées dévoyées d'envahir mon cerveau. Des pensées du genre : s'apprêtait-il à m'embrasser, ou est-ce que j'ai tout imaginé ? Et s'il voulait effectivement me rouler une pelle, est-ce que ça veut dire que notre faux rencard n'est pas si faux que ça ?

Non. Impossible. Je suis sûre qu'il n'est pas intéressé par moi de cette manière.

Plus important encore, même si c'était le cas, ça ne peut pas arriver.

Après le désastre avec mon ex, je ne suis pas encore prête à sortir avec quelqu'un d'autre. Je ne le serai peut-être jamais… et même si ça arrivait un jour, ce ne serait pas avec ce maudit Diable.

Rien ne cause plus de désordre que de mélanger le travail et la vie amoureuse, même quand cette relation serait considérée comme appropriée par les ressources humaines – disons, quand les deux personnes travaillent dans des départements différents. Dans mon cas, il est plus ou moins mon patron, ce qui va clairement à l'encontre des politiques d'entreprise. Et n'oublions pas qu'il est diabolique – en fait, il se pourrait qu'il soit le Consultant Diabolique en personne. Et le pire, c'est qu'il est négligé.

En parlant de ça, pourquoi est-ce que je suis attirée par lui ?

C'est un mystère aussi grand que celui du triangle des Bermudes.

Une fois ma routine terminée, je vais me coucher, mais malgré le poids de mon insomnie récente qui presse contre l'arrière de mes yeux, je reste éveillée pendant une heure avant d'admettre que je suis encore une fois incapable de dormir.

Très bien. Autant faire quelque chose d'utile au lieu de me retourner dans mon lit pendant des heures.

Je me lève et ouvre mon placard pour trouver une tenue appropriée à l'anniversaire à venir.

Le problème, c'est que ma philosophie habituelle concernant les vêtements va me revenir en pleine face. Pour limiter le temps perdu à prendre des décisions, je porte la même chose tous les jours : l'une des sept chemises blanches identiques (qui comportent chacune cinq boutons à l'avant) et l'un des sept pantalons noirs identiques. Vu que je portais cette tenue exacte quand le Diable m'a recommandé de « porter quelque chose d'élégant », cela implique que ma tenue de travail habituelle ne conviendra pas. Ni les vêtements que je porte à la maison. Ils sont identiques aussi, les T-shirts et les pantalons de yoga étant conçus pour être confortables, et pas « élégants ».

Soupir.

Je regarde la section « cas particuliers » de mon placard.

Elle comporte trois robes identiques, vestiges de l'époque où je sortais en rencard avec mon ex.

J'espère qu'ils conviendront aux critères « d'élégance » du Diable.

J'en enfile une.

Grr. Je n'arrive pas à respirer et mes seins ont l'air à deux doigts de s'en échapper. On dirait que j'ai pris du poids.

Merde. Je ne peux pas exposer un téton pour la troisième fois – surtout sachant que je serai devant toute la famille du Diable.

Argh. Ça veut dire que je vais devoir faire du shopping.

Je déteste le shopping, en majeure partie parce que s'il existait une intelligence de la mode, mon QI dans ce domaine serait abyssal. Genre, trente et un.

Bon. Au moins, je suis assez intelligente dans d'autres domaines pour savoir quand je dois demander de l'aide.

Je sors mon téléphone et envoie un « salut » à ma

jumelle. Malgré son apparence style mi-rockstar mi-vampire inspirée de Criss Angel, son intelligence de la mode est au moins trois écarts types plus élevée que la mienne.

Elle répond aussitôt : *Tu ne dors pas ? Je croyais que ta routine du coucher à vingt-trois heures était sacrée ?*

Évidemment. Elle n'est pas au courant de mes insomnies, vu que je lui ai menti au sujet de l'entrée par effraction.

Autant vider mon sac.

Tu as le temps pour un appel vidéo ? demandé-je.

Il s'avère que la réponse est oui ; je l'appelle donc et lui raconte tout, y compris mon absence de tenue appropriée.

Quand j'ai fini de parler, elle arbore cette expression malicieuse que moi et les sextuplées avons appris à redouter, dans notre enfance – celle qu'on voit avant d'apprendre qu'elle a caché une douzaine de réveils dans notre chambre, ou scotché un klaxon sous notre chaise, ou remplacé la crème de notre donut préféré par de la mayonnaise.

— Avant que tu me parles de shopping, lance-t-elle, je dois te dire que je suis en désaccord total avec toi.

Je pousse un soupir sonore.

— En désaccord à quel sujet ?

— Cette sortie au restaurant ressemble tout à fait à un rencard.

Je rapproche le téléphone de mon visage pour qu'elle voie clairement mon froncement de sourcils désapprobateur.

— Non. C'est faux.

Elle rapproche le téléphone de son visage à son tour, jusqu'à ce que je ne voie plus qu'un énorme œil bleu.

— C'est vrai.

— C'est faux.

À partir de là, la sophistication de nos techniques d'argumentation régresse de plus en plus jusqu'à devenir :

— Oh que si.

— Oh que non.

L'œil géant se lève vers le ciel, puis elle écarte le téléphone de son visage.

— On se met d'accord sur notre désaccord ?

J'écarte le téléphone à mon tour.

— Si c'est ce qu'il faut pour te convaincre de m'aider.

— Oh, j'aurais fait du shopping avec toi quoi qu'il arrive, répond-elle. J'ai vu ta garde-robe. Elle est à refaire depuis longtemps.

Je la regarde en étrécissant les yeux.

— On va juste acheter le nécessaire.

Son sourire est ouvertement sournois quand elle répond :

— Exactement. Et si je te retrouvais chez toi à neuf heures ? On ira sur Madison Avenue. Tu peux te le permettre.

— Impec', dis-je sans réfléchir.

— À toute, ma chère ! lance-t-elle d'une voix prétentieuse avant de raccrocher.

Zut. J'ai oublié de la prévenir qu'il était hors de question que je porte une tenue vulgaire pour la fête – ce qui sera son premier instinct, j'en suis certaine.

Au moment où je pose le téléphone sur son chargeur, je réalise qu'il y a un léger problème avec notre plan. Étant directrice technique, je n'ai jamais eu besoin d'expliquer mes allées et venues à personne, au bureau, mais tout est différent, maintenant. Demain est le jour de l'arrivée du Diable et de Bella dans nos locaux, et ils vont sûrement se demander où je suis.

La solution est simple. Je tape un message pour le Diable :

Je ne serai pas au bureau demain. Je dois me préparer pour l'anniversaire. Si vous avez un problème avec ça, je serais ravie de tout annuler.

Voilà. Je pourrai peut-être éviter cette histoire de shopping ?

Sa réponse est instantanée.

On se voit à la fête.

Et zut. C'était trop espérer que de croire qu'il allait laisser tomber aussi facilement. Non pas que j'aie vraiment envie qu'il le fasse, de toute façon. Pas si ma sœur a raison et qu'il y a une infime chance pour que ce soit un *vrai* rencard.

Ce qui n'est pas le cas.

Impossible.

Et je n'en ai pas envie.

Je vais au lit, mais encore une fois, le sommeil me fuit comme la peste.

Il ne me faut pas longtemps pour trouver le

coupable. C'est la deuxième requête du Diable : que je partage mon expérience avec le costume avec Bella. J'ai tellement de soucis avec ça que je ne sais même pas ce qui est le pire. Pour commencer, quand je fais quelque chose, je le fais proprement – et dans ce cas précis, je manque de l'expérience nécessaire dans le domaine du contrôle qualité pour faire justice à cette tâche.

Je me redresse. Ce problème est assez facile à résoudre. Alison possède un manuel de formation pour les nouveaux employés en contrôle qualité.

J'allume mon ordinateur portable, cherche le manuel et le trouve rapidement.

Je commence à le lire.

Fascinant. C'est exactement ce dont j'avais besoin.

Quand j'ai terminé, j'éprouve un respect renouvelé pour Alison et son équipe, mais malheureusement, je ne suis pas plus près de trouver le sommeil – même si certains auraient pu trouver la lecture que je viens de finir soporifique.

Une partie de moi est tentée à nouveau par le costume. Un orgasme pourrait m'aider à dormir, et sans sommeil, l'épreuve de la fête sera encore plus dure à surmonter.

Non. Je ne céderai pas à mes bas instincts, et je n'utiliserai pas ce costume pour trouver le sommeil.

Mais attendez. Pourquoi mes jambes sont-elles en train de me porter vers le sac à dos décoré de parties génitales ?

Et pourquoi est-ce que je suis en train d'en sortir ce fichu costume ?

Quand j'ai étalé le costume sur le lit, j'en détermine sans mal la raison : je vais me servir de mon expérience pour faire mon rapport à Bella. Oui, c'est ça. Je n'ai pas terminé la démo, la dernière fois, et je ne peux donc pas offrir une vision globale à Bella. En parlant de globalité, contrairement au cunnilingus, j'ai déjà expérimenté le coït, je pourrai donc répondre à toutes les questions ennuyeuses du type « Est-ce que c'était réaliste ? »

Oui, c'est ça. Je ne fais pas ça parce que je suis libidineuse, mais parce que la perfectionniste en moi l'exige.

Chic. C'est ma version des faits, et je compte bien m'y tenir. Après tout, utiliser le costume en ayant le manuel de contrôle qualité en tête me permettra de prêter attention à tous les petits détails que j'ai peut-être manqués la dernière fois – comme la circonférence, la longueur et la dureté de certaines choses.

S'agissant de la zigounette du Diable virtuel, tout est dans les détails.

Une fois que j'ai enfilé le costume, je choisis les mêmes critères de sélection que la dernière fois – à une différence près.

Je donne au Diable virtuel un pénis beaucoup, beaucoup plus gros.

Chapitre Quinze

Comme la dernière fois, le simulacre de Diable nu se met à danser.

Je ravale ma salive pour m'empêcher de baver et tente désespérément de considérer cela comme le ferait un employé du contrôle qualité.

Non. Maintenant, je m'imagine la pauvre Alison en train de faire une crise cardiaque, et le fait de le regarder d'aussi près ne fait qu'empirer mon excitation perturbante.

Ce n'était peut-être pas une si bonne idée.

« Voulez-vous que je vous offre un avant-goût de ce dont ce costume est capable ? » me demande à nouveau le costume. « Oui ou non. »

Un « oui » téléporte le Diable virtuel à côté de moi, son sexe énorme lui donnant plus de mal à se tenir devant moi.

Ce qu'il est dur.

Comment Bella a-t-elle réussi à donner au costume

une telle variété de phallus sans intégrer un tas de godemichets cachés ?

Je ferais mieux de ne pas lui poser cette question. Elle deviendra intarissable sur le sujet, sinon. En plus, comme avec la magie de Gia, certaines choses sont plus drôles quand on conserve le mystère.

Et d'ailleurs, est-ce qu'on dit phallus ou phalli, sachant que le mot « phallus » est dérivé du latin et qu'il se termine en -us ? Je devrais vérifier – en même temps que le pluriel de pénis, une autre tâche importante sur ma liste.

« On continue ? » demande la démo.

Quand j'acquiesce, il prend à nouveau mes seins dans ses paumes.

Le manuel de contrôle qualité ? Mon rapport pour Bella ? Qu'est-ce que c'est que ces histoires ? Je ne m'en souviens plus.

Après les avoir palpés, il me pince à nouveau le téton.

Je parierais ma vie que je ressentirais la même chose si le vrai Diable faisait ça – ce qu'il ne fera jamais.

Il me palpe à nouveau.

Puis il touche mon clitoris – et je manque de jouir aussitôt.

« Voulez-vous un échantillon de la phase de cunnilingus ? Oui ou non. »

Mince alors, je ne sais pas. Oui, merde, oui.

La sensation de langue mouillée est si réaliste que je me demande à nouveau distraitement comment Bella a réussi à faire ça.

Il me lèche une, deux, trois fois.

Je suis tout près.

Il aspire mon clitoris.

Mes doigts de pied se crispent.

J'y suis presque.

Termine, s'il te plaît. J'ai été sage, c'est promis.

Mais non.

Zut. Tout s'arrête comme la dernière fois.

En plus, j'ai tout oublié du contrôle qualité.

« Voulez-vous avoir un échantillon de la phase de pénétration ? Oui ou non. »

Je n'y réfléchis qu'une seconde. Je ne me suis jamais sentie aussi vide qu'à cet instant. Je n'ai jamais été aussi prête à recevoir…

Le monde virtuel se retrouve soudain plongé dans le rouge, et un gros message apparaît dans l'air. « Veuillez recharger les batteries. »

Noooon !

C'est à ça que doit ressembler l'enfer – l'accès à un sexe énorme qui se décharge au pire moment.

Je retire le costume et localise son port de rechargement.

Ouf. C'est un port USB classique.

Me sentant un peu jalouse de la prise USB qui se retrouve emboîtée à ma place, je laisse le costume branché à mon ordinateur portable pour qu'il se recharge, puis je m'étale sur mon lit et me demande si je devrais attendre et reprendre les tests aujourd'hui, ou bien me finir à la main et m'occuper de ça une autre fois.

Mes paupières s'alourdissent, alors je ferme les yeux – je n'ai pas besoin de les garder ouverts pour prendre cette décision.

Comme s'il n'attendait que cette opportunité depuis le début, le sommeil me bondit dessus et me met aussitôt KO.

Chapitre Seize

J e me réveille au son de l'alarme de mon fichu réveil.

Dans mon rêve, le Diable – le vrai, pas son imitation virtuelle – s'apprêtait enfin à me faire jouir.

Pauvre de moi. Si je ne le connaissais pas, j'aurais théorisé que c'était l'œuvre du Malin – il fait grandir mon état d'excitation au-delà du niveau de celui d'un adolescent, au point que je pourrais aller jusqu'à vendre mon âme pour un orgasme.

Attendez.

Mon pacte avec le Diable. La fête.

Gia sera en bas à neuf heures, je dois me dépêcher de sortir mes fesses du lit et de commencer ma routine matinale en sept étapes.

— J'ai un effet magique que je voulais essayer avec toi, dit Gia alors que nous entrons dans un centre commercial chic.

Merveilleux. Comme si le fait de devoir faire du shopping ne suffisait pas, je dois supporter ça aussi, maintenant ? Quand nous étions enfants, nos sœurs et moi avions dû assister à notre lot de tours de magie niveau débutant de Gia, et c'était moi qui en avais le plus fait les frais. Si j'avais gagné un dollar chaque fois que j'avais tiré une carte dans ma vie, je pourrais acheter tous les articles de ce magasin.

— C'est un bon tour, assure Gia, sentant sans doute mon hésitation. Et il est court.

Court ? J'imagine que tout n'est pas perdu.

— Vas-y.

— Je peux vous aider ? demande une vendeuse à l'air hautaine avant que Gia ait pu continuer.

— Elle a besoin d'une nouvelle tenue, explique Gia avec un signe de tête vers moi.

La dame me regarde de haut en bas avec une expression qui semble vouloir dire « Eh bien, il y a du pain sur la planche. »

— Avant qu'on commence nos achats, vous accepterez peut-être de participer à une petite expérience que ma sœur et moi nous apprêtions à faire, dit Gia en rentrant dans son personnage de scène.

La dame lui lance un regard soupçonneux, mais cela ne décourage pas ma jumelle le moins du monde.

— Quand je le dirai, continue-t-elle. Vous penserez à un nombre impair à deux chiffres. En fait, pensez à un nombre tellement impair que les deux chiffres le sont. D'accord ?

Le hochement de tête de la dame est plus réticent que le mien, mais pas de beaucoup. Je me demande aussi si Gia ne se rend pas compte de l'ironie qu'il y a à nous demander de songer à un nombre impair tout en commettant l'impair de faire participer la vendeuse à son tour contre sa volonté.

À moins que ça fasse partie du tour ?

— J'en ai un, dis-je, vu que je sais mieux comment gérer ma jumelle que la vendeuse.

— Moi aussi, renchérit la dame avec le même enthousiasme qu'une personne venant d'entrer dans la *Quatrième Dimension.*

Dans un flash de flammes et de fumée, un carnet de notes et un stylo apparaissent dans la main de ma sœur.

Waouh. Gia s'est beaucoup améliorée, depuis la dernière fois qu'elle m'a montré ses tours. Je n'ai aucune idée de comment elle vient de faire ça.

La vendeuse porte une main à sa poitrine, craignant sans doute que les alarmes incendie se mettent à beugler.

Gia écrit quelque chose sur le bloc-notes.

— Je viens de me placer.

Je suis ravie de l'entendre. J'ai une petite idée de l'endroit où elle devrait être placée, vu la manière dont elle se comporte.

Elle fourre son carnet de notes dans les mains de la vendeuse stupéfaite et continue :

— À trois, vous prononcerez votre nombre à voix haute.

Elle compte jusqu'à trois.

— Trente-sept, dis-je.

La vendeuse dit exactement le même nombre.

Double waouh.

— Regardez le bloc-notes, dit Gia.

Oui. Il y est écrit 37.

Non seulement moi et cette parfaite étrangère avons songé au même nombre, mais en plus, Gia savait lequel ce serait.

Comment ? Elle aurait pu deviner que je dirais 37 – c'est un nombre premier permutable, parce qu'on peut le transformer en 73, qui est aussi un nombre premier, et j'aime ce genre de choses. Mais après tout, rien ne m'empêchait de choisir le 13. C'est un nombre premier jumeau de 11, parce qu'ils sont à deux nombres d'écart, et ils correspondent à son critère des « deux chiffres impairs ».

La vraie question, c'est pourquoi cette dame et moi avons dit le même nombre ? Et comment Gia l'a-t-elle deviné ?

— C'est un truc de message subliminal ? demande la dame.

Erreur de débutant. Gia n'admettra jamais comment elle a fait ça – pas même à quelqu'un possédant un ADN identique au sien.

Ma jumelle sourit d'un air mystérieux.

— Vous savez garder un secret ?

La dame hoche la tête.

— Moi aussi, répond Gia d'un ton triomphant.

Si j'avais reçu un dollar à chaque fois que j'ai entendu cette blague, je serais aussi propriétaire de ce magasin.

— J'ai une migraine, annonce la dame en se frottant les tempes. C'est vous qui avez fait ça ?

— Non, mais tendez la main.

Gia agite ses mains gantées au-dessus de la paume tendue de la dame, et une pilule blanche apparaît dessus.

La dame fixe la pilule avec stupéfaction.

— C'est du Tylenol, explique ma sœur.

— Merci, répond la dame, mais elle ne la met pas dans sa bouche.

Je ne peux vraiment pas lui en vouloir.

— Vous êtes prêtes à faire vos achats, maintenant ?

Gia répond par l'affirmative et, avant que j'aie pu dire le contraire, je me retrouve emmenée vers une cabine d'essayage avec une robe de soirée noire à bretelles conçue pour une femme fatale de film James Bond.

Je retire mes vêtements et mon soutien-gorge, enfile la robe et regarde dans le miroir.

— Je ne l'aime pas.

— Quelle importance ? demande Gia. Sors de là pour que je puisse voir.

Je sors de la cabine d'essayage.

L'employée hoche la tête d'un air approbateur et Gia m'examine comme un boucher sur le point de découper un morceau de viande.

— Trop conservative, conclut-elle, disant ça comme si c'était une mauvaise chose.

— Je vais chercher autre chose, répond la dame en s'empressant de s'éloigner.

Je regarde à nouveau dans le miroir, puis tourne les yeux vers ma jumelle.

— J'avais le problème inverse. Elle n'est pas convenable.

Elle lève les yeux au ciel et entre dans la cabine d'essayage, soulevant avec précaution mon soutien-gorge beige parfaitement fonctionnel avec ses mains gantées.

— C'est l'idée que tu te fais d'une tenue convenable ?

Je hausse les épaules.

— Je suppose que tu as aussi une culotte de grand-mère assortie à cette atrocité ? m'interroge-t-elle.

— Oh, ferme ton clapet. Qui se soucie de mon type de sous-vêtements ? Personne ne les verra.

— Pas avec ce mauvais caractère, c'est sûr, ricane-t-elle.

Je rougis, et la simple idée que le Diable puisse me voir dans n'importe quels sous-vêtements fait affluer une chaleur inconfortable sous ma peau.

— Et si tu prenais une robe qui te plaît ? suggère ma sœur en prenant soudain un ton conciliant. Je vais aller te trouver des sous-vêtements classiques.

Je la laisse faire et pars à la recherche d'une tenue appropriée.

Quand je reviens, elle m'attend, cachant quelque chose derrière son dos.

— C'est le genre de truc qu'une sadique demanderait à ses demoiselles d'honneur de porter, remarque-t-elle en plissant le nez devant mon choix de robe.

Je l'ignore et entre dans la cabine pour essayer la robe.

À l'extérieur, je l'entends dire quelque chose à la vendeuse, mais je ne peux comprendre ce que c'est.

La robe me paraît acceptable. Elle me rappelle ce que je voulais porter au bal de promo, avant que mes sœurs m'en dissuadent.

— Je crois que c'est la bonne, annoncé-je.

— Montre-nous, répond ma sœur d'un ton impérieux.

Je sors.

La vendeuse écarquille les yeux et s'efforce de conserver une expression professionnelle. De son côté, ma sœur me rit au visage, comme une folle.

— Ça conviendrait peut-être comme tenue d'Halloween, dit-elle une fois qu'elle a repris son souffle. Tu pourrais être Cendrillon... avant sa transformation pour le bal.

J'émets un son indigné.

— Ce n'est pas une tenue de domestique.

— Retourne là-dedans et retire ça, répond Gia. Je vais te passer des tenues à essayer.

Je retourne dans la cabine d'essayage et me déshabille.

— Commence par ça, dit Gia en me jetant deux atrocités en dentelle. Tu n'iras pas là-bas dans ta culotte de grand-mère.

Je lève les vêtements entre mon pouce et mon index, loin de mon corps au cas où ils me mordraient.

— C'est ridicule. Je ne suis pas venue ici pour acheter de nouveaux sous-vêtements.

— Contente-toi de les essayer, réplique-t-elle.

Pour la faire taire, j'enfile les vêtements qu'elle m'a sélectionnés.

La prétendue culotte me fait comprendre pourquoi on appelle ça des « strings ficelle » parce que c'est exactement ce que j'ai l'impression d'avoir entre les fesses. Quant au soutien-gorge, il fait remonter mes seins presque jusqu'à mon menton.

— Qu'est-ce que tu en penses ? demande Gia.

— Je ressemble à une courtisane française du Moyen Âge.

— Et c'est une bonne chose, n'est-ce pas ?

— Ce n'est pas convenable, répliqué-je en réajustant mes seins écrasés, mais c'est moins grave, parce que ce sera invisible.

— Super, répond-elle en me jetant une robe. Même si personne ne voit les nouveaux sous-vêtements, tu te sentiras sexy, là-dedans.

Se sentir sexy n'a-t-il pas beaucoup de choses en commun avec le fait d'avoir envie de se gratter partout ? Peut-être. Connaissant les hommes, ils trouveraient peut-être ça sexy de me voir réajuster ma culotte.

Avec un soupir, j'enfile la robe qu'elle a choisie pour moi et reste bouche bée face à la quantité de peau exposée.

— Ça ne va pas du tout.

— Montre-moi, m'encourage Gia.

Je secoue la tête.

— Même une prostituée hésiterait à porter ça.

— Sors de là, ordonne Gia en frappant à la porte.

— Non.

— Il faudra bien que tu le fasses à un moment donné.

Non, je refuse. Je vais remettre mes…

Attendez.

Où sont mes vêtements ?

— Je les ai cachés, lance Gia avant même que j'aie pu poser la question. Si tu veux ressortir d'ici habillée, tu vas devoir le faire dans cette robe.

Avec un grognement, je sors de la cabine d'essayage.

La vendeuse et Gia échangent un regard entendu.

— Tu es sexy, petite sœur, dit Gia tandis que la dame hoche la tête avec enthousiasme.

Je me regarde dans un miroir et fronce les sourcils.

— On voit mon col de l'utérus.

Gia m'ignore et demande une paire de talons hauts à la vendeuse.

— Tu perds ton temps, dis-je une fois que la dame est partie. Je ne porterai pas ça.

— Si, rétorque Gia.

— Non.

J'ai un accès de déjà-vu alors que nous continuons notre échange jusqu'à en arriver à :

— Oh que si.

— Oh que non.

— Tu as oublié un truc important, finit par dire Gia.

Mon estomac se glace à l'expression malicieuse sur son visage. Elle ne va quand même pas...

— Eh oui, tu me dois une faveur, dit-elle, confirmant mes craintes.

— Mais...

— Je te la demande maintenant, continue Gia d'un ton solennel. Je veux que tu aies l'air sexy pour ton rencard. Ça veut dire que tu vas porter cette robe, du maquillage professionnel, cette lingerie, les talons hauts que je choisirai et, pour conclure, tu vas te faire épiler le maillot.

Chapitre Dix-Sept

Si sa carrière de magicienne ne décolle pas, Gia pourra toujours tenter sa chance dans le domaine de la justice. J'ai beau faire tout mon possible pour la persuader que les talons hauts, la lingerie, la robe, le maquillage et l'épilation, ça fait cinq faveurs, elle conteste habilement en affirmant que « avoir l'air sexy » n'en constitue qu'une seule.

Elle me tend une boîte à chaussures et résume les faits :

— Pour t'apprendre à crocheter une serrure, j'ai dû parler, faire des gestes, respirer et plus encore, mais je n'ai pas considéré ces sous-parties comme des faveurs séparées. Tu devrais t'estimer heureuse que j'utilise le service que tu me dois dans un but aussi altruiste : faire en sorte que *tu* sois belle pour *ton* rencard.

— Oui, tu es une sainte, dis-je en ouvrant la boîte. Ce sont des chaussures de traînée.

— Montre-nous.

Avec un soupir, je sors de la cabine d'essayage en faisant cliqueter mes talons, et tournoie devant mes tortionnaires.

— Parfait, dit Gia. Maintenant, payons et allons te faire maquiller.

La maquilleuse professionnelle est si lente qu'un escargot aurait l'air rapide, en comparaison.

Une fois que c'est terminé, je ressemble à une vraie catin, avec une touche de souillon – et bien sûr, Gia adore ça.

Une fois que cette torture métaphorique a pris fin, nous nous empressons de traverser la rue pour rejoindre un salon où m'attend une torture bien plus littérale : l'épilation à la cire chaude.

— L'esthéticienne vous rejoint dans un instant, nous annonce une femme âgée et souriante.

Je fais une petite recherche sur mon téléphone, puis relève la tête.

— Elle a une licence ?

Je ne demande même pas quel est le sexe de la personne qui va s'occuper de moi – si c'est un homme, je me révolterai.

— Bien sûr, répond la dame, son sourire vacillant un peu.

— C'était quand, la dernière fois qu'elle a fait une visite médicale ? demandé-je.

— Ah, la voilà, répond la dame, qui s'est mise à froncer les sourcils, en faisant un geste vers celle que je présume être l'esthéticienne.

Grande et large d'épaules, la femme ressemble plus

à une catcheuse qu'à une employée de salon de beauté, mais bon, au moins, elle devrait passer haut la main sa visite médicale.

— Bonne chance, me chuchote Gia, avant d'ajouter plus fort : elle veut une épilation brésilienne.

— Pas de problème, tonne l'esthéticienne d'une voix masculine au fort accent russe.

Super. La dernière chose dont j'avais besoin, c'était d'un accent qui me rappelle le Diable.

Quand elle me mène vers la chambre de torture, je lui pose les questions standards que je poserais à mon chirurgien : a-t-elle bu la veille (non) et a-t-elle assez dormi (oui).

— Ne soyez pas nerveuse, tonne-t-elle après ma cinquième question de ce type. Je vais prendre bien soin de vous.

Je sais qu'elle essaie de se montrer rassurante, mais cela sonne surtout menaçant.

— Par ici, dit-elle.

J'entre dans une pièce à l'air stérile avec une grande table au milieu.

— Déshabillez-vous, ordonne l'esthéticienne.

Je réprime l'envie de gémir « oui, maîtresse », retire mes vêtements et suis ses directives jusqu'à me retrouver sur le dos, jambes écartées et prête à subir de nouvelles humiliations.

— Joli buisson, remarque la maîtresse en étudiant mes poils pubiens d'un air approbateur. Ça rendra le boulot plus facile.

— Merci ? marmonné-je.

Qui aurait cru que ne jamais m'épiler à cet endroit finirait par s'avérer utile ?

La maîtresse fléchit les muscles et traite la zone avec des produits nettoyants et Dieu sait quoi d'autre, pendant que je reste étendue là, à me répéter qu'il s'agit d'une professionnelle licenciée et que j'ai survécu au cabinet du gynécologue sans que ma santé mentale ait trop à en souffrir.

Quand elle applique la première fournée de cire chaude, je réalise que mes dents sont si serrées que j'aurais peut-être besoin d'une visite chez le dentiste, après ça – ce serait vraiment la cerise pourrie sur ce gâteau moisi.

— Détendez-vous, grogne la maîtresse après avoir collé la première bande à ma peau, quelques centimètres sous mon nombril.

Me détendre ? C'est ce que disent tous les médecins avant de faire un truc…

Aaargh ! Le son qui s'échappe de ma bouche est aussi suraigu et désespéré que celui d'un cochon qu'on égorge, comme on dit. Même si je suis sûre que si quelqu'un épilait les cochons à la cire avant de les tuer, PETA prendrait aussitôt des mesures.

La porte s'ouvre et la réceptionniste entre en trombe, ainsi que Gia et quelques autres femmes que je n'ai jamais vues.

— Tout va bien ? demande ma jumelle.

Je rougis. La situation ne pourrait sûrement pas être pire. Enfin, je suppose qu'elles auraient pu amener quelques hommes avec elles. Ou mon père. Ou le

Diable en personne.

— Elle va bien, leur assure ma maîtresse. C'est toujours dur, la première fois.

— Non, je ne vais pas bien, hoqueté-je.

Je regarde ma jumelle en plissant les yeux.

— Je te le ferai payer, articulé-je entre mes dents serrées.

— Oh, tu me remercieras quand tout sera terminé et que tu te sentiras comme une déesse du sexe, réplique Gia tout en repoussant la horde de spectatrices hors de la pièce.

— Aucune chance, hurlé-je, mais la porte s'est refermée.

— Ne vous en faites pas. Je vais tout arranger, dit la maîtresse en appliquant une autre bande.

Comment ?

Elle tire. Je hurle de douleur – mais pas aussi fort.

Elle incline la tête jusqu'à ce qu'elle ne soit plus qu'à quelques centimètres de mon entrejambe et souffle délicatement sur le bobo.

Oh, c'était ce qu'elle voulait dire ?

Hum. C'est vrai que ça va mieux – mais en même temps, la proximité de ses lèvres avec mon clitoris ne me met pas du tout à l'aise, ni les sensations que j'éprouve à cet endroit sous l'effet de l'air qu'elle me souffle.

— Prête ? demande-t-elle.

Je hoche la tête, résignée.

Elle tire à nouveau, avant de souffler sur la peau endolorie.

Pour préserver ma santé mentale, je compte le nombre de fois où elle arrache les bandes et pense à l'Angleterre.

Quand j'ai survécu à plusieurs tours supplémentaires, mon bourreau remarque :

— Une autre zone sensible, maintenant. Prenez une grande inspiration.

Attendez une sec…

Aaargh ! La douleur est si intense que je referme les jambes par inadvertance, rappelant sans aucun doute sa carrière de catcheuse à la maîtresse.

— Regardez un peu ce que vous avez fait, dit-elle quand j'écarte à nouveau les jambes. Vous avez collé votre vagin.

Elle a raison, et le processus nécessaire pour réparer les dégâts constitue sûrement le moment le plus humiliant que j'aie jamais vécu – en comptant tout ce qui l'a précédé.

— On essaie encore ? demande la maîtresse une fois l'erreur enfin corrigée.

Je prends une grande inspiration et lâche :

— Allez-y.

Elle y va.

Je crie de douleur et jure de me venger de Gia – mais mes jambes restent écartées, cette fois.

Mon cri est moins fort à la manche suivante, et encore moins à celle d'après. Je me demande si j'ai atteint le sous-espace – un état d'esprit sur lequel j'ai déjà pu lire, dans le contexte du BDSM. Elle continue et le sous-espace ne se matérialise jamais, je compte donc désespérément les bandes qu'elle arrache tout en écrivant mentalement une lettre à celui qui a rédigé la Convention des Nations Unies contre la torture – clairement, ils ont oublié d'interdire une technique.

Après un siècle de douleur, l'esthéticienne s'arrête.

Oserais-je espérer ? Est-ce enfin terminé ?

— Mettez-vous à quatre pattes, ordonne-t-elle.

Je fronce les sourcils.

— Pardon ?

— Comme un chien, ajoute-t-elle d'un ton impassible. Je vais finir l'épilation brésilienne.

Et puis zut. Après toutes les indignités que j'ai subies, je ne suis plus à une humiliation près. Je me mets dans la position requise et elle étale de la cire chaude autour de mon trou de balle.

La situation peut-elle encore empirer ?

Bien sûr que oui.

Même si la douleur est moins sévère quand elle arrache la bande, la façon dont elle souffle sur la zone après coup me donne l'impression que quelqu'un me souffle de la fumée dans le derrière – sans la fumée.

Au seizième arrachage de bande, elle annonce qu'elle a terminé.

Seize ? Ce n'est pas un nombre premier. Ça va me rendre folle.

Non.

Je dois laisser tomber.

Je ne peux pas.

Zut. Je vais vraiment faire ça maintenant ?

On dirait bien que oui.

Je regarde par-dessus mon épaule, comme je le ferais pour jeter un œil à l'amant en train de me monter, et demande :

— Vous pouvez en faire une dernière ?

Elle me dévisage comme si les poils qu'elle venait d'épiler me sortaient des orbites.

— Pourquoi ?

— S'il vous plaît ?

On dirait que je la supplie, ce qui doit sans doute la conforter dans son impression que je suis « la cliente la plus perverse qu'elle ait jamais vue ».

— Je vous donnerai un pourboire.

En secouant lentement la tête comme pour dire « ce qu'il faut pas faire pour de l'argent », elle applique un peu de cire au niveau de mon trou de balle et arrache – mais sans souffler dessus, cette fois.

Ça me convient. Je suppose qu'elle trouve que la situation est devenue bizarre, maintenant.

Peu importe. J'ai reçu mes dix-sept bandes de cire, je peux partir.

À bien y réfléchir, ce n'était sûrement pas une si bonne idée de compter.

Je m'empresse de m'habiller et de payer, puis je sors en ignorant sciemment les tentatives de Gia pour bavarder avec moi.

— Laisse-moi te payer à déjeuner, dit Gia après plusieurs minutes de silence de ma part.

— Tu as l'air morte de faim.

Elle doit se sentir très coupable, si elle est prête à

dépenser de l'argent – sa carrière dans la magie ne paie pas très bien.

Voyons voir si je peux prouver qu'elle bluffe.

— Et si on allait au Nemo and Chips ? proposé-je.

C'est un restaurant situé près de chez moi, et où je commande les jours où je me sens particulièrement fine et/ou nostalgique de la Grande-Bretagne. Et il se trouve qu'elle déteste cet endroit.

— Ce truc de *fish and chips* ? demande Gia en levant les yeux au ciel.

— Au moins, c'est assez propre pour toi, dis-je. Ils n'ont que des A.

— Oui, ricane-t-elle, comme si personne n'avait jamais fait d'intoxication alimentaire avec du poisson. Mais bon, pourquoi pas ? Les Anglais sont réputés pour leur délicieuse cuisine.

Malgré ses grommellements, elle hèle un taxi et nous emmène là-bas – ce qui prouve à quel point elle doit se sentir coupable, après mes cris de banshee.

Une fois que nous avons obtenu une table, je sirote mon thé et elle engloutit son eau en bouteille tout en m'offrant des conseils non sollicités pour mon « rencard » à venir – des conseils que je prends bien soin d'ignorer.

La nourriture arrive. Quand je mords dans mon Nemo frit, je fronce les sourcils.

Il n'a pas le même goût que d'habitude.

Je déteste quand ça arrive. Si un plat a un nom, il doit rester uniforme éternellement – c'est pour ça que je vais toujours dans les mêmes restaurants.

— Qu'est-ce qui ne va pas ? demande Gia.

Je lui explique.

— N'en fais pas toute une histoire, s'il te plaît, dit-elle. Tu veux bien ?

Je repose ma fourchette.

— Tu n'en ferais pas toute une histoire, *toi*, s'ils avaient craché des germes dans ta nourriture ?

Elle pousse un soupir.

— C'est exactement ce qu'ils feront la prochaine fois, si tu fais une scène.

— Je ne vais pas faire de scène, dis-je, avant de faire signe au serveur d'approcher.

Gia grimace.

— Le Nemo frit n'était pas comme d'habitude, annoncé-je. Et je ne parle pas de la variation normale de colin qu'on peut demander.

— Pas comme d'habitude ? répète le serveur.

Il n'a pas l'air aussi préoccupé que devrait l'être un professionnel.

Je lui explique que j'ai déjà commandé ce plat un nombre incalculable de fois et que je le sais donc mieux que personne.

Le serveur appelle le gérant, qui me propose de rendre le plat gratuit.

— Non, répliqué-je. Je veux que vous rétablissiez la recette.

Le gérant fait venir le cuisinier, qui assure que le plat est pareil qu'avant.

Je le mets au défi de m'apporter les ingrédients, ce qu'il fait avec réticence. Puis je les goûte tous, jusqu'à trouver le coupable : une marque de bière différente dans la pâte.

— Vous avez un palais impressionnant, remarque le cuisinier. Je m'assurerai de commander l'ancienne marque de bière, à partir de maintenant.

Ouf. L'ordre de l'univers a été restauré.

Puisque Gia est restée brave durant toute cette épreuve, je paie le repas, finalement, puis je me montre magnanime et lui mens, affirmant avoir passé une excellente journée.

Elle sourit.

— D'accord, faisons comme si c'était vrai. Bonne chance pour ton non-rencard.

— Merci, dis-je du même ton sarcastique.

— De rien, assure-t-elle, avant de se pencher en avant et de baisser la voix dans un murmure conspirateur. Quoi que tu fasses, ne te plains pas de la nourriture comme tu viens de le faire. C'est un moyen assuré de transformer un rencard en non-rencard.

— Je ne le ferai pas, la rassuré-je, et c'est la vérité.

Comment pourrais-je faire ça ? Je n'ai jamais mangé au restaurant où a lieu la fête, je n'ai donc aucune base de référence s'agissant du goût de la nourriture.

———

Une fois chez moi, je regarde mes e-mails. On dirait que Buckley a impressionné Robert, et vite, en plus ; ils vont discuter aujourd'hui. Parfait. Les raclements de gorge vont peut-être cesser encore plus tôt que je l'espérais.

J'ai aussi reçu un e-mail d'Alison, qui me raconte comment s'est passée l'arrivée des Chortsky au bureau. Apparemment, ils ont tous les deux fait un discours et tout. Elle dit qu'ils ont promis que je serai en charge du projet le plus important : l'intégration du costume.

En parlant de ça, un e-mail de Robert me donne un lien vers les commandes sources avec le code que je devrais réviser. Je ne regarde pas ledit code tout de suite. Je ne suis pas dans le bon état d'esprit pour me concentrer, après tout ce qui s'est déjà passé, sans parler de ma nervosité concernant ce qui va arriver dans quelques heures.

Vu que le Diable va poursuivre sa part de notre accord, j'envoie un e-mail au docteur Piper pour lui annoncer que je vais pouvoir impliquer 1000 Diables à mon projet. Pour m'assurer que ce soit la vérité, j'envoie un e-mail au Malin pour lui demander quand il veut qu'on se retrouve pour parler des jeux.

Une fois ma boîte mail vidée, je ne peux m'empêcher de commencer à m'inquiéter.

À quoi ressemblera la famille du Diable ? Comment puis-je être certaine qu'il ne s'agit pas d'un rencard ? Et si son père n'aimait pas le cadeau que j'ai choisi – une minuscule boîte de caviar, qui a coûté bien plus cher que mon budget habituel pour les cadeaux d'anniversaire ?

Et puis, et si Bella me demandait des nouvelles du

costume ce soir – une requête à laquelle j'ai obligation de répondre, maintenant ?

Pourrait-elle aborder ce sujet à l'anniversaire de son père ?

Elle ressemble au genre de personne qui en serait capable.

Je lance un regard spéculateur au costume. Il est rechargé, maintenant, alors en théorie, je pourrais terminer la dernière étape de la démo. Ce serait peut-être même judicieux de le faire. J'ai tellement d'énergie sexuelle accumulée en moi que je risquerais de flirter avec le Diable, ce soir… ou pire encore.

Si je me sers du costume maintenant, ce sera comme dans cette scène de *Mary à tout prix*, dans laquelle Ben Stiller se masturbe pour avoir l'air moins nerveux pendant son rencard.

Mais non. Ça n'a pas si bien fonctionné pour Ben Stiller – la dernière chose dont j'ai envie, c'est que le Diable se serve de mon jus comme gel pour cheveux. Je suis sûre de pouvoir me maîtriser, et de toute façon, ma peau est trop sensible à cet endroit, après l'épilation à la cire, et elle n'a pas besoin d'être frottée par le tissu du costume.

Donc, pas de sexe avec le Diable virtuel… pour l'instant. Si Bella en parle, je lui demanderai les documents de test mentionnés par le Diable. Ça devrait m'aider à gagner du temps, jusqu'à la prochaine fois où je la verrai.

Oui, voilà. Maintenant, la question est : où sont ces

détails que m'a promis le Diable ? Quels sont le lieu et l'heure de l'événement ?

Oserais-je espérer qu'il ne me les transmette pas ? Je ne pourrais évidemment pas y aller, si je ne sais pas où me rendre. Mais dans ce cas-là, est-ce que j'ai traversé toutes ces épreuves avec Gia pour rien ? Et puis, pourquoi ai-je la sensation que je serais en colère, si...

Mon téléphone sonne.

Waouh. L'expression exacte a beau être « quand on parle du loup », penser à lui fonctionne tout aussi bien.

Quelle est votre adresse ?

Vu qu'il peut la trouver dans les dossiers des ressources humaines, je la lui envoie par message.

Je viens vous chercher à dix-neuf heures.

Je n'ai pas les mots – que ce soit par message ou autrement. En fait, je suis tellement sidérée que je rends visite à Euclid dans la réalité virtuelle, mais même ça ne suffit pas à faire baisser ma pression sanguine. Il me faut deux épisodes de *Downton Abbey* et plusieurs chapitres d'*Emma* avant de m'être assez calmée pour enfiler mes vêtements neufs et vérifier une dernière fois que mon maquillage est toujours en place.

C'est le cas. Je suis prête à partir.

J'espère juste ne pas mourir d'embarras avant la fin de cette soirée.

Chapitre Dix-Huit

Quand je sors de mon immeuble, mes parties intimes épilées sont toujours en feu et je me sens presque nue dans ma nouvelle robe.

Si c'est ce que ressentent les déesses du sexe, c'est un miracle qu'elles ne se suicident pas en masse.

J'ai quelques minutes d'avance, alors je fais les cent pas sur le trottoir, mes nouvelles chaussures donnant l'impression que je fais des claquettes. Mon cœur s'est remis à battre comme s'il allait exploser, et pas seulement parce que je m'apprête à voir le Diable.

OK, d'accord, c'est principalement pour cette raison.

— Holly ? lance une voix grave, sexy et à l'accent russe.

Je manque de faire un bond de quatre mètres – ce qui aurait sûrement fait remonter ma fichue robe, exposant encore plus de peau.

Je tourne les talons et lâche un hoquet de surprise.

C'est le Diable, mais il est différent.

Mieux.

Plus soigné.

Bien habillé.

La barbe rasée.

Dire qu'il présente bien ne lui ferait pas justice. De la salive s'accumule dans ma bouche, une chaleur se répand à des endroits récemment épilés, et mes ovaires font une *standing ovation*.

Son pull à capuche et son jean ont été remplacés par un costume parfaitement sur mesure. Sa barbe de trois jours a disparu. Même ses cheveux ne sont plus hirsutes – même s'ils ne sont pas aussi bien coiffés que je l'aurais aimé. Il y a appliqué du produit, mais a dû se contenter de passer ses doigts dans ces mèches sombres au lieu de les coiffer en arrière, comme il aurait dû le faire dans l'idéal.

Malgré ça, globalement, son apparence me rend incapable de penser de manière cohérente.

Ses yeux céruléens pétillent quand il m'étudie avec soin de la tête aux pieds.

— Vous êtes magnifique.

— Non, c'est vous, lâché-je.

Un proverbe anglais me vient alors en tête : « Quand deux flatteurs se rencontrent, le diable va dîner. »

Son sourire malicieux réapparaît.

— Merci, dit-il, avant de faire un geste vers le trottoir. Par ici.

Une limousine nous attend. Il m'ouvre la portière, ce qui lui donne l'air encore plus charmant.

Je. Dois. Arrêter. De. Reluquer. Mon. Nouveau. Patron.

En faisant de mon mieux pour ne pas lui donner un aperçu de mes parties intimes, je monte dans la voiture, et il me rejoint.

Va-t-il s'asseoir à côté de moi ?

S'il te plaît, assieds-toi à côté de moi.

Je veux dire, ne t'assois pas à côté de moi.

Il s'assied en face de moi.

Tant mieux. Pourquoi est-ce que je suis déçue ? Et au fait, est-ce qu'il peut voir sous ma robe, de là-bas ?

Je croise les jambes juste au cas où.

Son regard se fait soudain affamé.

Zut. Ai-je fait ma Sharon Stone dans *Basic Instinct* par accident ?

Non. Impossible. J'ai une culotte.

— Vous voulez quelque chose à boire ? propose-t-il d'une voix basse et douce.

J'ai effectivement la gorge sèche, mais je ne suis pas sûre de pouvoir supporter de boire de l'alcool, à cet instant. Ni même jamais, tant qu'il est dans le coin.

— Il y a du thé ?

Qu'est-ce que je raconte ? Bien sûr qu'il n'y a pas de thé. On n'est pas en Grande-Bretagne.

Pourtant, il sourit et ouvre un compartiment sur le côté.

Waouh. Il y a tellement de thé là-dedans que c'en est presque indécent. Toutes les variétés que je connais sont présentes, du thé noir au thé blanc, en passant par le matcha.

Je cligne des paupières. Non. Le thé n'est pas une illusion.

— Pourquoi y a-t-il autant de thé dans cette limousine ?

Il sort une boîte sur laquelle sont gravées des inscriptions en russe.

— Parce que c'est ma voiture et que j'adore le thé.

— Vous adorez le thé ?

Le fait qu'il possède sa propre limousine aurait peut-être dû me surprendre plus, mais ce n'est pas le cas.

Son sourire s'élargit.

— Pourquoi je n'aimerais pas le thé ?

— J'adore le thé, annoncé-je bêtement.

Il me fait un clin d'œil. Un clin d'œil !

— Ça nous fait un truc en commun.

Je ne peux offrir qu'un haussement d'épaules en réponse.

— Lequel vous préférez ? demande-t-il.

— Euh, l'Earl Grey.

Il secoue la boîte qu'il vient de sortir.

— Et que diriez-vous du thé Russian Caravan ?

— Je n'ai jamais eu le plaisir de goûter.

Il ouvre la boîte et la hume.

— Vous voulez essayer ?

Pourquoi ai-je trouvé ça aussi séduisant – la question *et* sa façon de humer la boîte ?

— Qu'est-ce qu'il y a dedans ? demandé-je d'une voix un peu tremblante.

— C'est un mélange d'oolong, de keemum et de lapsang souchong, explique-t-il.

Je commence à me demander s'il fait exprès d'essayer de me tenter.

Je veux dire, il vient de lister un nombre premier d'ingrédients, avec cette voix sexy ?

— C'est très aromatique, continue-t-il. Sucré. Malté. Fumé.

Le mot « nezgasme » existe-t-il ?

— Qu'est-ce que vous en dites ? propose-t-il en secouant à nouveau la boîte de thé.

— J'en veux.

Super, la réponse. Bon, c'est toujours mieux que « sautez-moi ».

Il émet un petit rire et tend la main vers le bar pour y prendre un engin en métal décoré avec élégance qui me rappelle une urne funéraire.

Bizarre. Il veut que je boive une tasse en l'honneur de sa grand-mère décédée, qui se trouve être dans ce truc ?

— C'est un samovar, explique-t-il tout en bricolant avec. Les Russes s'en servent traditionnellement pour faire le thé.

Ah. Je crois avoir déjà entendu parler de ça. Je n'aurais jamais cru en voir un en vrai… encore moins dans une limousine.

Une minute plus tard, il me tend une tasse de thé posée sur une soucoupe.

Quand je prends la tasse, nos doigts s'effleurent, provoquant une énergie agréable le long de mes terminaisons nerveuses et me rendant incapable de faire quoi que ce soit à part souffler sur ce fichu thé.

Il se met alors à souffler sur le sien, et je regarde ses lèvres pincées avec fascination. Pourquoi est-ce que je trouve ça aussi beau ? Si digne d'être embrassé ? D'être… léché ?

Je finis par reprendre mes esprits et par me lasser de souffler… sur le thé.

Je bois une gorgée délicate et ai aussitôt un authentique thégasme.

J'ai peut-être même gémi.

Ses lèvres dignes d'être embrassées s'étirent.

— C'est meilleur que l'Earl Grey ?

Je hoche la tête avec enthousiasme.

— Je ne croyais pas ça possible. Où est-ce que je peux me procurer ça ?

— En ligne, ou à Brighton Beach. C'est notre destination, d'ailleurs.

Ah. Le quartier est aussi connu sous le nom de Little Odessa – une partie de Brooklyn réputée pour la haute concentration d'immigrants russes qui y vivent. Je ne suis pas étonnée que son père veuille organiser son anniversaire là-bas.

— Je crois que je vais m'en acheter et inclure ce thé à mon rituel journalier, annoncé-je.

— Tenez, dit-il en me tendant la boîte. Servez-vous de ceux-là pour l'instant.

— Merci.

J'accepte le cadeau avec révérence et le cache dans mon sac à main.

— De rien. C'est juste du thé.

— Un thé incroyable, précisé-je.

Son sourire s'élargit.

— Comment s'est passée votre journée ?

— Très bien, mens-je. Comment s'est passée l'arrivée dans vos nouveaux bureaux ?

Il se passe une main dans les cheveux, ruinant le peu d'ordre qu'il y avait appliqué. Sérieusement, est-ce que je me ferais arrêter, si je l'attaquais avec un peigne ?

— Très bien, répond-il. J'ai enfin reçu mon nouveau clavier et mon nouvel écran.

Zut. J'avais presque oublié les dégâts que j'avais causés.

— Est-ce que vous avez des biscuits… je veux dire, des cookies pour aller avec le thé ? demandé-je dans un effort désespéré pour changer de sujet.

— Oui, mais je crois que vous devriez garder votre appétit pour plus tard, répond-il. Mes parents ont sorti le grand jeu avec le menu de ce soir.

— Ils ont trouvé un restaurant qui les a laissés changer le menu ?

Parce que c'est une idée qui me plaît beaucoup. Le problème, avec les restaurants, c'est qu'on ne peut pas avoir la même chose partout.

— Mieux encore, répond-il. Le restaurant leur appartient.

Ah. Je n'ai pas trouvé ça quand j'ai fait ma recherche sur le nom Chortsky.

— Il sert de la cuisine russe ? l'interrogé-je.

— Naturellement.

— Comment il s'appelle ?

— La Hutte. Vous en avez entendu parler ?

Je secoue la tête.

— C'est une abréviation. La Hutte sur Pattes de Poule, une référence à un conte de fées russe dans lequel une sorcière mangeuse d'enfants appelée Baba Yaga vit dans une maison portant ce nom.

Une sorcière mangeuse d'enfants ? Je ne suis pas Gia, mais ça ne m'a pas l'air très hygiénique… ni même acceptable d'un point de vue éthique.

— Tenez, dit-il en pointant du doigt vers la fenêtre. C'est ici.

Comme pour le confirmer, la limousine s'arrête.

J'étudie le restaurant, fascinée. Un escalier en bois mène à l'entrée, et de chaque côté se trouvent deux « pattes de poulet » décoratives, en référence au nom complet du lieu.

— J'espère qu'ils servent du poulet, remarqué-je. Sinon, les Américains risquent d'être confus.

Il sort et me tient la portière ouverte.

— Il y a du poulet, ainsi qu'un tas d'autres plats délicieux.

L'escalier est bancal, mais la porte qu'il ouvre pour moi est robuste.

À l'intérieur, le restaurant est très huppé, avec beaucoup de marbre, des nappes élégantes et des chaises couvertes – une délicate attention, vu qu'elle rend impossible de compter le nombre de pieds. Une musique au rythme soutenu résonne dans la salle, assez fort pour faire vibrer mes organes internes, et un homme grassouillet à moustache est en train de rapper en russe sur l'estrade centrale.

D'accord. Le Diable m'a mentionné de la nourriture et un spectacle, il est donc logique qu'il y ait une scène.

Les personnes présentes dans le restaurant semblent apprécier la chanson, je lance donc l'application de traduction sur mon téléphone pour me faire une idée des paroles.

Les garçons sont une drogue caca
À l'école ont donné dans des boîtes
Les narcotiques craignent le kvass.

Hum. Beaucoup de choses ont dû se perdre à la traduction. C'est quoi, du kvas ? Non pas que ça m'aiderait à comprendre les paroles.

Il s'avère que le kvas est une boisson fermentée. Ce qui rend les paroles encore moins compréhensibles. Tout ce que je peux dire, c'est que la chanson est vaguement antidrogue, ce qui est une bonne chose, je suppose.

Je lève les yeux de mon téléphone et vois le Diable sourire ; il s'est rendu compte de ce que je faisais.

— C'est une traduction assez mauvaise, remarque-t-il en étudiant l'écran de mon téléphone. Ce que ça veut vraiment dire, c'est : « Les drogues, c'est la merde que je donnais à l'école dans des boîtes d'allumettes. Le kvass est meilleur que les drogues. »

— Ça n'a aucun sens non plus. Pourquoi mettre des excréments dans une boîte d'allumettes ?

— C'est un truc qui se faisait en Russie. Des prélèvements de selles.

Gia en mourrait si elle entendait parler de ça.

— Pourquoi ?

Il hausse les épaules.

— Pour trouver d'éventuels parasites, peut-être ?

Sérieusement ? Adieu mon appétit.

Il me mène à une table au fond de la salle au moment où la musique se calme.

Je reconnais aussitôt certaines des personnes déjà présentes : Bella et Dragomir, assis côte à côte et clairement en couple. Je ne connais pas les autres, même si je peux deviner de qui il s'agit. L'homme à lunettes qui ressemble au jumeau maussade du Diable doit être son frère, Vlad. Les deux personnes plus âgées doivent être ses parents. Je devine aussi sans mal que l'homme qui ressemble au double plus joyeux de Dragomir doit être *son* frère.

Les énigmes principales, ce sont les deux femmes : l'une est pâle, avec un visage angélique, et regarde Vlad avec adoration. L'autre est une blonde saisissante qui me lance un regard mauvais, pour une raison que je ne saurais expliquer.

— J'espère qu'on n'est pas en retard, lance le Diable.

Les potentiels parents se lèvent et tout le monde suit leur exemple.

— Tu n'es pas en retard, *Sashen'ka*, lance la possible mère avec un très fort accent russe. Et tu as vraiment amené un rencard.

Le regard mauvais de la blonde se fait plus mauvais encore.

Une seconde. Le Diable a mentionné que sa mère tentait de le caser avec quelqu'un. Cette blonde est-elle un rencard de secours, au cas où je ne serais pas venue ?

Je résiste à l'envie de lui siffler dessus – je dois faire une bonne première impression, après tout.

— Tout le monde, je vous présente Holly, annonce mon faux rencard. Holly, voici mon frère, Vlad. Et là, c'est Fanny.

Il fait un geste vers son doppelgänger au visage de marbre et sa jolie petite amie aux joues rondes.

Le frère hoche froidement la tête, mais Fanny m'adresse un sourire rayonnant et un signe de la main.

Attendez. C'est donc elle, la testeuse experte mentionnée par le Diable ? Elle semble bien trop douce et innocente pour avoir la moindre expérience dans les tests en rapport avec le porno.

— Tu connais déjà Bella et Dragomir, continue le Prince des Ténèbres. Et voici son frère Anatolio.

Ce dernier s'approche de moi en souriant, s'incline, puis me prend la main et y dépose un baiser si bref que je n'ai même pas le temps de cligner des yeux.

Un étrange son se fait entendre dans mon dos.

Je cligne des paupières.

Le Diable vient-il de grogner ?

— Tigger, dit Anatolio. C'est comme ça que mes amis m'appellent.

Tigger ? Est-ce qu'il aime rebondir et a un ours en peluche pour ami ?

Le Diable vient se placer entre moi et Tigger avant de continuer les présentations.

— Voici Snezhana, dit-il avec un geste vers la blonde. Elle travaille dans une boutique voisine, même si je ne suis pas sûr de savoir ce qu'elle fait ici.

Il lance un regard désapprobateur à sa possible mère.

La blonde tourne elle aussi les yeux vers elle – l'expression confuse, cette fois.

— Je peux tout expliquer, assure la possible mère en évitant leurs regards. J'ai entendu dire qu'Anatolio – Tigger, je veux dire – était célibataire, alors j'ai invité Snezhana au cas où ils… s'entendraient.

— C'est bizarre, remarque Bella. On ne t'a dit que Tigger allait se joindre à nous qu'aujourd'hui.

La femme âgée lance à sa possible fille un regard à faire fondre du plomb.

Tigger regarde Snezhana en fronçant les sourcils. L'expression de cette dernière indique clairement que c'est la première fois qu'elle entend parler de tout ça.

Ma première supposition devait être la bonne. Elle a été invitée ici pour le Diable.

Connasse.

En secouant la tête de manière presque imperceptible, le Seigneur des Ténèbres dit :

— Et enfin, mais non des moindres, voici ma mère, Natasha, et le roi de la fête, Boris.

Boris et Natasha ? Hum. Ils ressemblent même aux personnages de dessin animé du même nom.

Je surprends le sourire de Fanny – je parie qu'elle pense exactement à la même chose que moi.

Avant que j'aie pu comprendre ce qui se passait, la mère est en train de m'étreindre et de me déposer un baiser sur chaque joue.

Eh bien, c'était un peu trop affectueux.

Dès que Natasha a fini ses bisous, je reçois le même traitement de la part du patriarche – en tout cas, jusqu'à ce que le Diable se racle la gorge. De manière agressive, devrais-je préciser.

De mon côté, je sens la salive de Boris et de Natasha sur mes joues et je m'assigne mentalement à la tâche de prévenir Gia de ne jamais sortir avec un Russe. Elle ne survivrait jamais à une telle rencontre.

Quand Boris me lâche enfin, je fouille dans mon sac à main, en sors le bocal de caviar et le lui fourre dans les mains.

— Je vous souhaite un joyeux anniversaire.

Il baisse les yeux sur le bocal, avant de les relever vers moi. Puis il échange un regard impressionné avec Natasha et s'exclame :

— Merci, Holly. Merci beaucoup.

Il prononce mon nom presque comme le mot « holy » et, à l'instar de sa femme, il parle exactement comme le personnage de dessin animé qui partage son nom.

— Que tout le monde s'assoie, dit-il. Il faut qu'on boive.

Le Diable croise mon regard et tire une chaise.

— Installe-toi ici.

Qui aurait cru que le Malin ramènerait l'esprit chevaleresque d'entre les morts ?

Je m'assois.

Il prend la chaise à côté de moi.

Je sens son odeur délicieuse – et me rends compte qu'il s'agit en partie de ce thé merveilleux qu'il m'a offert.

Une eau de Cologne au thé ? Je risque fort de jouir sur place.

Snezhana se retrouve assise en face de nous, à côté de Tigger, mais aucun d'eux n'a l'air intéressé par l'autre. Tigger reluque d'autres femmes dans la pièce comme un gros dégueulasse pendant qu'elle lorgne mon faux rencard.

J'ai un mot britannique très populaire, qui commence par un « p » sur le bout de la langue.

Vlad s'empare d'une énorme bouteille de vodka et commence à remplir les verres à shot devant l'assiette de tout le monde.

— Fais attention à la quantité que tu verses aux non-Russes, remarque Snezhana.

Elle a la voix enfumée et mélodieuse, et un accent sexy qui m'agace.

— Il ne faut pas s'attendre à ce qu'ils puissent tenir le rythme.

Tigger étire les lèvres.

— Les non-Russes peuvent boire jusqu'à ce que tout le monde finisse sous la table.

— Je parlais des Américains, précise Snezhana, les yeux posés sur moi.

Boris sourit à Tigger.

— C'est un défi que je suis prêt à relever avec plaisir.

— Je vous attends, monsieur le héros du jour, réplique Tigger avec bonne humeur.

Boris fait un signe de la main à un serveur et lui dit quelque chose en russe.

— Ne fais pas ça, grogne Natasha.

— C'est mon anniversaire, rétorque Boris.

— Très bien, rétorque-t-elle d'un ton sec. Mais ne viens pas te plaindre demain.

Le serveur revient avec deux verres de la taille de vases.

— Verses-en un pour moi et un pour mon ami bientôt bourré, dit Boris.

Avec un regard désapprobateur, Vlad remplit les deux vases à ras bord.

— Tu es sûr de ce que tu fais ? demande Dragomir à son frère.

Avec un sourire suffisant, Tigger prend un cornichon dans un plat tout proche et le pose sur son assiette.

Pendant que Vlad continue de distribuer la vodka, le Diable se penche vers moi et murmure :

— Quand il arrivera à toi, dis-lui de s'arrêter avant que ton verre soit plein.

— Pourquoi ? dis-je du même ton bas.

— La coutume veut qu'on boive jusqu'à voir le fond

de son verre, et vu que c'est l'anniversaire de mon père, il va vouloir que tout le monde fasse ça. Mais aucune coutume n'oblige à ce que nos verres soient pleins au départ.

Intéressant. Maintenant qu'il a parlé de ça, je remarque que Fanny est déjà au courant de ces spécificités – son verre à shot n'est rempli qu'au quart.

Quand Vlad arrive à moi, il verse lentement tout en me regardant, s'attendant clairement à ce que je l'arrête vite. Malheureusement, Snezhana me regarde aussi, et son expression supérieure pousse mon esprit contrariant à laisser Vlad remplir le verre à ras bord.

D'après un test ADN effectué pour découvrir mon ascendance, je suis un mélange d'Anglais, d'Écossais, de Cornouaillais et d'Irlandais. Certaines de ces ethnicités sont aussi réputées pour leurs prouesses alcoolisées que les Russes, donc ça devrait le faire.

Le Diable regarde mon verre à shot d'un air désapprobateur et dépose un cornichon sur mon assiette.

Essaie-t-il de me faire comprendre en silence que je suis un cornichon ? Non, il doit juste s'agir d'une autre coutume… Snezhana et tous les autres ont aussi pris un cornichon.

— Je vais porter un toast, maintenant, annonce Natasha dès que Vlad a terminé de verser la vodka. Je dédie ce poème à mon mari bien-aimé et bientôt fier grand-père.

Elle me lance un regard appuyé en prononçant ces mots.

Zut. Est-ce qu'elle sait un truc que j'ignore ? L'antéchrist est-il censé naître par immaculée conception ?

Quand elle a fini de me mettre mal à l'aise, Natasha reporte son attention sur Fanny – en tant qu'autre source de futurs petits-enfants, je suppose.

Les joues de Fanny rougissent fortement.

Natasha ignore Snezhana et lance un regard encore plus perçant à Bella. Puis elle se focalise sur son mari – raison pour laquelle elle ne voit pas Bella lever les yeux au ciel.

— Mon poème est dans ma langue natale, continue Natasha. Alors j'espère que ceux d'entre vous qui ne la parlent pas seront patients.

Snezhana prend un air triomphant.

C'est sérieux ?

Je lance mon application de traduction sur mon téléphone – je peux me servir de la technologie moderne pour suivre ce qui se passe.

Je l'espère, en tout cas.

Natasha commence son poème et l'application s'efforce de tenir le rythme.

Mon soutien.

OK, bon début.

Mon maître.

Hum. J'espère que c'est une erreur de traduction.

Mon âme sœur.

Mignon.

Mon protecteur.

Combien de ces « mon » y a-t-il dans ce poème ?

Mon défenseur.

OK, on a compris, madame. Il est beaucoup de choses.

Toujours fidèle.

Ah, au moins, la liste des « mon » est terminée.

Toujours plein d'ardeur.

Était-ce vraiment nécessaire ?

Toujours prêt à faire plaisir.

Encore une fois, était-ce nécessaire ?

Aucune femme n'a jamais été aussi reconnaissante que je le suis de servir avec obéissance auprès d'un homme.

S'agit-il d'une autre erreur de traduction, ou le féminisme n'est-il pas encore arrivé en Russie ?

Le poème continue dans la même veine, alors j'arrête de suivre la traduction et me contente d'attendre que ce soit terminé – ce qui me semble durer des heures.

— Maintenant, pour nos amis américains, reprend Natasha quand elle a enfin terminé. Un autre toast plus court.

Un autre ? Je croirai à sa brièveté quand je l'aurai entendu.

— Quelle est la différence entre un mari fidèle et un mari infidèle ? demande Natasha.

Tout le monde conserve un silence poli.

— Elle est énorme, répond Natasha. Le mari fidèle éprouve parfois du remords.

Nous émettons tous un petit rire poli.

— Bon, reprend Natasha. Buvons, pour que le remords ne tourmente pas ce mari fidèle.

Je suis perdue. Est-ce qu'elle a envie qu'il devienne sociopathe ?

Tout le monde prend son verre/vase, et je fais pareil.

Jusqu'à maintenant, je n'ai jamais absorbé que du vin, de la bière et des cocktails, et rarement, en plus. Je n'aime pas la perte de contrôle que l'alcool et les drogues provoquent, alors je ne me suis jamais vraiment intéressée à l'un ou l'autre.

Eh bien, ce sera une nouvelle expérience, au moins.

Natasha renifle son cornichon, vide son verre et mange le condiment avec enthousiasme.

Avec un regard défiant, Snezhana engloutit sa vodka sans prendre la peine de renifler ou de manger son cornichon – ce qui doit constituer la manière la plus hardcore de procéder.

Tigger et Boris vident leur gallon de vodka comme si c'était de l'eau.

OK. Ça ne doit pas être aussi difficile ?

Je renifle le cornichon salé juste pour rire, puis je vide ma vodka.

Nom d'un postérieur en feu !

Le magma se déverse dans mon œsophage et explose en un champignon de fumée dans mon estomac, m'emplissant d'une chaleur désagréable.

Est-ce le résultat escompté ?

Si c'est le cas, pourquoi quiconque aurait-il envie de se faire subir ça ?

Dans un effort désespéré pour apaiser la douleur, je dévore le cornichon.

En vain.

Bien que salé, le cornichon n'a rien d'un granité bien frais, et c'est exactement ce dont j'ai besoin, à cet instant.

Est-ce de la joie maligne que je lis sur les traits de Snezhana ?

Je prends une expression impassible et dis d'une voix aussi égale que possible :

— C'était bon.

Boris donne une tape sur le dos du Diable.

— Il faut la garder, celle-là, dit-il d'un ton approbateur.

Snezhana étrécit les yeux et se lève.

— Le laps de temps entre le premier et le deuxième verre doit être court.

Natasha la regarde en fronçant les sourcils, mais Boris sourit d'un air ravi.

— En effet, acquiesce-t-il. La vérité sort de la bouche des enfants.

— Et si nous commencions par manger quelque chose d'un peu plus substantiel qu'un cornichon ? suggère Natasha.

— Après le deuxième verre, répond Boris. Les traditions doivent être respectées.

Natasha lance à Snezhana un regard noir qui semble vouloir dire « c'est la dernière fois que je t'invite », et je ressens une certaine joie maligne à mon tour.

Cette fois, c'est Tigger qui verse la vodka, et vu que

Snezhana me regarde à nouveau d'un air défiant, je le laisse remplir mon verre à ras bord.

— À mon tour de porter un toast, annonce Bella en se levant. À mon père : que tu gardes la santé par-dessus tout, et le bonheur.

Les Russes sont-ils autorisés à prononcer des toasts aussi courts ?

On dirait bien que oui. Tout le monde commence à vider son verre.

OK. Je suppose que je vais devoir recommencer.

Je renifle le cornichon et engloutis ma vodka.

Chapitre Dix-Neuf

$\mathcal{D}$e manière assez surprenante, ce verre-là ne me brûle pas autant que le précédent.

C'est pour ça que la pause entre le premier et le deuxième verre doit être courte ?

— Tu devrais te ménager, me murmure le Diable à l'oreille, son souffle chaud provoquant la chair de poule le long de mes bras. Dis « stop » plus tôt, la prochaine fois.

Excuse-moi ? Est-il en train de me dire ce que je dois faire ? Il n'est pas mon chef. Pas dans ce restaurant, en tout cas.

— Tiens, dit-il, s'emparant de ce qui ressemble à de la salade de pommes de terre et en déposant une part dans mon assiette. Mange quelque chose.

Puisque tous les autres sont aussi en train de se servir à manger, je goûte ce qu'il vient de m'offrir.

Miam. Contrairement à une salade de pommes de terre normale, un plat que je n'aime pas, celle-ci contient de la viande, des petits pois et (bien sûr) des tranches de cornichon, ce qui explique peut-être pourquoi c'est aussi bon.

— Comment ça s'appelle ? demandé-je.

— C'est une salade Olivier, répond Natasha avec un sourire. Ça te plaît ?

— C'est incroyable, dis-je, en partie parce que c'est vrai et en partie parce que le restaurant leur appartient et qu'ils ont « sorti le grand jeu pour le menu ».

Pendant que nous mangeons, la musique se relance. La nouvelle chanson me rappelle la musique d'opéra que chantait l'alien bleu du *Cinquième Élément*, juste avant que la scène devienne trop violente pour que je la regarde. La seule différence, c'est que les testicules du chanteur grassouillet semblent l'empêcher d'atteindre les notes les plus aiguës.

Dragomir verse la tournée de shots suivante et je regarde le Diable d'un air défiant pendant qu'il remplit à nouveau mon verre à ras bord.

Le troisième shot passe encore plus facilement.

Il n'est peut-être pas encore trop tard pour faire de moi une alcoolique.

Les serveurs apportent un plat chaud composé de petits raviolis.

— Ce sont des *pelmeni*, explique Natasha. Un plat très simple, mais mon *pookie* adore ça.

Le Diable met des *pelmeni* dans mon assiette et ajoute un peu de ce qu'il appelle du *smetana*, et qui s'avère être de la crème fraîche.

Le mélange des deux est si bon que j'en gémis de

plaisir, ce qui pousse le Diable à me lancer un regard étrangement intense.

Je déglutis pour avaler ce délice et me répands en compliments pour le chef.

— Je dois me ranger à l'avis de mon époux, remarque Natasha au Diable avec un sourire. Tu *dois* la garder.

— Vous allez devoir m'apprendre à préparer ces plats, dis-je avec sincérité. Je mangerai ça au lieu des raviolis.

Natasha rayonne d'enthousiasme quand elle m'explique comment préparer le plat. Puis elle reporte son attention sur le reste des personnes présentes autour de la table.

— Puisqu'on parle de choses en rapport avec le restaurant, dit-elle, votre père a une annonce à faire.

Elle attend que tous les enfants Chortsky lui aient accordé toute leur attention avant de continuer :

— Nous avons décidé de léguer la Hutte au premier d'entre vous qui nous donnera un petit-enfant.

À ces mots, Fanny, Bella et moi recevons toutes une nouvelle tournée de regards appuyés qui semblent dire « Êtes-vous en ovulation ? »

Snezhana a l'air à deux doigts de se transformer en Hulk de jalousie. Ça me fait me demander si elle ne serait pas plus intéressée par ce restaurant que par mon faux rencard. Elle travaille à côté, après tout, et d'après Hannibal Lecter, on convoite ce qu'on voit tous les jours.

— Maman, je t'en prie, grommelle Bella. Tu sais

qu'on possède tous déjà des entreprises florissantes, hein ?

Le Diable et son frère hochent la tête, et Vlad ajoute :

— Quand vous serez prêts, nous voulons que vous vendiez cet endroit et que vous profitiez de l'argent. Vous l'avez mérité.

— Quoi qu'il en soit, il est hors de question qu'on s'engage dans une course à la baise pour vous faire plaisir, renchérit Bella sans prendre la peine de baisser la voix.

Les joues de Fanny deviennent écarlates.

— Désolé que tu aies à assister à ça, me murmure le Diable à l'oreille.

Il trouve ça embarrassant ? Il devrait passer du temps avec *ma* famille.

— Quel langage ! s'exclame Natasha, l'air à deux doigts d'étrangler sa fille. Tu vas énerver ton père. Le jour de son anniversaire.

En fait, Boris n'a l'air intéressé que par une chose : la bouteille de vodka. Il n'arrête pas de la lorgner comme s'il s'agissait d'une femme nue en train de danser.

Le Diable semble s'en rendre compte. Il prend la bouteille, déclare qu'il est temps de verser la prochaine tournée et remplit à nouveau les vases de Tigger et Boris.

Merde. N'ai-je pas lu quelque part qu'un litre d'alcool pouvait tuer ?

— À ras bord, pour moi, dit Snezhana de sa voix

rauque quand il arrive à son verre. Je peux… tout encaisser.

Est-ce à cause de la vodka, si j'ai envie de scalper cette blonde ?

Pas étonnant qu'il y ait si souvent des bagarres, dans les bars.

Quand le Malin arrive à moi, il ne me verse qu'une goutte d'alcool – comme si je lui avais demandé d'arrêter.

Snezhana regarda le misérable niveau de vodka dans mon verre d'un air triomphant.

Ah ouais ?

— Merci, mon cœur, dis-je à mon faux rencard.

Je lui tapote le bras – et sens mon souffle se coincer dans ma gorge à la sensation du muscle dur et sinueux qui se cache sous les couches de vêtements.

Merde. Le Diable est bien bâti.

Il sursaute légèrement à la familiarité de mon ton, mais se ressaisit vite et joue le jeu.

— Aucun problème, *kroshka*.

Je ne sais pas ce que signifie ce mot, mais il parvient à faire coup double. Natasha a l'air heureuse comme tout tandis que Snezhana engloutit sa vodka sans attendre le toast.

Je rive mon regard au sien, prends le verre rempli à ras bord du Diable et l'avale.

— Holly, s'exclame-t-il.

Tout le monde se tourne vers lui.

— Ce n'est pas la coutume, de boire avant le toast, ajoute-t-il sans conviction.

Ah ah. Alors ça ne pose pas de problème de voler la vodka d'un autre ?

— Je vais arranger ça, dit Boris.

Il s'empare de la bouteille de vodka et remplit les deux verres à shot devant moi, avant d'en tendre un à son fils.

Je remarque qu'il n'en a pas donné à Snezhana, mais je n'ai pas envie de jouer les balances.

Boris repose la bouteille et annonce :

— Je vais porter le prochain toast. Désolé, il sera en russe.

Je prépare mon application et, tant que j'y suis, je cherche la signification du mot *kroshka*.

Miette de pain ?

OK, très bien. Dans ce cas, je vais l'appeler *croûte de pain* – ou Crousty, pour faire court.

Boris se met à parler.

La femme est l'invention la plus merveilleuse depuis la découverte de la roue.

Super. C'est un autre poème ?

La femme est le meilleur ami de l'homme.

C'est pas plutôt le chien ?

La femme est...

Le reste de la phrase est prononcé d'une voix pâteuse, et c'est peut-être la raison pour laquelle l'application traduit :

... combien fait un kilo de saucisse si on arrache un tournevis d'une locomotive ?

Je ne lis pas le reste. Soudain, je me sens très à

l'aise ; j'ai chaud, je suis détendue et j'ai envie de faire la fête.

— À ma femme, termine Boris avant de vider son gallon de vodka.

Tigger a l'air un peu plus appréhensif quand il vide le sien.

Je bois mon shot sur pilote automatique – et ne ressens pas la moindre brûlure, cette fois. Quelqu'un a-t-il échangé la vodka contre de l'eau ?

La musique reprend. Cette fois, le chanteur massacre une chanson que je connais : *Hips don't lie* de Shakira.

En faisant de mon mieux pour ne pas trop penser aux hanches du type grassouillet, je dévore ce qu'il me reste de *pelmeni* pendant que tout le monde se concentre sur les innombrables autres spécialités qui n'arrêtent pas d'arriver à notre table.

— Est-ce qu'il y aura encore des *pelmeni* ? demandé-je au Diable une fois mon assiette tristement vide.

Avec un sourire, il appelle un serveur et lui demande quelque chose en russe.

— Et si tu essayais autre chose, ma chère ? me propose Natasha. Il y a tellement d'autres plats.

— Quand je trouve quelque chose que j'aime, dis-je avec un hoquet, j'ai tendance à m'y tenir.

Natasha regarde son fils en souriant.

— Une attitude admirable s'agissant des hommes, mais je ne suis pas sûre qu'elle s'applique à la nourriture.

— C'est le cas, lui assuré-je. Nous prenons une

multitude de décisions chaque jour. Pourquoi ajouter au stress en faisant des choix de nourriture alors que ce n'est pas nécessaire ?

Avant que Natasha ait pu protester, Tigger récupère la bouteille de vodka.

— À mon tour.

C'est moi ou sa main tremble un peu ?

— Je pense que les dames ont bu assez, remarque le Diable d'une voix sévère.

— C'est sexiste, répliqué-je.

— C'est de la biologie, rétorque-t-il en plissant ses yeux bleu céruléen.

— Eh bien, j'en veux un de plus, insisté-je d'un ton borné.

Et c'est la vérité. Selon mes calculs, j'ai bu quatre verres.

Je ne peux pas m'arrêter à quatre. Cinq serait bien mieux.

Zut. Quelle quantité de *pelmeni* est-ce que je viens de manger ? Et puis, quel est le pluriel de…

— J'en veux un aussi, dit Bella en me faisant un clin d'œil. Je sais qu'on a l'air délicates et fragiles, mais on peut se débrouiller sans être supervisées par un homme.

Je dois reconnaître ça à Dragomir : il hoche la tête d'un air approbateur à ces paroles.

— Je n'étais pas sexiste, marmonne le Malin. Pas intentionnellement, en tout cas.

— J'en veux bien un petit aussi, intervient Fanny. Et je me porte volontaire pour le toast.

Natasha hoche la tête d'un air approbateur et Snezhana dit quelque chose d'incompréhensible… peut-être du russe.

— Tes désirs sont des odes, dit Tigger. Je veux dire, des orbes. Je veux dire, des ordres.

Dragomir regarde son frère clairement bourré en secouant la tête, mais ne dit rien.

Une fois que tout le monde a son verre, Fanny se lève, les joues rouges.

— Je voulais saluer nos hôtes, Natasha et Boris. Merci d'avoir conçu des enfants aussi fabuleux, dit-elle en lançant un regard plein d'adoration à Vlad. Et merci de vous montrer aussi accueillants. Amen.

Attendez, ça ressemblait plus à une prière.

— Trinquons à ça, dit Boris d'une voix pâteuse, avant d'engloutir un autre vase de vodka.

Ignorant le regard désapprobateur du Diable, je vide mon cinquième shot.

Ah, délicieux. La vodka de bonne qualité est vraiment ce qu'il y a de mieux.

— Mesdames et messieurs, annonce le chanteur grassouillet depuis la scène. C'est l'heure du spectacle.

C'est vrai. On m'avait parlé d'un spectacle.

Les lumières se tamisent et des danseurs burlesques à demi nus envahissent l'estrade.

Ce qui se passe ensuite me rappelle le Cirque du Soleil, mais en version interdite aux moins de dix-huit ans. Les danseurs exécutent des acrobaties impressionnantes, mais le plus miraculeux, c'est qu'ils ne perdent pas leur minuscule tenue en route. Ils ont sans aucun doute utilisé de la colle.

À sa décharge, le Diable n'a pas du tout l'air intéressé par toute cette peau nue exposée. Même chose pour Dragomir et Vlad.

Boris, en revanche, bave devant le spectacle, pendant que son compagnon (ou rival) de beuverie, Tigger, applaudit avec le même enthousiasme.

Une fois le spectacle terminé, le chanteur revient sur la scène.

— Nous allons entamer notre programme de danse par une Danse Blanche, annonce-t-il.

Bella me fait un clin d'œil.

— Ça veut dire que les femmes doivent inviter les hommes.

Une mélodie vaguement familière s'élève des haut-parleurs.

Bella effectue une révérence théâtrale devant Dragomir, et Fanny demande timidement à Vlad si elle peut avoir cette danse.

Les hommes acceptent et les deux couples se dirigent vers la piste de danse.

Est-ce que j'ai envie de danser ? Il m'est déjà arrivé d'affirmer que les danses n'étaient qu'une excuse pour se faire des câlins et se frotter l'un à l'autre, mais à cet instant, cela me fait très envie.

Natasha est en train d'inviter Boris. Une fille assise à une autre table vient inviter Tigger. Les yeux de Snezhana sont fixés sur mon faux rencard, aussi intenses que la vision laser du flingue du Terminator.

Oui, non. Hors de question.

Je bondis sur mes pieds.

Waouh. La pièce tremble un peu, non ?

Peu importe. Je m'incline devant le Diable et hurle :

— Tu veux danser ?

— Ce serait un honneur, répond le Seigneur des Ténèbres.

Il se lève avec grâce et Snezhana se fige net.

Oui, elle a plutôt intérêt.

Sur la scène, le chanteur grassouillet braille *Holy water cannot help you now* dans un anglais approximatif.

L'eau bénite ne pourra sûrement pas m'aider, il a raison. Après tout, ce que je m'apprête à faire n'est-il pas la représentation parfaite de ce qu'on appelle un comportement mal avisé ?

Je vais danser avec le Diable.

Chapitre Vingt

*L*e Diable me prend la main.

Flûte alors.

La chaleur provoquée par la vodka n'est rien à côté de ça. J'ai l'impression que ma paume vient d'être marquée au fer rouge.

Il me mène jusqu'au milieu de la piste de danse et prend une position de danse de salon.

Je me joins à lui.

Il m'attire tout contre son corps puissant.

Je n'avais jamais réalisé à quel point il était grand et large d'épaules, jusqu'à maintenant.

C'est enivrant.

Nous commençons à osciller en rythme avec la musique.

L'arôme de thé, mélangé à une odeur délicieusement masculine, me donne le vertige alors que ses yeux céruléens me clouent sur place comme si j'étais un papillon. En parlant de ces petites saletés ailées, elles sont en pleine orgie dans mon estomac, et je dois les arrêter.

Pour rompre le sort hypnotisant de son regard, je me rapproche et cache ma tête au creux de son cou.

Oh mon Dieu.

Je sens quelque chose de dur dans son pantalon, de la taille d'une lampe de poche.

Une énorme lampe de poche.

Le Diable est content de me voir, c'est une certitude.

Ai-je sous-estimé sa virilité, dans la réalité virtuelle ?

Peut-être. Le pire, c'est que mon érection féminine est tout aussi présente.

Avant de réaliser ce que je suis en train de faire, je lui lèche le cou.

Je lèche. Son. Cou.

Ça ne va pas du tout.

Ce n'est pas convenable.

J'aurais vraiment dû me masturber avant de venir ici. J'ai très envie de le lécher encore une fois – ou pire encore.

Tout son corps se raidit et la chair de poule recouvre la peau de son cou.

Je m'écarte et me retrouve à nouveau prisonnière de son regard, dont les profondeurs bleues sont désormais sombres et échauffées.

Je sais désormais sans l'ombre d'un doute quel est le péché préféré du Diable.

Je ravale bruyamment ma salive.

La chaleur qui s'est embrasée entre nous est aussi brûlante que les feux de l'enfer.

Sur la scène, le chanteur grassouillet braille « Sept diables tout autour de moi… »

Sérieusement, Univers ? Je reconnais ces paroles. La chanson est dans ma playlist de titres comportant un chiffre premier– *Seven Devils* de Florence + the Machine. Et c'est vrai qu'en comptant les conjoints de Bella et Vlad comme faisant partie de la famille Chortsky, ils sont effectivement sept. Tout autour de moi.

Je croise à nouveau le regard de mon diable.

Si le Tentateur a l'intention de me séduire, considérez que j'ai succombé à ses charmes.

Je m'humidifie les lèvres.

Les pupilles dilatées, il penche la tête.

Je me mets sur la pointe des pieds.

Nos lèvres ne sont plus qu'à un millimètre les unes des autres.

— Borichka ! s'exclame Natasha, paniquée.

Merde, mais qu'est-ce qui…

Boris s'écroule entre nous.

Le Diable et moi nous séparons vivement et Boris se raccroche à moi alors qu'il tombe à genoux, enfonçant son visage dans mon entrejambe.

— Qu'est-ce qui te prend, papa ? s'écrie mon rencard peut-être pas si faux en rattrapant son père.

Boris ne répond pas. Il imite Winnie, le chien-ours – l'odeur de mon entrejambe doit l'avoir plongé dans l'hébétude.

— Ça veut dire que j'ai gagné ? demande Tigger d'une voix un peu pâteuse.

Son frère lui lance un regard mauvais avant d'aider le Diable à écarter Boris de moi.

— Et si on allait se repoudrer le nez, les filles ? propose Natasha d'une voix trop enjouée. Laissons les hommes aider le héros du jour à rejoindre la table.

Oui. Excellente idée. Quelque chose me dit que Boris risque de faire un esclandre d'une seconde à l'autre – il va peut-être même recréer la scène de *L'Exorciste*. Et si ça arrive, cela risque de causer une réaction en chaîne dans tout le restaurant – une idée horrible.

Fanny et Bella doivent être sur la même longueur d'onde que moi, parce qu'elles se joignent à nous alors que nous nous ruons vers le petit coin.

Les toilettes s'avèrent très chics, avec une dame pipi et tout. Elle est large d'épaules et me rappelle vaguement la maîtresse du salon de beauté, mais je ne panique pas, parce qu'il ne me reste plus aucun poil pubien.

J'entre dans une cabine pour vider ma vessie et suis stupéfaite de m'apercevoir à quel point cela me fait du bien.

Je devais vraiment avoir envie d'uriner. Soit ça, soit c'est un effet de la vodka dont personne ne parle jamais.

Je sors de la cabine, me lave les mains et accepte une serviette de la part du clone de la maîtresse.

OK. Il est temps d'affronter à nouveau le Diable.

Je me tourne vers la porte et me retrouve face à Snezhana, qui me bloque le passage.

Merde. Cette fille est une vraie ninja blonde.

— Ça ne marchera jamais, entre toi et Alex, dit-elle, prononçant chaque mot d'une voix pâteuse. Il lui faut quelqu'un de son espèce. Comme moi.

— Je ne savais pas qu'Alex était un chien, ricané-je.

D'où est-ce que je sors ça ? Je me serais attendue à une telle répartie de la part de Gia ou mes autres sœurs, mais pas de moi. L'alcool me va vraiment bien.

Le seul léger problème, c'est que Snezhana n'apprécie pas du tout ma réponse.

Ses narines se dilatent au point de me laisser voir ses poils de nez et elle fait un pas vers moi.

— Je crois qu'il vaudrait mieux que tu t'en ailles, remarque froidement Bella en apparaissant sur ma droite.

— Oui, renchérit Fanny sur ma gauche, d'un ton plus doux. Et juste pour info, Holly et Alex forment un couple très mignon.

Snezhana n'a pas l'air de se soucier de ce qu'elles disent, ni du fait d'être en sous-nombre.

Elle fait un autre pas vers moi.

Bon, tant pis.

Je ne me suis jamais battue de ma vie, vu que j'abhorre la violence, mais je suppose que c'est le jour des premières fois.

Je crispe les poings et redresse le menton.

— Amène-toi.

Chapitre Vingt-Et-Un

La maîtresse des toilettes musclée vient se placer entre moi et Snezhana.

— Personne ne se bat dans mes toilettes.

— Restez en dehors de ça, grogne Snezhana.

— Bella vous a déjà demandé de partir, tonne la maîtresse des toilettes. Fichez le camp.

Snezhana lui saute dessus. Avant que j'aie eu le temps de cligner des yeux, la maîtresse la retourne dans une prise de catch.

Snezhana est littéralement en train de se débattre en hurlant, tandis que la femme musclée l'entraîne hors de la pièce.

— Waouh, lâche Fanny, ses yeux bleus écarquillés. C'était intense.

— Certaines personnes ont l'alcool mauvais, remarque Bella avec philosophie. Je suis sûre qu'elle sera mortifiée par son comportement, après une bonne nuit de sommeil.

— Merci d'avoir assuré mes arrières, leur dis-je en leur souriant à toutes les deux.

— Aucun problème, répond Bella. C'est à ça que servent les amies, non ?

Elle m'a qualifiée d'amie. Mince alors. Je ne suis pas trop soûle pour oublier mes transgressions à l'encontre du rêve de Bella. Quand elle saura ce que j'ai fait, elle ne me considérera plus comme une amie. En fait, elle demandera à la maîtresse des toilettes de me jeter dehors, moi aussi.

J'entends un bruit de chasse d'eau. La cabine de toilettes la plus éloignée s'ouvre et Natasha en sort, sourcils froncés.

— J'ai entendu de l'agitation.

Bella lui explique tout dans un russe effréné, et les sourcils de Natasha se froncent de plus en plus à mesure qu'elle parle.

— Je vais dire deux mots à la mère de Snezhana, dit Natasha d'un ton décidé une fois que Bella a terminé.

— Bonne idée, acquiesce Bella. Mieux encore, tu n'aurais jamais dû l'inviter au départ.

Natasha commence à se laver les mains, les gestes tremblants et clairement altérés.

— Je n'arrive pas à croire que cette fille a eu une chance de se mettre avec Tigger et qu'elle a tout gâché. J'aime mon fils plus que tout, ne vous méprenez pas, mais ce garçon…

— Mère, je crois que tu as assez bu, l'interrompt Bella. Tu es mariée, tu te souviens ?

— Il y a une différence entre être mariée et être morte, réplique Natasha en reniflant.

— Je ne suis pas d'accord, me surprends-je à répondre. Pas avec la partie sur le mariage et la mort, mais pour ce que vous avez dit avant. Votre fils surpasse Tigger dans tous les domaines.

Pourquoi est-ce que je viens de dire ça ?

Bella me sourit.

— Je crois que tu as bu assez de vodka pour aujourd'hui, toi aussi.

— Sûrement, admets-je en inclinant la tête. Je ne crois pas pouvoir supporter deux shots de plus, de toute façon, et n'en boire que six me tuerait à coup sûr.

— Six ? répète Fanny d'un air confus.

— Si j'en bois un de plus, ça fera six, expliqué-je. Il faut que ce soit sept. Ou onze.

— Bien sûr, comme le 7-Eleven, répond Fanny.

Elle hoche la tête de manière solennelle, mais une lueur amusée danse dans ses yeux.

— En signe de solidarité, je vais arrêter de boire moi aussi.

— Pareil pour moi, renchérit Bella.

— Plus de vodka pour moi non plus, déclare Natasha. Je serai trop occupée à danser avec Tigger, maintenant que son rencard est parti.

Une fois ce pacte décidé, nous retournons à la table, où nous trouvons Boris, la tête posée à côté de son assiette et ronflant bruyamment. Tigger – qui a clairement remporté le concours de boissons – est entouré par deux femmes d'une autre table. Le trio formé par le Diable, Vlad et Dragomir est en train de parler en russe de manière animée.

Zut.

Si un mec normal devient séduisant une fois qu'on a bu un peu de vodka, le Diable est franchement magnifique, comme il se doit pour le plus intelligent et le plus puissant de tous les anges.

Ça le dérangerait, si je m'asseyais sur ses genoux plutôt que sur ma chaise ?

— Retournez avec vos maris, aboie Natasha au cortège de Tigger, qui s'empresse de filer.

Natasha regarde le jeune homme en battant des cils.

— Que diriez-vous d'une danse ? propose-t-elle d'une voix rauque.

Tigger se lève de manière un peu chancelante et la mène vers la piste de danse.

— Et si on allait garder un œil sur eux ? suggère Bella à Dragomir. Je n'ai pas envie que ton frère devienne mon beau-père.

Dragomir sourit et ils partent vers la piste de danse, Fanny et Vlad sur les talons.

Devrais-je danser à nouveau avec le Diable ?

— Tiens, dit-il en me tirant à nouveau une chaise.

Rabat-joie. Pas de danse, et je dois m'asseoir sur ma propre chaise, en plus ? Bientôt, il va me demander d'entrer au couvent.

Je pousse un soupir et me laisse tomber sur ma chaise un peu trop vite. Le restaurant se met à tourner autour de moi.

— Je t'ai fait apporter des *pelmeni*, dit-il. Mange. La nourriture ralentit l'absorption d'alcool.

— C'est le pompon, lâché-je en prenant une fourchette.

Ce truc est lourd, pour une raison que j'ignore.

— Le Diable a peur que je sois bourrée.

Attendez, je viens de dire ça à voix haute ?

Oui.

Il hausse un sourcil.

— Le Diable ?

— C'est comme ça que je te surnomme, dis-je avec un hoquet. Enfin, ça et Crousty, mais celui-là est si récent que je ne l'ai pas encore utilisé.

Il secoue la tête.

— Même si je n'aime pas beaucoup le mot « Crousty », je préfère peut-être encore ça à « Diable ».

— Tu es sérieux ?

Je tente de planter ma fourchette dans un ravioli, mais cette saleté m'échappe en glissant – sûrement à cause de tout ce beurre et cette crème fraîche.

Il me prend ma fourchette, empale le morceau pour moi avec habileté et me rend le couvert, nos doigts s'effleurant de manière orgasmique au passage.

— En Russie, les enfants se moquaient de nous avec différentes variations sur ce même thème, à cause de notre nom de famille, explique-t-il. Alors c'est un peu un sujet sensible. Au moins, « Crousty », c'est original.

Je le regarde en clignant des paupières comme une chouette.

— Mais tu as appelé ton chien Belzébuth.

Il hausse les épaules.

— Ce nom n'existe pas en Russie, et ce n'est pas un problème de donner à son chien un nom qu'on n'a pas envie de se voir affubler. Et puis, je n'ai pas envie que les crétins de mon passé aient encore la moindre emprise sur moi – c'est pour ça que j'ai appelé mon entreprise les 1000 Diables.

— Ah. Le Diable est un peu ton Holy Hymen.

Je porte la fourchette à ma bouche et ferme les yeux, savourant l'explosion de saveur que procurent les *pelmeni*.

Quand je rouvre les paupières, je vois qu'il m'observe d'un air perplexe.

— Holy Hymen ? Tu n'as pas dit que tu avais déjà connu des « coïts » ?

Je rougis et avale les *pelmeni*. Pourquoi a-t-il fallu que j'ouvre ma grande bouche ?

— Ce ne sont pas tes affaires, mais non, je ne suis pas vierge, dis-je à voix basse. Holy Hymen est le surnom que les enfants me donnaient, à l'époque. Parce que je m'appelle Holly et que mon nom de famille est Hyman.

— Ah. Alors tu comprends.

Son visage se durcit et ses yeux céruléens s'étrécissent dangereusement.

— Donne-moi les noms des connards qui t'ont insultée.

Je ne peux m'empêcher de cligner à nouveau des yeux. Il est sérieux ?

— Euh, je ne m'en souviens plus. Dans tous les cas,

je suis désolée – je ne voulais pas remuer le passé. À partir de maintenant, tu seras Crousty. Ou quelle que soit la façon dont on dit « crousty » en russe.

La lueur dangereuse dans ses yeux se dissipe, remplacée par une expression perplexe.

— Comment en es-tu venue à m'appeler « Crousty » ?

— Tu m'as appelée miette de pain, alors j'ai décidé que tu serais croûte de pain… ou Crousty.

Un sourire espiègle étire ses lèvres.

— Tu sais, en russe, « croustillant » est synonyme de « dur ».

Dur ? Ma respiration devient irrégulière alors qu'une chaleur me parcourt le dos.

— Pourquoi m'avoir appelée miette de pain ?

— *Kroshka* signifie aussi *ma petite*, explique-t-il. Je suis désolé si j'ai donné l'impression de t'infantiliser. Ce n'était pas mon intention.

— Je… vois, hésité-je en le regardant de haut en bas. Comment on dit « énorme » en russe ?

Son sourire s'élargit.

— Et si tu te contentais de m'appeler Alex ?

— Alex, répété-je, goûtant le mot sur ma langue.

— Ou Sasha. C'est un autre diminutif pour Alexander, mon nom complet.

— Non, dis-je en faisant courir mon doigt le long de son menton anguleux.

Un début de barbe a déjà commencé à y pousser.

— Alex me plaît.

Son regard s'assombrit et il me prend la main d'une poigne ferme.

— Vraiment ?

Je m'humidifie les lèvres.

— J'aime beaucoup Alex.

Il a l'air affamé – et ça n'a rien à voir avec les *pelmeni*.

Avant d'avoir pu m'en empêcher, je referme mon autre main à l'arrière de sa tête et l'attire vers moi.

Tout son corps se raidit et sa tête ne bouge pas.

Offensée, je le lâche et m'écarte – avant de comprendre pourquoi il est aussi figé.

Dragomir et Bella reviennent de la piste de danse, accompagnés de Tigger, Natasha, Vlad et Fanny.

Je suppose que le Diable – je veux dire, Alex – n'est pas très fan des démonstrations d'affection en public.

— Pas de dessert ? demande Natasha à la cantonade tout en s'affalant sur sa chaise.

Les yeux céruléens d'Alex sont rivés sur mon visage, et il arbore une expression intense et brûlante.

— Pas encore.

Natasha fait signe à un serveur d'approcher et lui passe une commande.

Une corne d'abondance de desserts est bientôt apportée, ainsi que du thé – la même marque merveilleuse que j'ai testée dans la limousine.

Alors que je verse la dernière cuillère de sucre dans ma tasse, on apporte une assiette de *pelmeni* et la dépose entre les gâteaux, les sucreries et les fruits.

— C'est pour moi ? demandé-je à Natasha.

Elle hoche la tête.

— J'ai demandé au chef de les préparer. Ceux-là s'appellent des *vareniki*. Goûtez.

J'en prends un et le mets dans ma bouche.

Miam. Il n'est pas fourré à la viande, comme les *pelmeni* classiques. Au lieu de ça, ils sont fourrés à la cerise sucrée, et je trouve que c'est un excellent dessert.

— Est-ce que quelqu'un connaît de nouvelles blagues de Vovochka ? demande timidement Fanny.

— C'est un petit garçon cible de nombreuses blagues russes, me murmure Alex à l'oreille, provoquant des picotements dans mon cou. En plus, il s'avère qu'il s'agit aussi du diminutif du nom de mon frère.

— J'en connais une, lance Natasha. Vovochka rentre à la maison avec un F en maths. « Pourquoi ? », demande son père. « Elle m'a demandé combien faisaient deux fois trois, alors j'ai répondu six. » « C'est la bonne réponse », remarque le père. « Ensuite, elle m'a demandé combien faisaient trois fois deux. » « Quelle différence, putain ? », s'exclame le père. Vovochka pousse un soupir. « C'est exactement ce que j'ai répondu. »

De petits rires s'élèvent autour de la table.

— J'en ai une aussi, intervient Bella en jetant un regard à son père endormi. La mère est en train d'essayer un manteau de fourrure. Vovochka dit : « Maman, tu ne te rends pas compte que ce manteau est le résultat de la souffrance d'un pauvre animal infortuné ? » Elle lance un regard sévère à son fils et répond : « Comment oses-tu parler de ton père comme ça ? »

D'autres petits rires.

Vlad est le suivant :

— « Pourquoi la limande est-elle plate ? », demande le professeur de zoologie. « Parce qu'elle a eu une relation avec la baleine », répond Vovochka. « Sors de cette classe ! », ordonne le professeur. « Continuons. Qui sait pourquoi l'écrevisse a d'aussi gros yeux ? » Depuis la porte, Vovochka répond : « Parce qu'elle a tout vu. »

Quand tout le monde est à court de blagues, nous savourons nos desserts pendant quelques minutes. L'alcool provoque-t-il des fringales, comme le cannabis ? J'apprécie un peu trop mes *vareniki*. Au point de devoir faire cent trente-sept squats plus tard.

Quand je tends la main pour me verser un autre thé, je sens quelqu'un se pencher vers moi et lève la tête.

C'est Tigger.

Avec une révérence courtoise, il émet un hoquet et dit :

— Puis-je avoir cette danse, très chère ?

Alex claque sa tasse sur la table avec un bruit sec.

— Non, tu ne peux pas, lâche-t-il dans un grognement.

— Eh ! m'exclamé-je, indignée. Pourquoi est-ce que tu parles à ma place ? Et si j'avais envie de danser avec lui ?

Ce n'est pas le cas, mais quand même. Pour qui se prend-il ?

— Détends-toi, mec, dit Tigger à Alex. C'est juste une danse.

Alex bondit sur ses pieds et vient se placer entre Tigger et moi.

— Elle est venue avec moi.

Je m'empresse de me lever à mon tour.

— Je suis toujours là. Pourquoi est-ce que vous parlez comme si je n'étais pas là ?

— Je sais qu'elle est avec toi, répond Tigger. Je voulais juste…

Dragomir aboie quelque chose à son frère d'un ton furieux, mais je ne comprends pas ce qu'il dit. Tout le monde continue de m'ignorer, et j'envisage de taper du pied de frustration, avant de décider de me réfréner.

— Du calme, les gars, lance Tigger en levant les mains, avant de regarder Alex. Désolé, mec. Je ne voulais pas te manquer de respect. Il y a bien assez de partenaires de danse aux autres tables.

Il laisse échapper un autre hoquet et me fait un clin d'œil.

— Hélas, très chère, notre danse ne pourra pas se faire. Si tu avais une sœur aussi attirante que toi, je danserais peut-être avec elle.

— En fait, dis-je en repoussant Alex du passage, c'est le cas. Et si je te donnais son numéro pour que tu…

— Eh, lance Bella en tirant doucement sur mon coude. Tu veux bien m'accompagner aux toilettes ?

Je la laisse ouvrir la marche, mais une fois hors de portée de voix des autres, je dis :

— Je m'apprêtais à donner le numéro de ma jumelle à Tigger, alors…

— Je te suggère d'attendre d'avoir dessoûlé, m'interrompt Bella. Ensuite, si tu penses toujours que c'est une bonne idée, tu pourras demander à ta jumelle si elle a envie que tu organises ce rencard pour elle.

Elle marque un point. Les hommes ne sont pas les seuls à avoir laissé la vodka leur embrouiller les pensées. Je crois que l'alcool m'impacte aussi un peu. Gia serait énervée si je la maquais sans sa permission, comme Natasha semble le faire avec ses enfants.

Je tressaille. Quand Gia s'énerve, ses farces deviennent cruelles – comme la fois où elle a plongé tous les objets de notre école primaire dans de la poudre de piment.

— Bon, reprend Bella avec un sourire. Parle-moi du costume, maintenant.

Ah. Bien sûr. Ça faisait plusieurs secondes que je ne m'étais pas sentie ébranlée. En parlant de ça, ma démarche est-elle branlante ? J'ai l'impression de me cogner un peu trop souvent dans les gens.

Bella me regarde toujours avec espoir, alors je réponds :

— Je n'ai pas grand-chose de nouveau à dire. Les batteries se sont déchargées avant que j'aie pu expérimenter la dernière phase. J'ai lu quelques manuels sur le contrôle qualité, alors je pourrais mieux étayer mes remarques si…

— J'espérais que tu dirais ça, m'interrompt-elle en

sortant une pile de papiers de son sac à main. Remplis ça quand tu seras prête.

Je regarde la première page.

Il y a des questions du genre « Avez-vous atteint l'orgasme ? » et « Combien de fois ? » Mais rien dans le style « Souffrez-vous de l'équivalent féminin des couilles bleues ? » – un manque de sexe, ce qui correspond à mon étape actuelle.

Comment pourrait-on appeler cette condition ? Les ovaires bleus ? Le clitoris bleu ?

— Fanny m'a aidée à constituer ce document, explique Bella tout en ouvrant la porte des toilettes. Et je te serais très reconnaissante si tu pouvais m'aider aussi.

Je lis quelques questions supplémentaires tout en allant aux toilettes, puis j'attends Bella près de la porte.

— Pouvez-vous nous accorder un peu d'intimité ? demande Bella à la dame pipi.

La maîtresse des toilettes s'en va avec un soupir grincheux.

— Donc, dit Bella avec un sourire malicieux. J'ai un cadeau pour toi.

Elle fouille dans son sac à main et en sort un énorme godemichet.

Je manque de laisser tomber le document de test.

La vodka cause-t-elle des hallucinations ?

Non. Ma nouvelle patronne se tient vraiment devant moi avec un godemichet à la main.

Un cadeau.

Pour moi.

Comme pour ajouter à l'aspect surréaliste de la situation, Bella clique sur un bouton sur le côté de la zigounette en silicone, qui s'allume en bourdonnant et commence à vibrer avec l'enthousiasme d'un marteau-piqueur.

— Amuse-toi bien, dit Bella en éteignant les vibrations et en me fourrant le godemichet dans les mains.

Je le regarde, bouche bée. En plus d'être énorme, il est bleu, avec des volutes chromées et un bout rouge en forme de champignon – ce qui, mis ensemble, me rappelle Optimus Prime de *Transformers*.

Bella fronce les sourcils.

— Tu n'aimes pas ?

— Je suis un peu surprise, c'est tout, dis-je, avec l'impression que ma langue est trop épaisse dans ma bouche.

— Je l'ai fait moi-même, explique Bella. Je ne sais pas si Alex te l'a dit, mais je suis propriétaire d'une entreprise de sex-toys appelée Belka.

Oh. Ça aurait pu faire l'objet d'une conversation amusante entre Alex et moi :

— *Tu savais que ma sœur fabriquait de faux pénis ?*

— *Eh bien, non, je ne savais pas. Dis-m'en plus. Ne m'épargne aucun détail.*

Eh, ça explique au moins l'intérêt de Bella pour ce costume de réalité virtuelle – c'est l'étape logique, pour une propriétaire d'entreprise de sex-toys.

— Merci, dis-je en rangeant Optimus au fond de mon sac à main. C'est très attentionné de ta part.

J'ai dû dire ce qu'il fallait, parce que Bella rayonne de fierté quand elle revient vers la table d'un pas sautillant. Cette dernière a été débarrassée et ne comporte plus que du thé et du café.

Quand il me voit, Alex bondit sur ses pieds et me tire ma chaise.

Je sais que je suis censée être en colère contre lui, mais c'est difficile quand il se comporte comme un tel gentleman.

— On va y aller, annonce Vlad en se levant.

Fanny me sourit et suit son exemple.

— C'était un plaisir de te rencontrer.

Je réfrène l'envie de lui demander si Bella lui a offert un godemichet, à elle aussi, ou si je suis spéciale.

— Je suis ravie de vous avoir rencontrés, tous les deux.

Bella jette un œil à son père toujours en train de ronfler.

— Je crois que Dragomir et moi ferions mieux d'y aller aussi, annonce-t-elle.

Dragomir hoche la tête et se lève.

— C'était un plaisir de te revoir, Holly. Désolé pour mon frère.

Il lance un regard noir vers la piste de danse, où Tigger est pris en sandwich entre Natasha et une femme d'âge moyen venue d'une autre table.

— C'est bon. Il n'a fait que m'inviter à danser.

Je lance un regard appuyé à Alex et ajoute :

— J'ai pris ça comme un compliment.

Est-ce un grognement que j'ai entendu s'échapper des lèvres d'Alex ?

— On se revoit au boulot, dit Bella en m'embrassant sur la joue. Au revoir.

— *Do svidaniya*, dis-je sans hésiter une seconde.

— Tu vois ? lance Alex avec un sourire diabolique. Tu dis déjà au revoir en russe. Il ne faudra pas longtemps avant que tu prennes notre accent.

Je ne peux m'empêcher de sourire.

Son expression se fait plus sérieuse et il demande :

— Tu es prête à partir ou tu veux finir ton thé ?

Mon cœur se met à battre plus fort. Je n'ai pas vraiment réfléchi à la façon dont cette soirée allait se terminer, mais maintenant, toutes sortes de scénarios classés X sont en train de pratiquer le Kama Sutra dans ma tête.

— Je suis prête, dis-je dans un souffle.

— Super, répond-il en me tendant la main. Allons-y.

Mon pouls accélérant encore plus, je lui prends la main.

Elle est grande, chaude et calleuse, et je voudrais ne jamais avoir à la lui rendre.

— Au revoir, papa, lance Alex au Boris endormi.

Puis il se tourne vers la piste de danse et s'écrie :

— Au revoir, maman !

Natasha nous salue d'un geste du bras et nous sortons main dans la main.

Le trajet à pied jusqu'à la limousine me fait l'effet d'un rêve.

Il me tient à nouveau la portière ouverte et je me glisse à l'intérieur. Il me rejoint et, contrairement à tout à l'heure, il s'assoit à côté de moi.

Zut alors.

Cette sortie est-elle sur le point de se transformer en un rencard bien réel – et torride ?

Chapitre Vingt-Deux

Maintenant qu'il n'est plus qu'à quelques centimètres de moi, je le dévore des yeux.

Cet homme est l'équivalent visuel de la méthamphétamine pour les ovaires.

— Je t'ai déjà dit à quel point tu étais sublime, ce soir ? murmure-t-il en me scrutant lui aussi d'un regard avide.

Une chaleur me parcourt la peau et je me rapproche, enhardie par l'alcool et l'ardeur évidente que je lis dans son regard céruléen.

— Tu l'as peut-être mentionné à un moment donné, dis-je.

— Tu as aussi une odeur délicieuse, ajoute-t-il d'une voix rauque.

— Pas aussi délicieuse que la tienne.

Je me penche et hume éhontément le savoureux arôme de thé qui m'a rendue dingue toute la soirée.

Il prend mon menton dans sa main et me regarde dans les yeux.

Je perds mon combat contre mon self-control et tends la main pour coiffer ses cheveux hirsutes – qui s'avèrent être délicieusement doux et soyeux, froids au bout et chauds plus près de son crâne.

Sa respiration se fait plus forte à mon contact, ses yeux s'assombrissent et il riposte en replaçant une mèche de cheveux rebelle derrière mon oreille gauche.

La chaleur s'intensifie en moi et tout commence à tourner dans la limousine.

Comme deux aimants, nous sommes attirés l'un vers l'autre par une force plus grande que nous.

Nos lèvres fusionnent.

Le temps s'arrête.

Le baiser est agréable. Si agréable que c'en est effrayant. Je m'enivre de toutes les sensations que cela provoque en moi. Il a le goût de ce thé délicieux, ses lèvres sont douces et chaudes, délicates, mais implacables tandis qu'elles exigent une réaction de ma part – une réaction qui me fait me sentir en perte de contrôle totale.

La limousine tourne aussi vite qu'un module d'entraînement de la NASA, maintenant, et un brasier fait rage au creux de mon être. La simple caresse d'une plume au bon endroit suffirait sûrement à me faire jouir.

Ce doit être un effet secondaire de la vodka. Aucun baiser ne peut faire ressentir autant de choses.

Haletante, je fais glisser mes mains le long de son dos.

Son dos musclé, large et si fort.

Il s'écarte.

Qu'est-ce qu'il fout ?

Mes ovaires sont si loin sur le spectre du bleu qu'ils risquent de devenir violets, puis verts.

La limousine s'arrête.

Ah. On est arrivés.

Je regarde par la fenêtre.

En effet. C'est chez moi.

Le cœur battant, je me tourne à nouveau face à lui.

— Monte avec moi.

Il replace une autre mèche de cheveux derrière mon oreille, et le contact de sa main provoque une autre décharge brûlante jusque dans mon entrejambe.

— Je ne peux pas, répond-il d'une voix rauque et pleine de regret.

— Tu ne peux pas ? répété-je.

Je baisse les yeux sur la bosse dans son pantalon, perplexe.

Il pousse un soupir.

— Je veux que tu me réitères cette invitation quand tu n'auras pas de la vodka pure dans les veines.

— Je ne suis pas soûle.

Et zut. J'ai parlé d'une voix pâteuse.

Son regard se fait compatissant.

— Et si je t'aidais à rentrer ?

Ah ah. Une brèche. Tout n'est pas perdu.

Il sort de la voiture sans montrer le moindre signe d'ébriété.

Je le suis dehors, mon corps traître me semblant étrangement lourd et empoté.

Il me tient le coude quand je sors de la voiture.

Hum. Mes genoux sont chancelants. Ce doit être à cause de toutes les fichues hormones que ce baiser a éveillées.

— Allons-y, dit-il en tirant doucement sur mon coude.

Je savoure la sensation de sa main forte qui me soutient alors qu'il me mène vers ma porte. Je la déverrouille et lui adresse un sourire aussi séducteur que possible.

— Je t'offre un thé ?

Voilà. Qui pourrait refuser de se laisser tenter par une bonne tasse de thé ?

Son visage arbore l'expression d'un homme assoiffé venant de traverser le désert.

— Je n'ai pas soif.

Je serre les dents.

— Très bien. Je n'ai pas besoin de toi, de toute façon.

Il arque un sourcil.

— J'ai le costume, tu te souviens ? Il y a toujours l'Alex virtuel.

Il plisse les lèvres.

— L'Alex virtuel ? répète-t-il.

— Oui, tout à fait. Ce type-là est bien plus accommodant que le vrai.

— Tu devrais te contenter d'aller te coucher, réplique-t-il en plissant les yeux.

— Quoi ? lancé-je en levant le menton. Tu es jaloux à l'idée d'avoir de la compétition ?

— Ce costume est la propriété de mon entreprise, répond-il platement. J'aimerais le récupérer. Tout de suite.

Avec un grognement, j'entre en titubant et manque de trébucher sur ma table basse en forme de pentagramme, mais il me rattrape.

Alors il a décidé d'entrer, maintenant ? Connard.

Je me dégage d'entre ses bras et fonce vers la chambre. Les mains tremblantes de colère, je range le costume dans le sac à dos décoré avec des pénis et le lui jette.

Il rattrape adroitement le projectile et m'adresse un sourire agaçant.

— Merci, dit-il en enfilant le sac dans son dos. Repose-toi, maintenant.

Grr. Pourquoi est-ce que ce ton autoritaire m'excite ?

Il est temps de passer aux choses sérieuses. Je me laisse tomber sur le lit et prends ce que j'espère être une pose séductrice. Évidemment, je ressemble peut-être aussi à une ivrogne avachie.

— C'est ta dernière chance de me rejoindre, articulé-je d'une voix pâteuse.

Encore une fois, j'espère avoir adopté un ton charmeur.

Ses narines se dilatent.

— Je dois emprunter la clef de ta porte.

— Ma clef ? répété-je en me redressant, oubliant ma pose sexy. Pourquoi ?

— Pour pouvoir verrouiller en sortant, explique-t-il, articulant chaque mot comme si j'avais soudain perdu quarante-sept points de QI.

— Je peux verrouiller ma porte moi-même, merci beaucoup.

Il secoue la tête.

— Tu risquerais de trébucher encore une fois sur cette table de sorcière.

— Ce n'est pas une table de sorcière. Juste un meuble à cinq branches.

— Je laisserai la clef dans ta boîte aux lettres, dit-il. Elle ferme à clef ?

Je hoche la tête de manière saccadée.

— Allez, sois gentille, dit-il en tendant la main.

Argh. Je me relève maladroitement du lit, fouille dans mon sac à main et fourre la clef dans sa paume tendue.

— Bien. Dors bien, maintenant.

Après m'avoir lancé un dernier regard torride, il tourne les talons et s'en va sans prendre la peine de fermer la porte de la chambre.

Parfait. Je n'ai pas besoin de lui et de son vrai sexe. Ni du costume.

J'ai le godemichet de sa sœur.

En fait, je devrais le considérer comme le mien, maintenant. Ou en tant qu'Optimus Prime.

Je manque de lui hurler l'information concernant le godemichet, mais me retiens à la dernière seconde.

Et s'il passait en mode homme des cavernes et me volait le godemichet ?

Je ne peux le permettre. Mes ovaires bleus doivent être apaisés.

Je vais me coucher ici et attendre de l'avoir entendu verrouiller la porte d'entrée, puis je sauterai sur le godemichet.

J'attends.

Il est parti ?

Mieux vaut attendre quelques minutes de plus. Je n'ai pas envie qu'il me surprenne à nouveau le pantalon baissé.

Je bâille.

Ça ne me ferait peut-être pas de mal de fermer les yeux une seconde ?

Dès que ma paupière supérieure touche celle du bas, le sommeil s'empare de moi comme un voleur et je m'endors.

Chapitre Vingt-Trois

Merde, c'est quoi, ça, Big Ben ?

Le son doit être au moins à cent vingt-sept décibels – assez fort pour causer des dégâts permanents à mes oreilles.

Oh. C'est mon réveil.

J'appuie sur le bouton pour le faire taire avant que mes tympans explosent.

Qu'est-ce qui se passe ? J'ai la nausée et mon mal de crâne a une migraine.

Mince. Je sais ce que c'est.

Une gueule de bois.

Mais cela implique d'avoir été en état d'ébriété.

Oh non. Ça me revient, maintenant – surtout le moment où j'ai tenté de séduire Alex, à la fin de la soirée.

Qu'est-ce qui m'a pris ? Tu parles d'un bordel.

Je me redresse avec effort et réalise distraitement que je suis encore tout habillée.

La pièce tourne autour de moi. Une mouche passe devant moi, aussi bruyante qu'une scie circulaire.

Quel pouvait être mon taux d'alcoolémie, pour me sentir aussi mal maintenant ? Ces trucs-là sont-ils directement proportionnels ?

Quand j'arrive à me mettre sur mes pieds, ma migraine empire.

Eh, au moins, j'arrive à marcher droit.

J'entame ma routine matinale jusqu'à me retrouver dans la cuisine.

Hum. Il y a une bouteille de Gatorade dans mon frigo.

Je n'ai jamais acheté ça.

Est-ce Alex qui me l'a apportée ?

Ne sachant trop si je devrais être en colère à l'idée qu'il soit entré chez moi sans prévenir, ou contente qu'il se soit inquiété de mes électrolytes, j'engloutis la boisson jusqu'à ce que mon estomac soit à deux doigts d'exploser.

Voilà. Maintenant, je n'ai plus qu'à avaler un baril de Tylenol, et je devrais être capable d'aller bosser.

———

Je prends un taxi, parce que les transports en commun risqueraient de faire exploser mon cerveau, aujourd'hui.

À quelques pâtés de maisons de chez moi, mon téléphone se met à vibrer.

— Allô ?

— Salut, sœurette, s'écrie Gia. Comment s'est passé le rencard ?

— Hum, articulé-je en écartant un peu le téléphone de mon oreille qui siffle. Parle moins fort.

— Comment ça ? s'exclame-t-elle encore plus fort. Je murmure presque.

Je lui raconte ce qui s'est passé, et je me sens un peu plus mortifiée et horrifiée à chaque mot qui sort de ma bouche.

J'ai embrassé Alex… Je me suis jetée sur lui, comme une dévergondée.

J'ai pratiquement agressé sexuellement mon patron.

— Donc, dit Gia une fois que j'ai fini de raconter cette affreuse histoire. Qu'est-ce que tu comptes faire, maintenant ?

— Aucune idée. Essayer de préserver ma carrière ?

— Avec lui, je veux dire. Vous sortez ensemble, maintenant ?

— Aucune chance. On travaille toujours ensemble.

Et c'est juste le sommet de l'iceberg. Dans tous les cas, qui a dit qu'il avait envie de sortir avec moi ? Après tout, il a repoussé mes avances, après ce baiser. S'il avait été aussi torride pour lui que pour moi, il n'aurait jamais fait ça.

— Très bien, je n'insiste pas, répond Gia avec un soupir théâtral.

L'enfer vient-il de déménager en Antarctique ?

— Super, merci.

— J'espère juste que tu n'as pas trop la gueule de bois pour aller au déjeuner que tu me dois.

Je rapproche le téléphone de mon oreille, certaine d'avoir mal entendu.

— Quel déjeuner ?

— Avec nos parents, répond-elle, et je l'entends presque lever les yeux au ciel. Crystal et Harry Hyman. La sexeuse de poulets et le testeur de pénétration. Tu te souviens d'eux ? La raison pour laquelle on est aussi perturbées ?

Si nous sommes perturbées, c'est sûrement à cause de nos sœurs tout autant que de nos parents, mais je ne le dis pas, optant pour une exclamation horrifiée :

— C'est aujourd'hui ?

— Tu sais bien que oui, répond Gia. Et non, tu ne t'en sortiras pas en jouant la carte de la gueule de bois.

— Très bien, grommelé-je. J'aurais préféré avoir mal au cul plutôt qu'au crâne… j'aurais pu faire semblant d'être toi, comme ça, au moins.

— Ça n'a aucun sens. À moins que tu parles d'une douleur anale. Non, même comme ça, ça n'a pas de sens.

— Tant mieux. Dire des trucs qui n'ont aucun sens devrait aussi m'aider à me faire passer pour toi.

— Si tu veux qu'ils te prennent pour moi, n'essaie pas de faire des blagues, surtout dans ce style-là, me conseille-t-elle. Et évite les expressions britanniques. Oh, et une amie à moi va t'apporter un sac de fournitures.

— Des fournitures ?

Je sens une absurde pointe de jalousie me parcourir à la mention de cette amie. Malgré nos gènes et notre éducation identiques, et malgré son tic consistant à éviter studieusement le moindre germe, Gia est beaucoup plus douée que moi s'agissant d'entretenir une vie sociale… Autrement dit, elle en a une.

Elle émet un son moqueur, inconsciente du chemin qu'ont pris mes pensées.

— Tu comptais te pointer là-bas en portant ta tenue de travail ?

Je baisse les yeux. Oui. Je porte ma tenue habituelle – comme il se doit.

— Je n'y avais même pas réfléchi. Je suppose que je te ressemble plus que je l'avais réalisé, aujourd'hui.

— Ah ah ah. Le sac contiendra des vêtements, une perruque et du maquillage.

Je sens ma migraine empirer.

— Super. Je suis impatiente de ressembler à Morticia Addams… si elle avait rejoint un club de motards.

— Je regarderais ce film sans hésiter, remarque Gia. Et n'oublie pas de leur faire un tour de magie. Fais le truc des trente-sept que je t'ai montré l'autre jour.

— D'accord.

Je sais qu'elle veut que je lui demande comment elle peut être sûre que nos parents penseront au nombre trente-sept, alors je résiste à la tentation.

— Et pour Tigger ?

— Le frère du petit ami de Bella ? demande-t-elle.

— C'est ça. Tu veux que je t'organise un rencard avec lui ?

— Bien sûr que non, rétorque-t-elle. Il m'a tout l'air

d'un vrai queutard, et c'est la dernière chose dont j'ai besoin.

J'ai très envie d'argumenter, mais je décide de résister et de me comporter en sœur sympa. Après tout, elle évite le déjeuner avec nos parents en grande partie pour qu'ils ne lui mettent pas la pression pour qu'elle sorte avec quelqu'un.

— Très bien, dis-je. Fais-moi savoir si tu changes d'avis.

— Je n'en changerai pas, affirme-t-elle d'un ton ferme. Bref, je dois y aller.

— *Do svidaniya.*

— Tiens, c'est nouveau, remarque-t-elle.

Puis elle me dit au revoir et raccroche.

Chapitre Vingt-Quatre

Je sors de l'ascenseur à l'étage de mon bureau et grimace au raffut que font mes collègues. Les mains pressées sur les oreilles, je cours vers mon bureau avant que quiconque ait pu me poser une question stupide du genre « Comment vas-tu ? »

Dans ma course, je remarque un truc bizarre. Des chaises supplémentaires ont été ajoutées aux bureaux des développeurs.

Qu'est-ce que ça veut dire ?

J'ouvre ma boîte e-mail et grimace. On rate une journée et ce truc se met à déborder.

Je commence par vérifier si j'ai reçu quelque chose de la part d'Alex. Si je suis virée, ça m'épargnera au moins d'avoir à lire le restant de mes e-mails, sans parler d'échapper à la cacophonie causée par mes collègues.

Le premier e-mail concerne les jeux pour l'hôpital.

Alex suggère qu'on rencontre le docteur Piper et ses collègues pour nous assurer que tout le monde est sur la même longueur d'onde. J'en serais ravie, si cet e-mail n'était pas arrivé hier – quelques heures avant mon comportement inapproprié.

Comme pour accroître mon anxiété au boulot, le prochain e-mail d'Alex est bien plus sinistre.

Une demande de rendez-vous.

Lieu : dans son bureau.

Motif : non renseigné.

Heure : dans une heure.

Zut.

Dois-je m'embêter à lire le reste des e-mails ?

Je crois que oui. J'ai besoin d'un truc à faire pour ne pas devenir folle dans l'heure qui vient.

Mais chaque chose en son temps. Si je conserve mon emploi, je veux que cette réunion avec le docteur Piper ait lieu au plus vite, alors je lui envoie un e-mail pour lui en parler – la fenêtre d'action dont je dispose avant qu'il fasse le lien entre mon travail et le porno se réduit très vite. Je vérifie ensuite si j'ai reçu quoi que ce soit de la part de Bella ; après tout, c'est aussi ma patronne, et d'après Alex, cette entreprise est surtout la sienne.

Je n'ai reçu qu'un e-mail de sa part, datant aussi d'hier. Apparemment, Bella et Alex ont décidé d'implémenter un truc appelé une programmation en binôme – une technique qui s'est révélée très efficace chez 1000 Diables. Elle dit que si j'ai de bons arguments à l'encontre de ce procédé, je dois lui en parler tout de suite, et si certains développeurs préfèrent travailler seuls, des exceptions peuvent être faites.

Ce doit être pour ça que ces chaises supplémentaires sont là.

Même si je n'ai aucune idée de ce qu'est la programmation en binôme, je fais quelques recherches pour en apprendre plus.

Aussi connue sous le nom de couplage, c'est exactement ce que son nom suggère : deux programmeurs s'assoient côte à côte et travaillent ensemble. Le pilote entre le code pendant que l'autre personne, le navigateur, passe le code en revue au fur et à mesure. Naturellement, les rôles sont inversés régulièrement.

Pourquoi n'ai-je jamais essayé ça ? D'après des recherches, la qualité du code en est améliorée, et tous les membres de l'équipe partagent mieux leur savoir.

Chouette. Si je ne suis pas virée, je serais curieuse de voir ce que donne ce truc de binôme.

Quelqu'un se racle la gorge. Deux fois.

— Salut, Holly.

Je masse mes tempes bourdonnantes et lève la tête.

J'aurais dû deviner aux raclements de gorge.

C'est Buckley.

— Salut, dis-je. Quoi de neuf ?

Il se racle la gorge deux fois de plus.

— Je voulais juste te dire au revoir.

— Ah ?

Il se racle une fois la gorge. Dieu merci.

— J'ai déjà obtenu le transfert que je voulais. La nouvelle direction travaille vite.

— Ah, dis-je, m'efforçant de ne pas avoir l'air *trop* contente. Félicitations.

Il se racle encore deux fois la gorge.

— C'était mon dernier jour ici.

Il en est à sept raclements de gorge. Que faire pour le convaincre d'en rester là ?

— Super, dis-je. Je te souhaite le meilleur.

Je lui fais signe au revoir.

Raté. Il se racle la gorge deux fois, comme s'il tentait à dessein de me rendre folle.

— On devrait rester en contact.

— Bien sûr, acquiescé-je. Je n'y manquerai pas.

Aucune chance.

Il m'adresse un long regard tout sauf professionnel et qui ne me manquera pas du tout, puis se racle la gorge une dernière fois et s'en va.

Je fais comme si je n'étais pas perturbée à l'idée qu'il se soit raclé la gorge dix fois au total.

Pas du tout perturbée.

Non.

Je suis aussi zen que onze vaches hindoues. Aussi calme que sept concombres.

OK, d'accord. J'ai besoin d'un truc un peu plus captivant et stimulant que de lire des e-mails, et je sais exactement ce qu'il me faut – le code que Robert m'a envoyé l'autre jour. Si j'arrive à conserver mon boulot, je travaillerai sur l'intégration du costume, alors autant y jeter un œil.

Je ne pensais pas que ma migraine pouvait encore empirer, mais c'est ce qui arrive. Le code est bon, élégant, même, mais il n'est pas du tout soigné.

Je m'assure frénétiquement que toutes les lignes soient en retrait de quatre espaces, puis je corrige les erreurs d'orthographe dans les commentaires jusqu'à ce que mon téléphone me rappelle l'imminence de mon rendez-vous avec Alex.

Et zut. J'avais presque oublié. Laissez tomber le divertissement, le temps file *vraiment*, quand on fait le ménage.

Avant de me lever de mon bureau, j'entre la commande pour enregistrer le code nettoyé dans le répertoire partagé ; autrement, si mon ordinateur grille, tout mon travail sera perdu. J'agis avec précaution, parce qu'une fois, toute l'équipe a fait une crise cardiaque quand j'ai loupé cette étape et donné l'impression qu'une année de dur travail avait disparu. Par chance, j'avais enregistré localement sur mon ordinateur le code qu'ils croyaient avoir perdu, je l'ai donc soumis à nouveau et tout le monde a arrêté de paniquer.

Est-ce à cause de mon rendez-vous imminent avec Alex, ou parce que le terme « soumission de code » ressemble vaguement à une expression BDSMesque ? Et d'ailleurs, ça se dit, BDSMesque ?

Grr. Pourquoi est-ce que je médite sur des considérations linguistiques ? Alex et mon destin m'attendent.

Quand je me lève, mon mal de crâne se transforme en élancement.

Eh bien, je ne peux rien faire contre ça.

Je m'avance à grands pas vers le bureau dans lequel je suis entrée par effraction il y a quelques jours et frappe à la porte.

— Entrez, dit Alex de sa voix à l'accent sexy.

Je prends une grande inspiration et pénètre dans la pièce.

Chapitre Vingt-Cinq

Au premier coup d'œil, je remarque qu'il s'est effectivement acheté un nouvel écran, un clavier et même une chaise supplémentaire. Mais ce qui attire le plus mon attention, c'est l'homme lui-même.

Même si je doute qu'il se soit rasé ce matin, il n'est pas aussi négligé que d'habitude, grâce à ses efforts du jour précédent, et même ses cheveux sont un peu moins décoiffés – tout cela renforçant son aspect exquis que je devrais ignorer.

Est-ce que ça fait plus mal que la normale, de se faire virer par quelqu'un d'aussi sexy ?

C'est assez dur à déterminer.

En parlant de dur, il l'était complètement, hier soir. Dur et palpitant, comme ma migraine.

Argh. Abattez-moi.

— Bonjour, dis-je en réalisant que je suis plantée là sans dire un mot depuis bien trop longtemps.

Son expression est indéchiffrable, ce qui le fait ressembler à son frère, Vlad. Mes paumes deviennent moites et mon estomac se noue.

— *Privet*, dit-il.

Un bonjour informel ? C'est peut-être un bon signe ?

— Je... je crois que je sais pourquoi je suis ici, balbutié-je.

Il hausse son sourcil droit d'un millimètre.

— Ah oui ?

Je hoche la tête.

— Je suis désolée pour hier soir.

Un pli se forme sur son front.

— Vraiment ?

— Je me suis comportée de manière non professionnelle.

Je jette un regard d'envie à sa deuxième chaise. Je ne saurais dire si c'est à cause de la migraine ou de la manière dont se déroule cette rencontre jusqu'ici, mais j'ai l'impression que mes jambes se sont transformées en gelée.

— Assieds-toi, lâche-t-il comme si c'était un ordre.

Je me fais une joie d'obéir.

— Comme je le disais, je suis désolée pour mon comportement inconvenant. Ça n'arrivera plus.

Son expression devient encore plus difficile à déchiffrer.

— Ah non ?

— Je le promets. S'il vous plaît, laissez-moi conserver mon boulot. Je...

— Tu crois que je t'ai fait venir ici pour te virer ?

Son visage est très facile à déchiffrer, d'un seul coup. Son expression furieuse laisse croire que s'il ne considérait pas que je devrais être virée avant ça, il y songe peut-être, maintenant.

Je déglutis avec difficulté.

— Tu n'as pas spécifié le motif de ta demande de rendez-vous.

Ses yeux céruléens s'assombrissent.

— Alors tu as supposé que tu allais être virée ? As-tu vraiment une si piètre opinion de moi, ou bien est-ce que tu essaies d'être aussi pessimiste qu'une Russe stéréotypée ?

Waouh. Je suppose qu'il n'a pas l'intention de me virer. Je pousse un soupir de soulagement bien audible.

— De quoi voulais-tu parler, alors ?

— De l'intégration du costume.

Il tourne l'écran vers moi et j'y vois le code que je viens de nettoyer.

— Oh.

Un fantôme de ce sourire malicieux apparaît sur son visage.

— Plus spécifiquement, je voulais t'expliquer comment on allait travailler sur le code.

— On ?

Il ne s'apprête quand même pas à dire ce que je pense, si ? Ce serait inconcevable. Autant que de faire entrer un ours dans un entrepôt de miel. Autant que…

Son sourire narquois est désormais bien visible.

— Je veux qu'on travaille en couplage, tous les deux.

Chapitre Vingt-Six

Il parle de la technique de programmation, mais des images de nous en train de copuler envahissent mon cerveau et refusent de partir. Ou plus précisément, elles ont toujours été là, mais sont désormais passées au premier plan.

Il tourne à nouveau l'écran face à lui.

— Rapproche ta chaise.

Attendez ? Maintenant ?

On va se coupler maintenant ?

Il me regarde, l'air d'attendre que je bouge.

Je suppose que c'est bien ça. On va se coupler.

Que les Dieux du binaire me viennent en aide.

Je tire ma chaise jusqu'à être assez proche pour détecter son odeur délicieuse.

— Tu viens de soumettre du code, dit-il en reportant son attention sur l'écran. Laisse-moi le synchroniser pour qu'on regarde la dernière version.

C'est normal de remarquer comme ses doigts sont

sexy, alors qu'ils entrent ces commandes ? Je les imagine en train de danser sur mon corps, au lieu de ces petites chanceuses de touches de clavier, et ma respiration accélère. La façon dont il vient de presser la touche C…

— Tu as rendu certains dossiers plus élégants, marmonne-t-il, son attention toujours rivée à l'écran. Ça rend plus facile de comprendre ce qui se passe. Merci.

Merde. Pourquoi ce compliment me fait-il repenser à notre baiser d'hier soir ?

— Pas de problème, parvins-je à articuler.

— Tu préfères piloter ou naviguer ?

— Je veux piloter, m'empressé-je de répondre.

À mon grand soulagement, je me retiens d'ajouter « tu es déchaîné, au lit ».

Merde, mes pensées sont à un cheveu de devenir un article de *Cosmo*.

Il écarte sa chaise et je me glisse derrière le clavier.

— Et si on travaillait sur ce souci que tu as mentionné à ma sœur ? propose-t-il.

— D'accord. Tu veux bien m'aider à naviguer jusqu'au dossier en question ?

Il m'indique où aller et nous passons tout en revue ensemble. Malheureusement, sa proximité et ma gueule de bois rendent très difficile le fait de me concentrer.

Si ce couplage dure trop longtemps, je devrai bientôt m'hydrater vigoureusement… et me masturber.

Quand nous avons ouvert le dossier, je cherche

toutes les cibles faciles permettant de rectifier les problèmes que j'ai vus. Je trouve quelque chose et il est d'accord pour dire qu'un changement serait utile, alors nous travaillons là-dessus pendant que je réfrène l'envie de l'embrasser à nouveau.

Qui aurait cru que le codage pouvait être sexuellement frustrant ?

— Il va falloir tester ça, dit-il quand je déclare que j'ai terminé le changement.

Je manque de tomber de ma chaise.

Tester. Est-ce qu'il veut dire utiliser ce costume ?

J'ai repéré le problème initial pendant que je fricotais avec une réplique de lui en réalité virtuelle, alors j'imagine que c'est aussi comme ça qu'il compte faire le test. Sauf que cette fois, je vais devoir me déshabiller devant lui et…

Mon téléphone sonne.

J'ignore l'appel et ferme le dossier.

Ce stupide truc se remet à sonner.

— Tu devrais répondre, dit-il. J'ai un autre rendez-vous bientôt, de toute façon. On reprendra ça dans l'après-midi.

Les tests classés X auront donc lieu dans l'après-midi.

Chouette. Je me sens tellement calme.

Le téléphone sonne à nouveau. Je balbutie quelques paroles incompréhensibles et finis par accepter l'appel.

C'est la sécurité du rez-de-chaussée. Quelqu'un a laissé un colis et je dois aller le récupérer.

— On se voit plus tard, dit Alex quand je lui explique que je dois partir.

— *Do svidaniya*, lancé-je en sortant.

— *Do skorovo svidaniya*, répond-il avec un sourire.

Dans l'ascenseur, je sors mon téléphone et apprends que *skorovo* signifie *imminent*.

Oui.

D'autres couplages et tests vont arriver de manière imminente – à supposer que je survive à ce déjeuner avec mes parents.

Chapitre Vingt-Sept

Mon colis sous le bras, je retourne à mon étage.

J'ai du temps à tuer avant le déjeuner, alors je décide de remplir le questionnaire de Bella autant que je peux. Merde.

Certaines de ces questions sont classées X, et c'est le moins qu'on puisse dire. J'espère que personne ne viendra s'arrêter à mon bureau – ou ne me demandera pourquoi je rougis à ce point.

Une fois le questionnaire complété, je décide qu'il est temps de me préparer pour le déjeuner, je me faufile donc au petit coin pour essayer le contenu du colis de Gia.

Non, pas au petit coin. Aux toilettes.

Je dois réfréner mes expressions britanniques pendant ce déjeuner.

Le carton contient mon attirail de vampire : Une perruque noire, une bouteille de fond de teint une teinte trop pâle, une paire de bottes de motard, du rouge à lèvres sombre et une tenue composée d'un jean noir, un haut noir à manches longues et une veste en cuir munie de clous en métal. Il y a aussi des gants noirs élégants qui auront un double usage : donner l'impression que je crains les germes et dissimuler l'absence de vernis à ongles sur mes mains.

Quand j'ai fini de tout enfiler, je ressemble assez à ma jumelle pour que notre propre mère ne puisse plus faire la différence – ce qui est tout l'objectif.

Je cache mes propres affaires dans le carton désormais vide et me prépare à sortir, sauf que Bella choisit cet instant pour entrer, et me regarde.

— Waouh. J'avais déjà entendu parler des vendredis décontractés, mais jamais des jeudis gothiques.

— C'est une longue histoire, grimacé-je.

Elle sourit.

— Laisse-moi deviner. Ta gueule de bois est aussi forte que la mienne, alors tu as décidé de ressembler à la façon dont tu te sens.

— C'est bien tenté, dis-je en lui rendant son sourire.

— Alors, vous vous êtes couplés, Alex et toi ? demande-t-elle, son sourire se faisant malicieux.

Je hoche la tête en rougissant sous le fond de teint. Puis, puisque je suis déjà gênée, j'en profite pour sortir son formulaire coquin et le lui fourrer dans les mains.

— J'ai rempli tout ce que j'étais capable de remplir. Alex m'a pris le costume.

Elle émet un petit rire.

— Ça ne me surprend pas. Même quand on était gosses, Alex n'a jamais aimé partager ses jouets.

C'est moi, le jouet, ou le costume ? À moins qu'elle parle du Alex virtuel ?

— J'ai un truc à faire, dis-je en tournant les yeux vers la porte.

— Moi aussi, répond-elle en se dirigeant vers l'une des cabines. Salut.

Je jette un coup d'œil à mon téléphone et retourne à mon bureau en courant, ignorant les regards stupéfaits de mes collègues. Je laisse tomber le carton contenant mes affaires normales près de ma chaise et me dépêche de rejoindre l'ascenseur.

Attendez une seconde.

Est-ce que je viens de voir Alex dans ma vision périphérique ? J'espère que non – je n'ai pas envie de lui expliquer mon look.

À mon grand soulagement, l'ascenseur arrive vite, et à partir de là, le trajet jusqu'au Miso Hungry se déroule sans accroc.

Mes parents m'attendent à une table d'angle quand j'entre dans le restaurant.

Ils ne m'ont pas encore vue, et c'est tant mieux.

Je m'avance vers la serveuse.

Elle n'a pas l'air de me reconnaître.

Cool.

— Salut, dis-je. Je sais que j'ai l'air différente aujourd'hui, mais je suis la cliente qui demande toujours quarante-sept cubes de tofu dans sa soupe miso.

— Ah, répond-elle un peu trop fort. Ce nouveau look vous va bien.

— Merci. Je serai assise là-bas, expliqué-je en pointant mes parents du doigt. Quand je commanderai ma soupe miso et mes rouleaux de printemps tout à l'heure, vous pourrez les faire comme je les prends d'habitude ?

Elle hoche la tête.

Parfait. Je vais peut-être y arriver.

J'approche de la table.

— Salut, maman. Salut, papa.

Quand il était plus jeune, mon père ressemblait à Bob Dylan – c'est ce que dit ma mère, en tout cas. Aujourd'hui, il ressemble plus à un clochard, avec sa barbe hirsute et cette queue de cheval argentée et bizarre, qui ressort du bonnet qui dissimule sa calvitie. Un clochard bien nourri – son ventre ressemble à celui de ma mère juste avant que les sextuplées lui sortent du corps comme des aliens. À l'opposé de mon père, et bien que huit êtres humains aient grandi en elle, ma mère a l'estomac plat, les cheveux brillants et la peau lisse. Elle pourrait passer pour ma grande sœur, ce qui me rend optimiste sur mes chances de bien vieillir.

Note à moi-même : je ne dois pas faire des remarques à mon père au sujet de ses habitudes alimentaires, parce que Gia ne ferait pas ça.

Ou bien si ?

Ma mère bondit sur ses pieds et croise les mains devant elle, style yoga.

— Namaste, rayon de soleil.

Rayon de soleil ? C'est du sarcasme ? Je ressemble à une créature de la nuit que les rayons du soleil pourraient tuer.

— Chose 2, dit mon père avec un sourire niais tout en me donnant une tape sur l'épaule.

Un point pour moi. Il m'a appelée Chose 2. L'illusion fonctionne pour l'instant. Étant la plus âgée, je suis Chose 1, même si je n'ai battu Gia que de quelques secondes dans notre course vers la sortie du vagin de notre mère. Les sextuplées sont Choses 3 à 8, alors j'ai beaucoup de chance. Je ne suis pas Chose 4, Chose 6 ou – Dieu m'en préserve – une très paire Chose 8.

— Je perçois de la tension, remarque mon père. Tu as perdu ton point d'équilibre ? Tu veux que je te masse les épaules ?

— Mangeons, d'abord, propose ma mère.

Elle a parlé de ce ton maternel qu'elle a pu perfectionner quand elle gérait huit petits monstres en pleine croissance – petites filles, je veux dire.

Mon père soupire et fait un peu la moue, puis se laisse retomber sur sa chaise. Il adore faire plaisir aux gens, et lui refuser l'opportunité de faire un massage des épaules revient à retirer ses marshmallows grillés à un hippie affamé souffrant de la pire fringale de toute l'histoire du cannabis.

Ma mère s'assoit et je m'installe sur la chaise restante, qui se trouve être face à la porte.

— Comment ça va ? demandé-je, désireuse de maintenir la conversation aussi éloignée de ma personne que possible. Vous avez fait quelque chose d'intéressant tant que vous étiez en ville ?

— Ça va on ne peut mieux, répond ma mère en ouvrant son menu. Hier soir, on a assisté à une performance burlesque. Après ça, ton père s'est transformé en vraie bête.

Et c'est parti. Je parie que si je devais boire un coup à chaque fois que ma mère dit un truc qui me donne envie de me crever les tympans, ma gueule de bois actuelle ne serait rien du tout en comparaison.

— Comment ça se passe dans l'univers de Chose 2 ? demande mon père. Tu poursuis toujours tes rêves ?

— Oui, dis-je. La magie, c'est génial.

S'ils avalent ça, le reste du déjeuner devrait se passer comme sur des roulettes. Même si j'essaie toujours de soutenir Gia du mieux que je peux, je ne peux m'empêcher de voir sa magie comme un hobby plutôt que comme un truc que font les adultes pour payer leurs factures à temps.

Mon père hoche la tête d'un air approbateur.

— J'admire tellement ce que tu fais.

Je hausse un sourcil avec prudence – l'épaisse couche de fond de teint sur mon front me donne l'impression d'être prête à s'effriter d'une seconde à l'autre.

— Vivre tes rêves, clarifie-t-il. Je n'ai toujours pas quitté mon travail.

— C'est ton travail qui nous permet de voyager comme ça, lui dit ma mère d'un ton rassurant. En plus, en tant que testeur de pénétration…

— Maman, l'interromps-je en jetant un regard inquiet à la serveuse. Ne fais pas de blagues en rapport avec la pénétration, je t'en supplie.

— C'est juste que ça craint de travailler pour quelqu'un d'autre.

La serveuse arrive et nous commandons. Dès qu'elle est repartie, je propose de faire un tour de magie à mes parents, vu que c'est ce que Gia aurait fait.

À mon grand agacement, ils pensent au nombre trente-sept – Gia arrive à faire de la magie sans même être sur place.

— C'était génial, lance mon père en nous versant de la sauce soja à tous les trois. Ça me rappelle cette vidéo que je t'ai envoyée l'autre jour.

Intéressant. Il envoie des vidéos de tours de magie à Gia ? Le dernier truc qu'il m'a envoyé, c'était un traité de science informatique théorique sur la rigidité du NP (qui désigne le temps polynomial non déterministe, et pas, disons, un pénis nu.)

— Oui, super vidéo, dis-je. Merci.

Pour éviter de parler encore de magie, je fourre un rouleau de printemps à l'avocat dans ma bouche et fait comme s'il était plus gros qu'en réalité.

Ma mère prend un morceau de sushi avec ses baguettes.

— Je suis désolée de détourner la conversation de la magie, mais je voulais te parler de quelque chose.

Je me raidis, mais m'efforce de le cacher. La dernière chose dont j'ai envie, c'est d'un massage des épaules de la part de mon père.

— Qu'est-ce qu'il y a ?

— On s'inquiète pour ta sœur, répond ma mère.

Lever les yeux au ciel est une habitude, pour Gia, alors je cède à l'envie de le faire.

— Laquelle ?

— Ta jumelle, répond ma mère. Évidemment.

Et zut. Ils s'inquiètent pour *moi* ? Je veux dire, la vraie moi ? Et puis, ça veut dire quoi, ce « évidemment » ? Il n'y a qu'à choisir l'une des sextuplées au hasard et vous pouvez être sûrs qu'elle causera plus d'inquiétude que moi. À moins que ma mère ait voulu dire que « évidemment » les soucis d'Holly étaient un sujet duquel discuter avec *Gia*.

Oui. Je vais plutôt le voir comme ça.

J'imite le sourire espiègle de Gia.

— Qu'est-ce que mon clone Spice Girl a fait, cette fois ?

Ça ressemblait assez à Gia ?

Mes deux parents froncent les sourcils.

Super. Ils sont en colère contre moi parce que je me suis moquée de moi-même, maintenant.

— Elle a l'air bizarre, répond ma mère.

— Elle ne vit pas, renchérit mon père. Elle se contente d'exister.

Je le regarde en plissant les yeux.

— Tu as fumé quoi, aujourd'hui ?

Il balaie cette remarque de la main et continue :

— Depuis le coming-out de Beau, elle…

Je n'entends pas ce qu'il dit ensuite, parce que je suis

prise de court par le nom de mon ex, et le pincement au cœur qui l'accompagne.

Je fais de mon mieux pour ne rien laisser paraître sur mon visage. Je dois me comporter comme le ferait Gia. En fait, elle se renfrognerait, alors c'est ce que je fais. Elle déteste Beau à cause de ce qu'il m'a fait. Pour me remonter le moral, elle a admis s'être introduite chez lui après notre rupture pour ajouter des laxatifs à tout le contenu de son frigo.

— Je pense qu'elle va bien, assuré-je en plongeant un morceau d'avocat dans la sauce soja. Mis à part le fait qu'elle a besoin d'une meilleure garde-robe, bien sûr.

Voilà. C'est comme si j'étais née pour ce rôle.

— Elle n'est plus sortie avec personne depuis Beau, remarque ma mère. Tu sais comme les orgasmes sont importants, et je ne crois pas qu'elle en ait.

Je serre les dents. Elle croit peut-être que Beau me donnait des orgasmes ?

— On ne peut pas dire que j'aie une vie sexuelle florissante, moi non plus. Je suis mal placée pour l'aider.

Zut. Ils me regardent tous les deux bizarrement. Mauvais signe.

— Je veux dire, je me donne du plaisir toute seule, bien sûr, ajouté-je, en me disant que Gia doit sûrement être capable de parler comme ça devant notre père sans avoir des envies de suicide. Je suis certaine qu'Holly fait ça aussi. Elle s'assure juste de le faire un nombre premier de fois chaque jour.

Boom. Où est mon Oscar ?

Ma mère se redresse sur sa chaise.

— Tu crois vraiment ?

On croirait que je viens de lui dire que sa fille a découvert un remède contre le cancer, plutôt qu'un godemichet.

— Certaine, assuré-je. Je crains surtout pour son canal carpien, avec toute cette masturbation.

— Je suis soulagée, répond ma mère. Bien sûr, le véritable objectif est de se trouver un homme à même de délivrer ces orgasmes.

Je suis Gia. Gia devrait être embarrassée, pas moi.

— Parce que l'amour est charmant, ajoute mon père.

— Bien sûr. Holly et moi allons nous mettre sur le coup sans tarder, dis-je de la voix sarcastique propre à Gia. Un vrai être humain. Compris.

— Fais-moi savoir si je peux vous aider de quelque manière que ce soit, dit ma mère avec une expression sincère qui me fait douter de mes talents pour le sarcasme. J'ai des décennies d'expérience avec les techniques de sexe tantrique les plus renversantes et époustouflantes de l'univers. Si tu as besoin d'un conseil, je suis toujours là pour toi.

— *Nous* sommes toujours là, la corrige mon père.

Pourquoi je n'ai pas commandé du Fugu – le plat japonais composé du poisson-globe mortel ? Un bon afflux de tétrodotoxine serait peut-être préférable à cette conversation.

— Merci, les gars, me forcé-je à répondre.

— Si tu projettes de l'énergie amoureuse dans le monde, ajoute mon père en se grattant la barbe, l'équilibre karmique fonctionnera toujours en ta faveur.

La serveuse lui a-t-elle passé un *fortune cookie* sans que je le voie ?

Si je ne faisais pas semblant d'être Gia, je leur aurais rappelé que pour eux, ce n'est pas qu'une question d'orgasmes. Je les soupçonne de vouloir un beau-fils, et un petit-fils, avec un peu de chance. Leur envie d'avoir un enfant mâle n'est un secret pour personne. C'est pour ça qu'ils ont suivi ce traitement pour la fertilité il y a toutes ces années – celui qui leur a offert six filles de plus.

C'est depuis ce temps-là que mon père croit au karma. Il est convaincu d'avoir été un tueur en série dans sa vie antérieure.

— Bon, on a d'autres nouvelles à t'annoncer, lance ma mère.

Je vous en prie, ne me dites pas que vous allez créer une communauté sexuelle. Ou une colonie nudiste. Ou rendre votre mariage plus libre.

— On va rester en ville quelques semaines de plus, annonce-t-elle.

Ouf.

— C'est super, maman. Vous devriez aller voir *Mary Poppins* à Broadway.

Ma mère et mon père échangent un regard.

Zut. Gia aurait recommandé un spectacle de magie.

Ou de mentalisme – comme s'il y avait la moindre différence.

Bon, c'est trop tard pour me reprendre, maintenant. Si je fais machine arrière, j'aurai l'air encore plus suspicieuse, alors je me contente de fourrer de la nourriture dans ma bouche et de mâcher.

La clochette au-dessus de la porte du restaurant retentit.

Je jette un œil au nouvel arrivant et mon cœur me remonte dans la gorge.

Ce n'est autre qu'Alex Chortsky, mon potentiel faux rencard, et absolument pas faux patron.

Chapitre Vingt-Huit

e m'empresse de détourner les yeux.

Il ne m'a peut-être pas vue ? Ou bien il m'a vue, mais ne m'a pas reconnue, dans mon déguisement de Gia ?

C'est possible, mais peu probable, s'il m'a déjà aperçue comme ça au bureau.

Mon téléphone émet un bip.

Je le regarde instinctivement.

C'est un message de Lucifer Satan : *C'est bien toi ?*

Je suis une idiote. Je viens de regarder mon téléphone, confirmant ses soupçons.

Je lui lance un regard paniqué.

Oui. Il arrive vers moi.

Tout ça a le potentiel pour causer tellement de problèmes, mais le plus gros, c'est que je suis déguisée en Gia – et contrairement à ma dignité, je peux au moins protéger ça.

Souriant comme une cinglée, je lui fais un signe de la main.

— Alex ! C'est moi, Gia. Par ici.

Il fronce les sourcils et accélère le pas.

Mes parents se retournent. Mon père se gratte la barbe et ma mère se met à baver.

— Gia ? répète Alex, l'air clairement confus.

— Je sais, dis-je, mon sourire fou approchant désormais de celui du Joker. En général, je suis beaucoup plus pâle que ça, mais tu sais ce que c'est. Je suis restée au soleil pendant cinq bonnes minutes, aujourd'hui.

Tout le monde émet un petit rire nerveux.

— Maman, papa, dis-je. Voici Alex.

Ils me regardent, attendant la suite.

Bien sûr. C'est à ce moment-là qu'on explique généralement notre lien avec la personne qu'on vient de présenter.

Qu'est-ce que je dis ?

J'ai soudain une idée. Je peux rendre un énorme service à Gia – et me venger d'Alex pour m'avoir exhibée devant ses parents l'autre jour.

— Alex est mon petit ami, lâché-je d'un ton nonchalant. Il a proposé de se joindre à nous. Surprise !

Alex cligne des paupières, mais semble jouer le jeu. En tout cas, il ne réfute pas mes affirmations et tire une chaise d'une autre table pour s'asseoir avec nous.

Ma mère le dévisage, l'air sous le choc.

Waouh. Considéraient-ils que Gia ne trouverait jamais personne ?

— Alex, voici Crystal et Harry Hyman, mes parents.

Alex serre la main de mon père, puis embrasse ma mère sur la joue comme le font les Russes.

Elle a l'air à deux doigts de pondre un œuf.

— Comment vous êtes-vous rencontrés ? demande-t-elle dans un souffle.

— Alex travaille avec ma jumelle, expliqué-je. *Elle* ne pouvait pas sortir avec lui, évidemment ; son nom n'a pas un nombre premier de lettres.

En fait, je peux composer avec le nombre de lettres dans « Alex » parce que j'aime vraiment la sonorité de ce mot. Et puis, je peux toujours me rassurer en me disant que ses parents le surnomment Sasha, qui fait cinq lettres.

— Oui, répond Alex en s'asseyant. Ce ne serait vraiment pas approprié de sortir avec Holly, n'est-ce pas ?

Ma mère n'a pas l'air de l'écouter. À en juger par le regard qu'elle lance à « mon petit ami », c'est elle qui va se transformer en « bête » ce soir.

— Vous avez l'air tendu, fait remarquer mon père à Alex.

Ce dernier hausse les épaules.

— Ce n'est pas tous les jours qu'on rencontre les parents de la femme avec qui on sort. En plus, je travaille sur un projet important avec Holly, alors…

— N'en dites pas plus, l'interrompt mon père en bondissant sur ses pieds. Ceci devrait vous aider à recharger vos batteries pour la semaine.

Avant que j'aie pu hurler un SOS, les doigts poilus

de mon père s'enfoncent dans les épaules d'Alex.

Je suis Gia. Gia serait mortifiée, pas moi.

Le massage de mon père est si vigoureux que sa queue de cheval est à un centimètre de fouetter le visage d'Alex. Et puis, il émet des grognements. Qu'est-ce que c'est que ça ? Est-ce qu'il est si peu en forme que le simple fait de plier les doigts lui cause des difficultés ? Ou bien essaie-t-il de créer un effet de vibration pour Alex, comme une chaise de massage chic ou un chat ?

Ma mère l'observe avec jalousie, mais sûrement pas parce que mon père est en train de tripoter quelqu'un qui n'est pas elle. Je crois qu'elle a envie de toucher Alex elle-même… et peut-être autre chose que ses épaules.

À sa décharge, le visage d'Alex ne montre rien de ce qu'il doit penser. Seul un fantôme de sourire danse dans ses yeux céruléens.

— Monsieur, dit la serveuse à mon père avec une politesse exagérée. Pourriez-vous éviter de faire ça ici ?

Est-elle homophobe ? Ce n'est pas clair, mais elle obtient ce qu'elle veut. Mon père donne une tape dans le dos d'Alex, puis se laisse retomber sur sa chaise, marmonnant quelque chose au sujet des normes sociétales stupides concernant le bondage.

— Désirez-vous quelque chose ? demande la serveuse à Alex, d'un ton qui me laisse penser qu'elle a écarté mon père pour se débarrasser de la compétition.

Je m'attends à ce qu'Alex réponde : « Que le père

d'Holly ne me touche plus jamais ». Mais il se contente de demander la spécialité sushis du jour.

— Votre accent… dit ma mère d'un ton rauque. D'où venez-vous ?

Avec un sourire exquis, Alex explique qu'il est né à Murmansk, une ville située au nord-ouest de la Russie.

Ma mère et mon père le bombardent de questions au sujet de sa ville natale, et j'apprends que c'était la dernière ville fondée par l'Empire russe. Et qu'il y fait froid, même pour la Russie, avec des hivers âpres et des étés frais et courts.

— Quand est-ce que vous nous recommanderiez d'aller la visiter ? demande ma mère, les yeux encore bien trop rêveurs.

— Je vous recommanderais de ne pas la visiter, répond Alex. Mais si vous en avez vraiment envie, je dirais qu'il faut toujours visiter la Russie durant l'été. Et aller à Moscou avant de s'intéresser à Murmansk.

— Toute votre famille vit ici ? demande ma mère.

Il hoche la tête, puis leur parle de ses parents, ses frères et sa sœur.

— Mes grands-parents sont restés au pays, conclut-il. C'était avant l'époque des vidéoconférences, alors ils m'ont beaucoup manqué.

Il prend un air mélancolique, puis termine :

— Ils sont décédés, maintenant.

Je ressens l'envie d'embrasser son visage pour en aspirer la tristesse. Zut. Qu'est-ce qui cloche, chez moi ? Ce n'est pas *vraiment* mon petit ami. Je ne suis pas censée être émue en le voyant vulnérable.

— Je suis sûr qu'ils ressentent votre amour où qu'ils soient, assure mon père à Alex d'un ton réconfortant. L'amour transcende le temps et l'espace.

À sa décharge, Alex ne lève pas les yeux au ciel. Au lieu de ça, il demande :

— Et vous, où vivent vos parents ?

— En Floride, répondent mes parents en même temps.

Alex sourit.

— C'est tout l'opposé de la Russie.

Avant que quiconque ait pu ajouter quoi que ce soit, la serveuse revient avec le plat d'Alex, qu'il attaque avec enthousiasme – le massage de mon père a dû stimuler son appétit.

— Que pensez-vous de la magie de Gia ? demande ma mère quand Alex ralentit sa consommation de sushis pour s'accorder au rythme de tout le monde.

Il me lance un regard interrogateur.

— Elle est… incroyable.

— Il est trop gentil, dis-je. En réalité, à chaque fois que je fais un tour de magie pour lui, il me supplie de lui dire comment j'ai fait. Ça le rend dingue de ne pas savoir.

Mes parents échangent un autre regard.

Mince. Ça ne ressemblait pas assez à Gia ?

— C'est comment, de travailler avec Holly ? demande ma mère, ses yeux bleus passant entre moi et Alex.

— Elle est brillante, répond Alex avec un sourire

sexy. Ma sœur et moi avons de la chance de l'avoir à nos côtés.

Oooh. Je suis sûre qu'il ne fait que jouer son rôle, mais c'est quand même sympa à entendre.

Mon père rayonne de fierté.

— J'aime à croire qu'elle a choisi le domaine de la science informatique à cause de mon métier.

— Et qu'est-ce que c'est ? demande Alex en prenant un morceau de thon.

Oups. Mon père voulait clairement qu'Alex lui pose cette question.

— Je suis testeur de pénétration, répond mon père d'un ton aussi ravi que d'habitude. Mais ce n'est pas aussi dégoûtant que ça…

— Oh, je sais ce que sont les tests de pénétration, répond Alex sans sourciller. Et c'est logique. Holly m'a récemment montré certains de vos outils de travail.

Merci, papa. Rappelons mes tentatives de sabotage à mon patron.

— C'est vrai, répond mon père avec enthousiasme. Elle m'a emprunté certains outils. Je suis content que ça se soit avéré utile.

— Ce n'est pas bizarre, de sortir avec une jumelle et de travailler avec l'autre ? demande ma mère.

Hum. Je n'aime pas du tout ce type de questions.

— Elles sont si différentes que ça n'a pas d'importance, répond Alex en haussant les épaules.

— Et les synchronies stupides d'Holly ne vous dérangent pas ? demande ma mère en me regardant sans ciller.

— C'est idiosyncrasie, la corrigé-je vertement. Et Holly n'en a aucune.

— Ah non ? réplique ma mère en plissant les yeux. Qu'en est-il de sa manie des nombres premiers ?

— Tu viens de l'inventer, protesté-je.

— Une manie des nombres premiers ? répète Alex, intrigué.

— Ma sœur aime les nombres premiers, c'est tout, dis-je. Toutes les personnes portées sur les maths ont des nombres préférés.

Alex acquiesce de la tête.

— J'ai un faible pour la suite de Fibonacci. En fait, il y a des nombres premiers dans cette suite, comme 2, 3, 5, 13, 89, 233.

Je peux lui demander de m'épouser sur-le-champ ?

— Très bien, répond ma mère. Si vous affirmez que son obsession pour les nombres est normale, le fait de toujours porter et manger la même chose ne l'est certainement pas.

Suis-je prête à commettre un matricide ?

Je prends une inspiration pour me calmer.

— Elle veut juste organiser sa vie de manière à limiter le nombre de décisions triviales à prendre chaque jour. Comme ça, elle peut se concentrer sur ce qui importe vraiment.

Ma mère étrécit un peu plus les yeux.

Zut. Je viens de me trahir ?

— Je pense que c'est malin de la part d'Holly de faire ce qu'elle fait, intervient Alex.

J'ai envie de l'embrasser – encore plus que d'habitude, je veux dire.

— Albert Einstein ne portait-il pas toujours les mêmes vêtements pour la même raison ? ajoute-t-il.

Aussi vive qu'un cobra, ma mère attrape ma perruque et l'arrache avec une expression triomphante.

Merde.

— Bonjour, *Holly*, lance ma mère en accentuant mon nom. Tu veux bien m'expliquer ce que tu fabriques ?

Chapitre Vingt-Neuf

*Z*ut.

Gia va me tuer.

— Chose 1 ? s'étonne mon père, l'air trahi.

Je prends mon verre d'eau encore plein et en vide la moitié, sous les regards pénétrants de tout le monde.

— Je suis désolée. Je devais une faveur à Gia.

Ma mère secoue la perruque au-dessus de ses sushis.

— Ça n'explique rien du tout.

Ma peau est brûlante – et pas de la manière agréable provoquée par Alex.

— Gia craignait que vous l'interrogiez sur sa vie amoureuse inexistante, mais apparemment, c'est le jour de Holly, aujourd'hui. On dirait un nom de jour férié. Le pire de l'histoire de l'humanité. Si je…

Alex pose une main rassurante sur mon coude, libérant une nuée d'abeilles excitées dans mon ventre.

— Désolé pour tout ça, petite, dit mon père en

tirant sur sa queue de cheval. Ça partait d'une intention aimante.

Ma mère regarde la main d'Alex posée sur mon coude.

— Donc, avec laquelle de nos filles sortez-vous ?

Avant que j'aie pu répondre « aucune », il dit :

— Holly.

Ma main tremble quand je me dégage d'entre ses doigts, m'empare de mon verre et engloutis avidement le reste de mon eau, croquant la glace au passage.

Je sais qu'Alex ment, mais les abeilles dans mon ventre sont quand même en train de produire du miel.

De déféquer du miel ?

D'uriner du miel ?

Non, je me souviens vaguement de David Attenborough expliquant le processus de régurgitation du nectar, alors je suppose que ça ressemble plus au fait de vomir.

Je repose mon verre.

C'est un peu bizarre, non, qu'on mange tous du miel sans jamais s'interroger sur l'endroit dont il sort ? Les toiles d'araignées ont peut-être le goût de la barbe à papa, mais je ne le saurai jamais, parce que ça m'a l'air bien trop dégoûtant à manger. Et pourtant, le vomi d'abeille est excellent avec du thé.

En fait, les araignées ne sont pas des insectes. Ce sont des Araneae, même si ça ne rend pas leur…

Je me rends compte que tout le monde me regarde.

— Tu peux répéter la question ? demandé-je d'un ton penaud.

Le froncement de sourcils de ma mère s'adoucit enfin.

— Je n'ai rien demandé. Je disais juste que vous formiez un très joli couple.

Zut. Les abeilles recommencent à bourdonner.

— Merci, répond Alex. Mes parents ont dit la même chose.

Les abeilles sont en train de vomir assez de miel pour survivre à un hiver russe long et froid.

Ma mère arbore un sourire malicieux – c'est donc d'elle que Gia tient ça.

— Tu as rencontré ses parents ? Ce doit vraiment être du sérieux.

Flûte. Chacun de nous a rencontré les parents de l'autre – et moi qui ai toujours cru que si un homme rencontrait les miens, ce serait la fin de notre relation.

Attendez. Qu'est-ce que je raconte ? Alex et moi n'avons pas de relation. Il a besoin de moi pour un projet professionnel, et ce doit être la seule raison pour laquelle il ne s'enfuit pas en courant. Malgré tout, il se montre beau joueur, compte tenu de la situation, je dois bien lui accorder ça.

— On devrait retourner travailler, dis-je en regardant Alex. Le code nous attend.

Et on ferait mieux de s'échapper très vite, parce que ce n'est qu'une question de temps – de secondes, sûrement – avant que ma mère nous interroge sur notre vie sexuelle et commence à distribuer des conseils dans le domaine.

— Avant que vous partiez… commence ma mère,

regardant Alex en battant des cils. Vous n'auriez pas un frère, par hasard ?

Alex sourit.

— En fait, si.

Je réprime un grognement.

— Tu es mariée, maman, tu te souviens ?

Ma mère émet un petit rire et mon père n'a pas du tout l'air jaloux, ce qui me fait me demander s'ils ont rendu leur mariage plus libre, pour finir.

— Ce n'est pas pour moi, ma chérie, répond ma mère d'un ton réjoui. Je voulais en revenir à Gia.

Ah. Elle veut caser ma jumelle. Quelle surprise.

Alex sort son portefeuille.

— Dans ce cas-là, je suis désolé, mais mon frère est déjà pris.

Oui. Et vu la façon dont Vlad regardait Fanny – son visage, pas ses fesses, même si je suis sûre qu'il les regarde aussi –, il est déjà bien casé.

Je cherche mon portefeuille dans mon sac à main et réalise que je n'en ai jamais retiré le godemichet de Bella.

Enfin, *mon* godemichet.

— Gia est trop difficile, dis-je tout en sortant le portefeuille avec prudence pour éviter d'envoyer voler le godemichet au visage de ma mère. J'ai proposé de la rencarder avec le frère du petit ami de la sœur d'Alex, mais elle a refusé.

— Pourquoi ? demande ma mère.

Je jette quarante et un dollars sur la table.

— Elle a dit que c'était un queutard.

— Oh, je t'en prie, rétorque-t-elle en lançant un regard plein d'adoration à mon père. Ton père était un vrai séducteur, dans sa jeunesse, mais je…

— On n'a vraiment pas envie d'entendre ça, l'interromps-je en tirant sur la manche d'Alex.

Je serais prête à parier mille balles que le reste de la phrase de ma mère était « Je l'ai dompté avec ma chatte. »

— C'était un plaisir de vous rencontrer, Crystal, dit Alex en déposant un autre bisou sur sa joue. Et vous aussi, Harry.

Il serre la main de mon père.

Bien qu'elle n'ait jamais porté de collier de perles de toute sa vie, ma mère presse une main à l'endroit où il aurait pu être.

— Tout le plaisir était pour moi, assure-t-elle.

Mon père se racle la gorge.

— Pour nous, je veux dire, s'empresse de corriger ma mère.

Bien sûr. Comme si on pouvait oublier le plaisir qu'a pris mon père à toucher mon soi-disant petit ami.

— Salut, lancent mes deux parents à l'unisson.

— *Do svidaniya*, répondons-nous, Alex et moi, nous aussi à l'unisson, avant de nous empresser de quitter le restaurant.

———

— Merci, marmonné-je faiblement alors que nous montons dans l'ascenseur de notre immeuble.

— Pour quoi ? demande-t-il en étirant les lèvres de cette manière diabolique dont il a le secret.

— D'avoir fait semblant d'être mon petit ami.

Son sourire devient encore plus malicieux.

— Fait semblant ?

Les portes s'ouvrent et il me fait signe de sortir en premier.

Je m'exécute, les jambes flageolantes, tellement sous le choc que je n'arrive plus à réfléchir.

Évidemment qu'il faisait semblant, merde. Il ne peut pas être mon petit ami sans que je le sache.

N'est-ce pas ?

Chapitre Trente

— Prête pour nos tests ? demande-t-il en sortant de l'ascenseur à ma suite.

Je m'efforce de retrouver mes esprits.

— Je dois d'abord appeler ma sœur. Mieux vaut qu'elle apprenne le désastre du déjeuner par ma bouche.

Il hoche la tête.

— Rejoins-moi dans mon bureau quand tu seras prête.

Hébétée, je le regarde s'éloigner. Puis j'entre dans la première salle de conférence vide et compose le numéro de Gia.

— Salut, dit-elle. Comment s'est passé le déjeuner en tant que moi ? Tu t'es sentie beaucoup plus sexy ?

— Je suis désolée, dis-je, avant d'expliquer tout ce qui s'est passé.

Gia soupire.

— J'aurais dû m'en douter. Tu es une très mauvaise menteuse.

À mon grand soulagement, elle n'a pas trop l'air en colère.

— Encore désolée.

— Tu sais ce que ça veut dire, n'est-ce pas ?

— Quoi ?

Je sens déjà que ça ne va pas me plaire.

— Tu me dois toujours un service. Et cette fois, je crois que je vais te mettre à profit pour l'une de mes prochaines illusions – à moins que le simple fait de rester debout sur une scène sans parler soit un rôle trop difficile à interpréter pour toi ?

— Je t'aiderai avec ta fichue illusion. J'ai dit que j'étais désolée.

— Très bien. Je vais appeler nos parents et m'excuser platement.

— Bonne chance, dis-je avant de raccrocher.

— C'est quoi, cette tenue ? demande Alison quand je sors de la salle de conférence.

Zut. J'avais oublié que je portais mon déguisement de Gia.

— Longue histoire, dis-je.

Puis je me précipite à mon bureau et m'empare du panier contenant mes vêtements de rechange.

Une fois dévampirisée, je rejoins le bureau d'Alex, le cœur battant la chamade et les jambes à nouveau flageolantes.

Quand j'entre dans la pièce, je vois un costume à ma

taille étalé sur le canapé. À côté se trouve un costume plus grand, qui doit être pour lui.

Qu'est-ce que ça veut dire ? On va faire les tests en même temps ?

Je l'imagine en train de recréer une réplique de moi dans la réalité virtuelle, et chaque centimètre carré de mon corps prend feu.

Alex lève les yeux de son écran.

— Prête ?

Je ravale ma salive.

Je suppose que je n'ai pas le choix.

Avec l'impression que mon visage s'est transformé en coulée de lave, je lève la main vers les boutons de ma chemise, les doigts tremblants.

— Qu'est-ce que tu fais ? demande-t-il en fronçant les sourcils.

Je le regarde en clignant des yeux.

— La dernière fois que j'ai utilisé le costume, les instructions disaient de le faire nu.

Son regard s'assombrit et parcourt mon corps, comme s'il m'imaginait dans le plus simple appareil. Quand son regard se porte à nouveau sur mon visage, des taches de couleur brûlent aux coins de ses pommettes hautes.

— On ne va pas tester les fonctionnalités qui requièrent ça, répond-il d'une voix devenue rauque. Je garde mes vêtements, et je te suggère de faire pareil.

Oh. Très bien. Je ne sais pas si je dois être mortifiée ou soulagée. J'éprouve peut-être aussi une pointe de déception.

Il s'avance vers le plus grand costume.

— Attends, m'exclamé-je. Tu vas le faire en même temps que moi ?

— Pourquoi pas ? demande-t-il, les yeux pétillants.

Cet homme est une véritable énigme.

Sans plus poser de questions, j'enfile le costume.

Comme les fois précédentes, une seule application est disponible, nommée Démo.

Zut. Même habillée, le fait de voir Alex nu – à supposer que j'aie envie de le recréer, lui – sera assez embarrassant, alors qu'il se trouve dans la pièce. Sans parler du fait que je suis déjà jalouse de la femme virtuelle qu'il se créera pour lui-même.

Je ne peux rien faire pour empêcher ça.

Je lance la Démo.

Je me retrouve à nouveau dans une pièce blanche, et au début, j'ai l'impression que la démo est passée directement à la sélection des pénis.

Sauf que ces objets phalliques chatoyants et multicolores ne sont pas des pénis, ou des péni, ou des penes – je n'ai toujours pas cherché quel était le pluriel correct. Ce ne sont pas non plus des godemichets, même si je suppose que tout peut être un godemichet, si vous êtes assez courageuse.

Ce sont des épées.

Des épées laser, qui me rappellent les sables laser de *Star Wars*, et des épées en métal de types variés, des glaives aux katanas. Leur variété n'est pas tout à fait aussi exhaustive que celle des pénis, mais pas loin.

C'est la démo d'un genre de fétiche bizarre ?

Je choisis un sabre laser bleu, parce qu'il me semble être le moins pointu. Même si je doute de pouvoir être pénétrée par ça alors que j'ai encore mes vêtements – ou que la pénétration fasse partie de ce qui s'apprête à se produire –, mieux vaut prévenir que guérir.

L'épée est agréable à tenir en main, et quand je fends l'air de gauche à droite, la lame chatoyante siffle.

Sympa.

Soudain, Alex apparaît en face de moi.

Pas le vrai, mais une bonne approximation – et malheureusement, il porte une tunique et un manteau noir.

— Bon choix, dit-il en me saluant avec un sabre laser rouge.

— Tu es réel ? demandé-je.

— Oui.

— Comment ?

Je baisse les yeux et vois que je porte une tenue identique à la sienne.

— C'est une démo multijoueur. J'ai demandé à mon équipe chez 1000 Diables de la préparer. C'est une petite portion d'un jeu qu'on a lancé sur une autre plateforme VR, mais l'équipe de Robert l'a adapté au costume complet.

— Waouh, dis-je en formant un large arc de cercle avec l'épée. Ça va rendre les tests tellement moins gênants.

— C'est le but, acquiesce-t-il. Tu veux qu'on s'entraîne un peu ?

Sans répondre, je le poignarde.

Ou j'essaie, en tout cas.

Il pare mon attaque et me porte un coup à la jambe – que le costume traduit par une pression légèrement déplaisante au niveau de ma cuisse.

— Dis-moi, lance-t-il en abaissant son épée. Ta modification dans le code a-t-elle corrigé le problème que tu avais repéré ?

— Voyons voir, dis-je en lâchant mon épée à mon tour. Viens par ici et essaie de m'attraper l'épaule pendant que je te prends le poignet. Ça devrait se rapprocher assez de la partie bancale de la démo de ta sœur.

Je suis bien contente que mon visage virtuel dissimule mes vraies émotions. Dans la dernière démo, Alex a tenté d'attraper quelque chose de bien plus intime que mon épaule.

Il s'avance vers moi et tend la main.

Je lui prends le poignet, savourant la sensation ferme.

Comment se fait-il que je sois excitée par ça ?

Pourquoi est-ce que mon cœur bat si fort dans le vrai monde rien que parce que je touche son avatar ?

— C'est mieux ? demande-t-il.

— C'est très bien, murmuré-je.

— Le correctif a réglé le problème, alors ?

Oh. Bien sûr. Le travail.

Je lui lâche le poignet et fais un pas en arrière.

— Oui. C'est un peu mieux. Il reste encore pas mal de boulot.

Je tends la main et lui effleure le torse, en faisant de

mon mieux pour ne pas me mettre à hyperventiler à la sensation de chaleur que cela provoque.

— Il reste encore une multitude de légers problèmes de synchronisation.

Il hoche la tête.

— Et si on en corrigeait d'autres ?

— Bien sûr, acquiescé-je en laissant retomber ma main avec réticence. Même si je pense qu'il y en a tellement qu'on devrait les lister et en déléguer une partie à mon équipe.

— D'accord.

Il porte les mains à sa tête et disparaît.

Je retire mon casque à mon tour avec réticence, puis me débarrasse du costume.

— Prête à reprendre le couplage ? demande-t-il.

— Je peux piloter ? m'enquiers-je en tirant une chaise vers son bureau.

Il me laisse faire et je passe un peu de temps à décrire les problèmes ayant besoin d'être réglés et à assigner un tas de tâches aux développeurs appropriés.

Le plus excitant – et le plus terrifiant –, c'est qu'Alex insiste pour qu'« on » garde un peu de boulot pour « nous ».

— Tu n'as pas des responsabilités chez 1000 Diables ? demandé-je.

Il hausse les épaules.

— Bella a besoin de moi. On doit faire en sorte que le costume soit prêt à être produit.

Je détourne la tête de l'écran et croise ses yeux céruléens très perturbants.

— Alors qui va transférer les jeux pour le projet de l'hôpital ?

— Mes employés de 1000 Diables. J'ai une équipe dédiée pour ça, en fait.

Une sensation particulièrement chaleureuse se déploie dans ma poitrine.

Ce doit être de l'espoir pour ma thérapie par animal de compagnie virtuel. Ce ne peut pas être de la joie à l'idée de travailler côte à côte avec Alex dans le futur proche. Parce que ça n'irait pas. Pas du tout.

— Ça me rappelle, reprend-il, que je voulais voir ta thérapie par animal de compagnie virtuel de mes yeux.

Est-ce que ça manquerait de professionnalisme si je me mettais à sautiller de joie ?

J'adore montrer mon travail à tous ceux qui se montrent un tant soit peu curieux à ce sujet, mais à l'idée qu'Alex le voie, je suis titillée à un tout autre niveau. Je me demande si c'est ce que ressent une mère célibataire quand le type avec qui elle sort rencontre enfin son enfant pour la première fois. Sauf qu'évidemment, Euclid n'est pas un vrai enfant, et qu'Alex et moi ne sortons pas ensemble.

— Je reviens tout de suite, dis-je.

Je sors du bureau en courant pour récupérer un casque et des gants sur mon bureau, ceux sur lesquels Euclid est installé.

— Ça te dérange si je transmets ce que tu fais vers ton écran ? demandé-je à Alex à mon retour.

Ça ne le dérange pas, alors je configure le tout.

— Prêt ? demandé-je.

Alex enfile l'équipement et je lui explique quelle application lancer.

— Waouh, dit-il quand la créature violette entre la loutre et le Teletubby apparaît devant lui. Qu'il est mignon.

— Salut, Holly, chantonne Euclid. Tu m'as manqué.

Je souris. Rien que le fait de voir l'animal virtuel sur l'écran d'Alex me procure une décharge de joie.

— Il croit que je suis toi, remarque Alex avec un sourire.

Avec le casque, il ne peut pas se rendre compte que j'ai les yeux fixés sur ses lèvres, alors je m'autorise à profiter à fond de ce sourire sexy.

À l'écran, la fourrure d'Euclid prend tout un mélange de couleurs, indiquant sa confusion.

— De quoi tu parles ? Tu es chi bête, des fois.

Je m'approche et me mets sur la pointe des pieds pour murmurer à l'oreille d'Alex :

— Bien sûr qu'il te prend pour moi. Ce n'est pas comme s'il y avait une caméra dans le casque.

Comment ai-je fait pour résister à l'envie de lécher cette oreille ?

— Tu as raison, acquiesce Alex.

— Ch'ai touchours raison, dit Euclid, fier de lui, en prenant une teinte marron. Ce qui veut dire que tu es vraiment bête.

Waouh. Très bonne réponse. Le plus cool, avec les IA, c'est qu'elles arrivent parfois à vous surprendre.

Le sourire d'Alex s'élargit et il s'accroupit pour

caresser la fourrure d'Euclid jusqu'à ce qu'elle prenne à nouveau une joyeuse couleur violette.

— Tu as raison, petit bonhomme. Je peux parfois être très bête.

Eh ! C'était une pique ? Après tout, Euclid croit être en train de me parler à moi.

— Che meurs de faim, remarque Euclid en faisant sa petite danse affamée.

— Qu'est-ce que je dois faire ? chuchote Alex.

À nouveau, je prends plaisir à lui murmurer les instructions à l'oreille. Et à humer son odeur.

Je ne suis pas bizarre. Pas du tout.

L'air presque grisé, Alex tend la main pour faire apparaître les casse-croûte numériques dans sa paume. Puis il les donne à Euclid un par un, avec un enthousiasme rivalisant avec le mien.

Mince. Mes ovaires sont douloureux tandis que je regarde Alex faire tout ça, et ils passent en surchauffe quand ils commencent tous deux à jouer à la balle et que je lis la joie sur son visage.

À en croire ce petit test, Alex ferait un excellent père pour un petit humain chanceux.

Peut-être un petit humain auquel je donnerai naissance pour lui ?

Attendez. Quoi ? Je n'ai jamais eu ce genre de pensée pour un homme jusqu'alors. C'est bien plus flippant que de le renifler, pour être honnête.

— Je ferais mieux d'y aller, dit Alex à Euclid avec réticence. Une amie m'attend.

La fourrure d'Euclid prend plusieurs teintes de gris, avant de s'arrêter sur un bleu turquoise.

— À bientôt. Che t'aime.

— Je t'aime aussi, mon pote, répond-il en le serrant dans ses bras.

OK. Je viens officiellement de me transformer en flaque défaillante.

Alex retire le casque avec réticence.

Je dissimule mes pensées inappropriées aussi vite que possible.

— Très bon travail, dit-il en posant les yeux sur moi. C'est ce qu'il y a de mieux après l'injection directe d'ocytocine.

Je me sens soudain très légère, comme si je venais moi-même de me shooter à l'ocytocine.

— Peu de gens le savent, dis-je sans réfléchir, mais l'ocytocine a pour effet de produire des orgasmes plus fréquents et plus puissants chez les femmes. La plupart des gens pensent que ça sert juste pour encourager les sentiments d'attachement, mais c'est tellement plus que ça.

Zut. Pourquoi est-ce que je viens de raconter tout ça ? J'ai vraiment besoin de me masturber, et vite. Je pense beaucoup trop aux orgasmes, à tel point que je parle d'eux à mon patron, comme la perverse que je suis en train de devenir.

Ou comme ma mère.

Alex émet un petit rire.

— N'en parle pas à Bella. La connaissant, elle

commencerait à réfléchir à un moyen d'incorporer Euclid aux fonctions de plaisir du costume.

Mon visage se vide de toutes ses couleurs. Avec tout ce qui se passe, j'avais presque oublié l'épée de Damoclès en forme de porno qui pend au-dessus de mon projet d'animal de compagnie virtuel.

— Je plaisante, reprend-il en fronçant les sourcils. Elle ne ferait jamais ça.

— Ce n'est pas ça, dis-je. J'ai juste peur que ma collaboration avec l'hôpital de Langone ne se concrétise pas.

Voilà. C'est la vérité… Seulement, ce n'est pas toute la vérité.

Il s'avance vers moi et replace une mèche de cheveux derrière mon oreille.

— On va tout casser pendant la réunion de demain. Je te le promets.

Je combats le tsunami d'ocytocine et hausse un sourcil interrogateur.

— Demain ?

— Eh bien, oui. Tu n'as pas reçu l'invitation du docteur Piper en copie ?

— Non, dis-je, m'emparant du casque et des gants. Je reviens tout de suite.

Je cours vers mon bureau, range l'équipement et regarde dans ma boîte e-mail.

Effectivement, je découvre une invitation à une réunion à l'hôpital de Langone demain matin.

L'excitation nerveuse que je ressens quand je

reviens en vitesse efface ce qu'il restait de ma gueule de bois.

— Tu veux que je t'explique ma stratégie pour la réunion ? propose Alex quand je reviens.

— Oui. S'il te plaît.

Il ouvre une présentation sur son écran et m'explique qu'un membre de l'équipe de Robert l'a préparée pour lui.

Note à moi-même : apprendre à mieux déléguer. Je serais restée plus tard pour préparer cette présentation moi-même, c'est une certitude, et ensuite je me serais sentie mal toute la journée du lendemain.

Alex me montre la présentation, qui inclut les jeux qu'ils comptent lancer pour la phase un – tous appropriés pour des enfants et très loin de la pornographie.

— Quand est-ce que tout ça pourra être transféré dans le costume ? l'interrogé-je.

Je suis à deux doigts de demander : « Tu crois qu'on pourra avoir fini avant qu'ils découvrent le lien avec le porno ? »

— Robert pense pouvoir s'engager sur des délais agressifs, répond Alex en fermant la présentation.

Si je n'avais pas déjà envie de l'embrasser (encore), ce serait le cas, maintenant.

Mais non.

Professionnelle et convenable, c'est mon nouveau leitmotiv.

— Donc, reprend Alex, quels sont tes projets pour le reste de la journée ?

— Je veux bien qu'on se couple, dis-je.

Zut. Ça ne sonnait ni professionnel, ni convenable.

— Super, dit-il en s'asseyant. Je peux piloter.

Nous commençons à programmer ensemble, et je perds la notion du temps. Chaque fois qu'il m'explique la logique derrière ses modifications de code, je me sens plonger un peu plus dans les ennuis. Si mon attirance inappropriée pour lui n'était que physique au départ, je suis désormais tout aussi séduite par la manière dont son esprit fonctionne – et ce n'est pas bon du tout. Cela implique des sentiments que je ne suis pas prête à éprouver pour qui que ce soit, encore moins mon patron.

Quand nous échangeons nos rôles et que je prends la place du pilote, cela n'arrange rien. Alex a l'habitude dangereuse de me dire à quel point il me trouve intelligente. Il y a une limite aux compliments que je suis capable de supporter avant de retirer tous mes vêtements et de le supplier de me prendre sur le canapé.

Ou le bureau.

Peut-être même directement sur sa chaise ?

— Je meurs de faim, lance Alex, me tirant de mes pensées licencieuses.

Je jette un œil à l'horloge au coin de l'écran.

Il est vingt heures. Nous avons dépassé de loin mon horaire de dîner habituel.

Comme pour confirmer ça, mon estomac, ce traître, se met à gargouiller comme une moto.

— C'est tout pour aujourd'hui, dit-il en se levant. Le moins que je puisse faire, c'est te payer à dîner.

À dîner ?

Je ne peux que le regarder en battant des cils, sous le choc.

— Allons-y, continue-t-il en me tenant la porte ouverte.

Les pensées tourbillonnant dans ma tête, je sors du bureau et me retrouve dans l'espace désormais désert.

— Coucou, les gars, lance Bella en passant la tête hors de son bureau.

— *Privet*, dis-je. On va dîner. Tu veux te joindre à nous ?

Boom. Si j'invite la sœur du mec, ça prouve que ce dîner n'est pas un rencard.

— Merci, mais j'ai déjà mangé, répond-elle avec un clin d'œil. Allez-y, tous les deux.

Flûte. Elle recommence à jouer les Emma.

Je suppose que ça va vraiment arriver.

Alors qu'il me guide vers l'ascenseur, Alex me demande ce que je suis d'humeur à manger.

— Des sushis, dis-je sans réfléchir.

Oups. Je suis vraiment ennuyeuse et prévisible. Le pire, c'est que mes parents lui ont dit noir sur blanc que je mangeais tout le temps la même chose.

— Je suis bien content que tu suggères ça, répond-il, l'air sincère. J'ai très envie de poulet teriyaki.

Ouf. Ce sera déjà bien assez stressant de résister à la tentation de transformer ce dîner clairement professionnel en rencard.

Nous entrons dans le Miso Hungry.

L'hôtesse habituelle n'est pas là, ce qui est compréhensible. Il est tard.

— Bon retour parmi nous, lance la serveuse de tout à l'heure, les yeux rivés sur le visage d'Alex. Votre table habituelle ?

Il hoche la tête, mais une fois qu'on est assis, il me murmure :

— Je ne pense pas être venu ici assez souvent pour avoir une table habituelle.

Eh bien, c'est la table où il s'est assis avec Bella quand je les ai vus, et je suppose que tout ce qui a trait à Alex est gravé dans la mémoire de cette serveuse.

Connasse.

Elle revient et, quand je demande mon plat habituel, prend un air confus.

Je suis prête à parier qu'elle sait de quoi je parle. Elle veut juste que je le dise à voix haute devant mon non-rencard.

— Trois rouleaux de printemps à l'avocat avec un à l'écart, articulé-je entre mes dents serrées. Une soupe miso avec quarante-sept cubes de tofu et dix-sept morceaux d'échalote.

Je m'attends à voir Alex sourire d'un air narquois, mais son visage demeure impassible – comme s'il entendait des gens commander un nombre premier de plats tout le temps.

— En combien de morceaux est coupé le teriyaki ? demande-t-il avec sérieux quand son tour vient de commander.

— Huit ? répond la serveuse avec un sourire un peu trop amical à mon goût.

— Dites au chef de plutôt le couper en sept, dit-il, toujours tout à fait sérieux.

Elle hausse un sourcil.

— Votre plat sera servi avec une soupe. Vous voulez aussi… ?

— Oui, acquiesce-t-il. Le même nombre de cubes de tofu et d'échalote pour moi aussi, s'il vous plaît.

C'est décidé. Je vais le demander en mariage et me faire virer.

Non. Reprends-toi, Holly.

Je m'excuse et vais aux toilettes. Une fois là-bas, je me regarde dans le miroir et me répète un mantra très simple :

Ne tombe pas amoureuse de lui.

Ne. Tombe. Pas. Amoureuse. De. Lui.

Chapitre Trente-Et-Un

Quand je ressors des toilettes, Alex me tire une chaise – un geste de gentleman qui fait des ravages dans ma détermination à garder une relation professionnelle avec lui.

La serveuse revient avec une petite casserole de thé vert.

Il m'en verse une tasse, puis une autre pour lui.

Sérieusement, il faut qu'il fasse un truc impoli, et vite. Ou je ne pourrai être tenue responsable de mon comportement pervers.

Comme me frotter contre lui sur cette table.

— Qu'est-ce qui t'a donné l'idée de la thérapie par animal de compagnie virtuel ? m'interroge-t-il.

Je souffle sur mon thé – et fais semblant de ne pas voir qu'il observe mes lèvres pincées avec avidité.

— C'est peut-être difficile à croire, mais j'ai grandi dans une ferme, entourée d'animaux – et je ne parle pas que de mes sœurs.

Il émet un petit rire.

— C'était dingue, continué-je. Désordonné, chaotique… et pourtant, après mon départ, j'ai réalisé que la compagnie des animaux me manquait. Et le fait de traîner avec ma jumelle n'a rien fait pour arranger ça.

Il rit.

— Ce que j'aime dans la réalité virtuelle, c'est que tout ce qu'elle contient peut disparaître quand on retire le casque, sans laisser le moindre désordre. Quand j'ai imaginé un animal de compagnie virtuel, j'espérais que ça satisferait cette envie d'avoir un compagnon, tout en me permettant de conserver de l'ordre dans mon espace de vie. Et ça a fonctionné exactement comme je l'espérais.

Il hoche la tête.

— Et pour l'hôpital ? Pourquoi avoir décidé de t'associer avec eux ?

Je bois une gorgée de thé.

— Je me suis fait opérer de l'appendicite quand j'avais dix ans. C'était la pire expérience de ma vie, et la seule chose qui a rendu ça à peu près supportable, c'était la Game Boy de mon père. La réalité virtuelle est un peu comme cette Game Boy, mais en bien plus efficace en matière de distraction. C'est scientifiquement prouvé.

— À quels jeux tu jouais ? demande Alex d'un air intrigué.

— À l'époque ?

Je fouille dans ma mémoire et réponds :

— J'avais un jeu Mario et un jeu Kirby.

Il a l'air déçu.

— Aucun jeu de puzzle avec des blocs ?

— Pas à l'époque, mais j'ai joué à *Dr. Mario*, depuis. Pourquoi ?

— J'espérais que tu aies joué à *Tetris*, répond-il. Il se peut que je sois légèrement obsédé par ce jeu.

La serveuse revient avec nos soupes et s'attarde auprès d'Alex quelques secondes de trop.

— Ton obsession pour le *Tetris* est assez logique, dis-je une fois qu'elle est enfin partie. Tu possèdes une entreprise de jeux vidéo, alors il est clair que tu aimes les jeux. Et *Tetris* a été créé en Russie, ton pays natal.

— Tu sais beaucoup de choses sur ce jeu, pour quelqu'un qui n'y a jamais joué, remarque-t-il en prenant sa cuillère.

Je souffle sur la soupe, en grande partie pour voir s'il va à nouveau regarder mes lèvres – ce qu'il fait.

— J'y ai joué, mais seulement sur PC.

— Ah, super. Tu savais que *Tetris* pouvait améliorer les raisonnements spatiaux et aider à combattre l'anxiété ?

Hum. Il ressemble à ma mère quand elle vante les mérites des orgasmes.

— *Dr. Mario* doit avoir les mêmes avantages, non ? demandé-je.

— J'en doute, sourit-il. C'est quoi, ton tétromino préféré ?

Je plisse le nez.

— La simple idée des tétrominos ne me plaît pas. Désolée.

Une expression offensée, que j'espère n'être que pour plaisanter, apparaît sur son visage.

— Pourquoi ?

— Ce ne sont que des carrés, dis-je d'un ton d'excuse. Si j'avais conçu ce jeu, j'aurais plutôt fait des pentominos.

Il frotte le début de barbe sur son menton.

— Tu ne penses pas que des formes à cinq côtés auraient rendu le jeu trop difficile ?

Je hausse les épaules.

— Plus difficile veut aussi dire plus drôle.

Il semble y réfléchir sérieusement, puis secoue la tête.

— Je n'arrive pas à m'imaginer que cette version du jeu puisse devenir aussi populaire que l'originale.

J'avale une cuillerée de soupe après m'être assurée d'avoir pris un nombre premier de morceaux de tofu et d'échalote.

— Et toi, c'est quoi ton tétromino préféré ?

— Le bloc en forme de T, de loin.

Il forme un T dans le vide avec ses index, conjurant devant mes yeux des images très inappropriées de ces mêmes doigts me pénétrant.

— Le T peut relier des écarts, former des angles droits et créer des endroits où poser des blocs en Z ou en S.

— Intéressant.

Le plus intéressant, c'est que j'arrive à trouver son explication érotique.

— Oui, répond-il d'une voix animée. On peut aussi fourrer un T dans des trous qui seraient impossibles à atteindre autrement, grâce à sa rotation.

OK, je me sens un peu moins bizarre à l'idée d'être excitée, maintenant. Je veux dire, fourrer des trucs dans des trous ?

Je racle ma gorge soudain sèche.

— Je croyais que tout le monde préférait le bloc en I. Il est long et droit et il peut éliminer quatre lignes à la fois.

Est-ce qu'on est en train de flirter ? Je viens de parler d'un truc long et droit, après tout. Ajoutez à cela le mot dur, et je pourrais tout aussi bien parler de son sexe.

— Je suis d'accord pour dire que le bloc en I est mieux que le J et le L, acquiesce-t-il. Mais il ne vaut pas le T.

— Je te crois sur parole.

Il sourit.

— Si tu devais choisir un tétromino, ce serait lequel ?

— Le carré. Il est symétrique, bien soigné et ordonné.

Il hoche la tête d'un air approbateur.

— Un choix sûr, surtout tôt dans la partie.

La serveuse apporte le plat principal et il me verse de la sauce soja dès qu'elle est partie.

— Comment tu es devenu fan du *Tetris* ? demandé-je avant de fourrer mon premier rouleau de printemps à l'avocat dans ma bouche.

— En Russie, quand j'étais petit, on n'avait pas d'ordinateur à la maison, mais il y avait une entreprise pas loin de chez nous qui louait des PC à l'heure. Je crois que mon amour des jeux et du code remonte à cette époque et à ces jeux – dont mon préféré était le *Tetris*.

Il sourit et continue :

— J'imagine que c'est surtout une question de nostalgie, maintenant. Ça me rappelle la Russie, et tout ça.

Puisqu'il a abordé le sujet, je le bombarde de questions à propos de son enfance en Russie, qui était encore l'Union soviétique quand il était enfant. Les histoires qu'il me raconte à propos de la *Perestroïka* et de la corruption qui faisait rage dans les années quatre-vingt-dix sont à la fois glaçantes et fascinantes, et plus il parle, plus j'ai le sentiment de le comprendre – ce qui est terrible compte tenu de mon objectif de ne pas tomber amoureuse de lui.

— Et toi ? demande-t-il. C'était comment de grandir avec autant de sœurs ?

Évidemment. Tant de personnes me posent cette question, poussées par le même genre de curiosité qui fait ralentir les gens en passant devant un accident de voiture.

— Pour quelqu'un qui aime l'ordre autant que moi, c'était un enfer pur et simple, dis-je en toute honnêteté.

Quand je suis partie étudier à l'étranger, j'ai eu l'impression de sortir de prison.

— Tu parles de tes études à Cambridge, c'est ça ? Tu n'es pas d'abord passée par un an ou deux dans une école américaine ?

— Non. C'était l'Angleterre dès le départ. Comme tu as pu le voir à cause de mes occasionnels dérapages verbaux, j'ai adoré la période que j'ai passé là-bas.

— Et pourtant, tu es revenue ici.

Il me regarde avec tant d'intensité que je me sens à la fois grisée et perturbée.

— Sans surprise, je voulais travailler dans la réalité virtuelle, expliqué-je, détournant le regard pour me protéger de l'intensité dans le sien. Le meilleur boulot que j'ai trouvé s'est avéré être à New York, alors je l'ai accepté. Et puis, toute ma famille vit dans ce pays, ce qui était aussi une variable à prendre en compte.

— Je sais que c'est égoïste, dit-il en recouvrant ma main de la sienne, mais je suis heureux que tu aies accepté ce boulot.

Waouh. Sa peau touche la mienne, et sa chaleur détruit le peu de résolution que je possédais en un clin d'œil.

Si nous n'étions pas dans un lieu public, je lui aurais sauté dessus.

— J'en suis heureuse aussi, dis-je, cessant d'éviter son regard et me perdant dans ses profondeurs céruléennes.

— Voulez-vous un dessert ? demande la serveuse, me sortant de ma transe.

— Non, dis-je en libérant ma main avec réticence.

— L'addition, s'il vous plaît, ajoute Alex.

Elle me lance un regard noir et s'éloigne.

Sans s'apercevoir de sa colère ou de ce qui l'a causée, Alex me demande :

— Tu es déjà retournée en Grande-Bretagne depuis que tu as terminé la fac ?

— Malheureusement, non. Mais j'ai regardé toutes les séries et tous les films non violents tournés là-bas, de tous les classiques du dimanche à *The Office*.

— Et quel est ton préféré ? m'interroge-t-il en inclinant la tête.

— *Downton Abbey*, évidemment.

— Je ne l'ai pas vu, répond-il en frottant à nouveau sa barbe de trois jours.

C'est peut-être pour ça que je ne me rase pas, pour avoir un truc à triturer ? J'aurai bientôt des poils qui poussent à un endroit qu'il pourra toucher…

— … c'est bien ?

La question me fait l'effet d'une douche froide.

— Si *Downton Abbey* est bien ?

Ma voix n'était-elle pas un peu trop aiguë ?

Il lève les mains, paumes en l'air.

— Eh, je ne voulais pas t'offenser. Je croyais que ça parlait juste d'un tas de gens riches buvant le thé dans un château luxueux.

— Ce serait comme dire que *Le Seigneur des Anneaux* parle juste d'un tas de rebuts de la société en randonnée.

Il émet un petit rire.

— Je suppose que je vais devoir regarder la série, maintenant.

Et m'épouser, ensuite.

Non. Je dois vraiment arrêter ça.

— Et voilà, dit la serveuse en claquant la note sur la table.

Quand je me mets à fouiller dans mon sac à main à la recherche de mon portefeuille, je vois Alex plonger la main dans sa poche en fronçant les sourcils.

— Quoi ? répliqué-je, une bonne dose de défi dans la voix.

— Je croyais t'avoir clairement invitée à dîner, répond-il en sortant sa carte de crédit.

Je fronce les sourcils à mon tour.

— Je peux payer ma propre nourriture, merci beaucoup.

— Je n'en doute pas. Mais quand tu travailles tard et que ton entreprise te nourrit, c'est à ses frais.

Il pousse la carte de crédit vers moi et je vois qu'il s'agit de sa carte professionnelle, pas de la personnelle.

— Très bien.

Je m'apprête à reposer mon sac, mais il m'échappe des mains.

Merde.

Le sac ouvert tombe au sol – et évidemment, le godemichet roule par terre.

Je réprime un cri horrifié.

S'il vous plaît, faites qu'il ne voie pas ça.

S'il vous plaît, pour l'amour de la réalité virtuelle, faites qu'il ne voit pas ça.

Je me penche pour ramasser le sac, suivant des yeux le chemin pris par le godemichet en fuite.

Attendez. C'est quoi, cette ombre au-dessus de lui ?

Zut.

C'est la serveuse.

Elle revient vers notre table.

— Attendez ! lui hurlé-je, mais c'est trop tard.

Elle marche sur le godemichet, trébuche et agite les bras de manière affolée.

Je bondis sur mes pieds pour la rattraper et, du coin de l'œil, vois Alex faire pareil.

Sauf que nous ne sommes pas assez rapides.

Elle tombe tête la première.

Nous nous précipitons pour voir si elle va bien.

Par miracle, c'est le cas – et heureusement, mais ça ne répond pas à la prochaine question qui passe au premier plan de mes préoccupations.

Où diable est passé mon godemichet ?

Chapitre Trente-Deux

Alex demande au chef des sushis de s'occuper de la pauvre serveuse, puis paie la note et m'entraîne dehors.

Je pars avec réticence. Le godemichet était un cadeau de Bella, mais plus important encore, j'aimerais pouvoir revenir au Miso Hungry un jour, et je ne pourrai jamais s'ils retrouvent ce godemichet.

Une limousine nous attend.

Je suis tellement sidérée que je laisse Alex me faire monter dedans sans même un « Où allons-nous ? »

Juste au moment où j'ai assez repris mes esprits pour poser la question, Alex sort quelque chose de sa poche et me le tend.

— Je crois que c'est à toi.

Évidemment.

C'est Optimus Prime, le godemichet.

Il n'avait pas disparu. Alex l'a trouvé et l'a caché –

comme si ça allait suffire à minimiser la honte que je ressens.

L'espace d'une seconde, je suis surprise de ne pas passer au travers du sol de la limousine, avant d'être écrasée par les voitures derrière nous.

Ce serait un soulagement, si ça arrivait.

— Merci, balbutié-je tout en fourrant violemment le godemichet dans mon sac à main.

— C'est un cadeau de Bella, c'est ça ?

Le visage écarlate, je hoche la tête.

— Elle offre des trucs comme ça à tout le monde, sourit-il. Pour ce que ça vaut, ça veut dire qu'elle t'aime bien.

Elle m'aime bien parce qu'il ne lui a pas dit ce que j'avais essayé de faire – autrement, elle m'aurait enfoncé ce godemichet dans le derrière.

— Ça te dérange si je te demande une faveur ? demande-t-il, l'air soudain sérieux.

S'agit-il d'une faveur sexuelle ?

Mes joues deviennent plus brûlantes encore quand je réalise qu'on est assis l'un à côté de l'autre, exactement comme la fois où on s'est embrassés.

Ma respiration accélère d'enthousiasme et je m'humidifie instinctivement les lèvres.

— Laquelle ?

— Pendant la réunion à l'hôpital de demain, ne dis pas au docteur Piper et aux autres que je fais partie du Groupe Morpheus.

Ses mots me font l'effet d'une compresse glacée sur le visage. La rougeur sur mes joues se dissipe.

— Ils ne le savent pas ?

Il secoue la tête.

— Bella est à la fois la dirigeante officielle et *de facto* de l'entreprise. Au départ, je n'étais là que pour l'aider à sécuriser un financement, et je ne suis là que pour lui apporter mon soutien, maintenant.

— Alors tu crains qu'ils associent 1000 Diables au porno, pour finir. Tu ne m'avais pas dit que ce n'était *pas* du porno ?

Et si ça l'inquiète, ça veut dire que j'avais raison de m'inquiéter aussi.

— Ce n'est pas le problème, répond-il en se frottant la nuque. Je ne crois pas que le docteur Piper serait dérangé par du « porno » comme tu appelles ça. Mais c'est un administrateur très prévoyant, et il insisterait pour incorporer ton projet d'animal de compagnie virtuel à notre contrat existant. Pour lui, je suis le représentant de 1000 Diables, et s'il apprend que je fais aussi partie du Groupe Morpheus, il y verra une opportunité d'économiser de l'argent.

— Alors c'est une question d'argent ?

— Tout à fait.

Je me masse les tempes.

— Ce ne serait pas être un peu laxiste avec ton contrat ?

— Pas vraiment. Même s'il paie plus cher pour ton projet jusqu'à la fin de notre contrat actuel, il pourra rebondir une fois qu'il sera renégocié.

— Alors tu ne penses pas qu'il se soucierait de savoir à quoi va servir le costume ?

Alex hausse les épaules.

— Je ne peux pas en être certain, mais il est inutile de nous en inquiéter, de toute façon, puisque je ne vois pas comment il le découvrirait. Le costume n'est pas encore commercialisé, et il ne le sera pas avant que les essais pour ton animal de compagnie virtuel soient bien avancés. Si les essais sont un succès, on pourra proposer à Bella de faire passer ton projet en initiative séparée, pour qu'il n'y ait jamais de problème.

Je me sens plus légère, comme si je venais de retirer un gilet de quinze kilos après l'avoir porté toute la journée.

Si ce qu'il dit est vrai, mes craintes étaient sans fondement. Je n'avais pas besoin d'entrer par effraction dans son bureau pour tenter ce sabotage. Je n'avais pas besoin de m'endetter auprès de ma jumelle diabolique. Je n'avais pas besoin de mettre en danger ma relation avec Alex et Bella – même si je ne savais pas que j'aurais l'occasion de créer des liens avec eux, à l'époque de mon effraction.

Alex doit lire une partie de mes pensées sur mon visage, parce qu'il dit :

— Je suis désolé. J'aurais dû te rassurer quand on a parlé après ton entrée par effraction. Mais j'étais en colère, et le bon moment ne s'est jamais présenté ensuite.

— C'est toi qui t'excuses ? m'étonné-je en lui prenant la main. C'est moi qui suis désolée. J'aurais dû vous parler au lieu d'agir sans réfléchir.

Il m'étreint la paume, ses doigts chauds et forts se refermant sur les miens.

— De l'eau a coulé sous les ponts.

Oh oh.

Mes yeux se rivent aux siens et une attirance magnétique familière me fait m'incliner vers lui.

Il se penche vers moi aussi, s'apprêtant à fusionner ses lèvres aux miennes.

La limousine s'arrête un peu trop brusquement, me tirant de ma transe sexuelle.

Je cligne des paupières et m'écarte.

— On est chez toi, dit-il avec un signe de tête vers la fenêtre, répondant à la question que je n'ai pas eu l'occasion de poser.

— Chouette, marmonné-je.

— Tu veux rester avec moi un peu plus longtemps ? demande-t-il, les yeux pétillants.

Je déglutis avec difficulté.

— Oui. Mais je ne devrais pas.

— Je comprends, répond-il en prenant une expression grave.

Pourquoi se montre-t-il aussi professionnel et serviable, merde ? S'il insistait un tout petit peu, je l'embrasserais sans une hésitation. Je ferais même plus que l'embrasser, en fait.

Je prends mon sac à main avec réticence.

— Je suppose que je ferais mieux d'y aller ?

— Si c'est ce que tu veux.

Il sort de la limousine et me tient la portière ouverte.

Je sors maladroitement et reste plantée là, ne sachant trop comment lui dire au revoir, compte tenu des circonstances.

Un baiser sur la joue serait-il inapproprié ?

— On se voit demain à l'hôpital, lance-t-il avec un signe de la main.

Sans trop savoir ce que je fais, j'attrape sa main en plein vol et la serre gauchement.

Super. Je devrais peut-être faire une révérence ou embrasser sa bague, tant que j'y suis ?

Le coin de ses yeux se plisse – il s'efforce clairement de ne pas rire à mes dépens.

Je marmonne « *do svidaniya* » puis fonce vers mon immeuble. Une partie de moi est soulagée qu'il n'ait pas insisté. C'est comme ça que ce devrait être, entre nous. Professionnel.

J'aurais juste aimé que me comporter en sainte ne me fasse pas me sentir aussi minable.

———

Une fois chez moi, j'accomplis ma routine habituelle en pilote automatique, déjà concentrée sur le rendez-vous de demain – sauf que je m'inquiète plus à l'idée de revoir Alex qu'au sujet de l'avenir de mon projet.

Argh. Qu'est-ce qui cloche chez moi ?

Je me mets au lit et décide de faire enfin quelque chose pour apaiser mes hormones déchaînées. Si je ne dors pas ce soir, je compromettrai le rendez-vous de demain, et je ne peux pas permettre que ça arrive.

La question est donc : godemichet ou au naturel ?

Avant de prendre ma décision, je jette un œil à mes parties intimes pour m'assurer que l'irritation due à l'épilation s'est dissipée.

Oui, tout va bien.

En fait, j'aime vraiment cette apparence. C'est comme un type rasé de près contre un barbu. Je crois que je vais garder les choses bien propres et ordonnées, à partir de maintenant. Je n'arrive pas à croire que je n'y avais jamais pensé jusqu'alors. Je vais peut-être devoir remercier Gia, pour finir.

Bref, le plus important, c'est que je suis apte pour une petite branlette féminine. Et autant me servir d'Optimus Prime, pour son caractère nouveau et tout ça. En plus, puisqu'Alex a touché le godemichet aujourd'hui, par une relation transitive douteuse, ce sera un peu comme si c'était *lui* qui touchait mes parties intimes.

Dès que cette idée m'est venue, je suis aussi prête qu'on peut l'être.

Je lave et stérilise le godemichet – à cause des microbes du restaurant – et l'allume.

Waouh. La vibration est forte. Deux fois plus que ma brosse à dents, et ce truc a beaucoup de hertz.

Décidant de le presser contre mon clitoris avant de tenter la moindre pénétration, je le mets en position.

Zut alors.

Je jouis en une fraction de milliseconde.

Je devais vraiment être sous pression, là-dessous.

Devrais-je continuer ?

Non. Je me sens assoupie, maintenant, autant en profiter.

J'éteins le godemichet et le serre contre ma poitrine comme je le ferais avec le jouet en peluche Optimus Prime.

Le sommeil s'empare aussitôt de moi, mais je rêve d'yeux céruléens et de comportement inapproprié toute la nuit.

Chapitre Trente-Trois

Je suis sur les nerfs quand j'entre dans la salle de réunion de l'hôpital le lendemain. Waouh.

Alex est à nouveau rasé de près et porte un costume – comme le jour où on s'est embrassés.

Concentre-toi. Le projet d'animaux de compagnie virtuels. Tu n'es pas là pour baver sur lui.

Je parviens à poser mes fesses excitées sur une chaise et réponds aux amabilités préliminaires.

Une fois que tout le monde a fini de parler de la météo et d'autres banalités, Alex commence sa présentation – et j'ai envie de me donner des gifles pour ne pas m'être masturbée bien plus le jour précédent. Je n'ai jamais été aussi excitée de ma vie, et ce n'est pas un état dans lequel je devrais être durant une réunion d'une telle importance.

— C'est super, dit le docteur Piper une fois qu'Alex a terminé. Je suis content qu'on soit partis sur cette voie. Maintenant, la thérapie par réalité virtuelle sera encore plus compréhensible.

J'ai envie de me mettre à sautiller sur place. Mon rêve a pris un léger détour, mais il semble revenu sur les rails.

Le reste de la réunion est consacré aux questions-réponses. Quand nous l'ajournons, le docteur Piper demande à Alex de rester un peu plus longtemps pour discuter des affaires relatives aux 1000 Diables.

Quand je sors de la pièce, Alex me fait un clin d'œil discret – qui me fait l'effet d'une injection d'aphrodisiaque directement dans le clitoris.

C'est ridicule. Et le pire, c'est que je ne sais pas du tout si je devrais l'attendre. Nous ne sommes pas venus ensemble, ce qui implique que je ne devrais pas. Et puis, nous faisons semblant de ne pas travailler dans la même entreprise – une autre raison de ne pas le faire.

Mais ce serait une réaction polie, non ? À moins que mes hormones parlent à ma place ?

Peu importe. Puisque je suis ici, autant aller rendre visite à Jacob.

J'achète une barre chocolatée pour lui et un thé pour moi, puis je me dirige vers l'aile pédiatrique de soins à long terme.

À mon grand soulagement, aucun clown ne rôde sur mon passage. Par contre, quand j'arrive dans la chambre de Jacob, il a un casque de réalité virtuelle sur la tête – il doit être en train d'utiliser la thérapie par animal virtuel en ce moment même.

Je devrais le laisser tranquille.

Au moment où je m'apprête à me détourner, il retire son casque, me voit et m'adresse son sourire brillant et enfantin.

— Salut, tante Holly.

— Salut, gamin, dis-je en lui tendant la sucrerie. Tu étais en train de jouer avec le Major ?

— Tu viens de dire le Major ? lance une voix familière à l'accent russe dans mon dos.

Je me retourne.

Oui.

C'est Alex.

— Comment as-tu… ?

— Le docteur Piper m'a dit que je te trouverais ici, répond Alex. Et qui est-ce ?

— Jacob, je te présente Alex, dis-je au garçon.

— Salut, Jacob, lance Alex du même ton amical employé avec Euclid l'autre jour. On dirait que tu es un aussi grand fan de *Halo* que moi.

Les yeux de Jacob s'illuminent.

— *Halo*, ça déchire.

Avec un sourire identique sur le visage, ils entament tous deux une discussion animée qui est un vrai charabia pour moi. Je ne reconnais que quelques mots, comme *grognards*, *rapaces* et *rayons plasma*.

Pendant qu'ils discutent, je fais le lit de Jacob, rassemble ses chaussettes propres en trois paires et plie la couverture à côté de son lit pour ce qui me semble être la cent trente septième fois – les enfants ont beau être mignons, ils causent le chaos partout où ils passent.

Quand je suis satisfaite de l'état de la chambre, je m'installe sur une chaise pour les regarder tous les deux. La sensation que j'ai ressentie quand Alex a interagi avec Euclid me revient alors de plein fouet. Il ferait *vraiment* un bon père. Un père formidable, même.

Zut. Mes ovaires vont bientôt se transformer en salade de thon.

— Tu veux voir des clips de mes parties ? propose Jacob en levant sa tablette.

Alex accepte avec joie et une minute plus tard, une fusillade violente apparaît à l'écran. Je sirote mon thé et me force à suivre ce qui se passe malgré la violence.

Jacob est doué – en tout cas, il reste en vie pendant cinq minutes de fusillade apocalyptique. Puis un type en costume spatial bleu le tue avec une épée plasma.

Alors que le personnage de Jacob est étendu au sol, vaincu, le connard qui vient de le tuer commence à s'accroupir de manière répétée au-dessus de sa tête.

Alex fronce les sourcils.

— Est-ce qu'il…

— Oui, acquiesce Jacob. Il me teabag.

Je m'étrangle avec mon thé.

— Il fait quoi ?

— Ça s'appelle aussi monter un cadavre, explique Alex. C'est un genre de danse de la victoire faite pour insulter et énerver la personne qu'on vient de tuer.

Je lève les yeux au ciel.

— Les garçons.

— Tu sais qui c'est ? demande Alex à Jacob, regardant l'écran en fronçant les sourcils.

— Oui. On va à l'école ensemble.

Le froncement de sourcils d'Alex devient menaçant.

— Et si on s'associait, toi et moi, un de ces jours ? Je te promets de faire regretter à ce type son comportement antisportif.

Hum. Soudain, j'imagine Alex en tant qu'homme de main de la mafia russe. « Tu as teabaggé mon ami, et maintenant tu vas mourir » dirait-il avec un accent plus prononcé, avant de donner un coup de batte de baseball dans le genou du pauvre gars.

Jacob est enthousiaste de cette opportunité de faire équipe, et ils s'échangent les informations requises.

— Tu joues à autre chose ? l'interroge Alex quand ils sont à court de trucs en rapport avec *Halo* desquels discuter.

Jacob énumère avec joie la liste des jeux qu'il aime, mais Alex a l'air un peu déçu quand il termine – peut-être parce que *Tetris* ne faisait pas partie de la liste ?

— Et *Tetris* ? demande Alex, confirmant mes soupçons.

— C'est vieux, rétorque Jacob en secouant la tête.

— Et pourquoi pas *War of Sword* ? C'est récent.

— Oui, répond Jacob. Je voulais l'essayer. Il est bon ? Alex hoche la tête.

— *Tetris* est le jeu auquel je joue pour tuer l'ennui, mais quand je suis stressé, j'aime éteindre mon téléphone et faire des quêtes pendant des heures dans *War of Sword*.

— OK, répond Jacob en cherchant le nom du jeu sur sa tablette. Je vais peut-être l'essayer.

Je tenterai peut-être aussi. Ça m'a rendue curieuse.

Une infirmière arrive avec un plateau de nourriture.

— Ah, le déjeuner, lance Jacob d'un ton enjoué.

Nous le regardons manger et parlons de tout ce qui nous passe par la tête – mais surtout de son animal de compagnie virtuel, qui s'avère avoir grandi un peu plus.

Il nourrit peut-être un peu trop son ami, mais dans la réalité virtuelle, l'obésité animale n'a aucun effet secondaire dangereux.

— On ferait mieux d'y aller, dis-je quand Jacob a terminé son déjeuner et semble pressé de reprendre ses jeux.

— C'était sympa de te rencontrer, dit Alex en tendant la main au garçon.

— Pour moi aussi, répond Jacob en la serrant de manière solennelle.

— Salut, lançons-nous à l'unisson.

Une fois sorti de l'hôpital, Alex me regarde avec une expression indéchiffrable.

— Quoi ? demandé-je.

Il fait un signe de tête vers la limousine garée contre le trottoir.

— Ça te dit de te joindre à moi pour le déjeuner ?

Sont-ce des abeilles que je sens dans mon ventre, ou est-ce que j'ai juste faim ?

— Bien sûr !

Oups, j'ai peut-être parlé d'un ton un peu trop enthousiaste.

— Je connais un endroit spécialisé dans les *pelmeni*, dit-il en m'ouvrant la portière.

— Super, dis-je en montant.

À ma grande déception, Alex s'assoit en face de moi, cette fois.

Non, attendez, il a raison. C'est le comportement le plus convenable, même si nos positions sur les sièges sont les seules choses convenables de ce trajet – mes pensées sont tout sauf ça.

— Du thé ? propose Alex.

Vu que c'est ce que je préfère, je dis « oui, s'il te plaît » et me vois servir une petite tasse de paradis infusée dans un samovar.

— Comment vous êtes-vous rencontrés, toi et Jacob ? demande Alex en sirotant son thé.

Un sourire s'étale sur mon visage.

— Ses grands-parents connaissent mes parents, et ils l'ont amené à la ferme familiale un jour que j'étais en visite chez eux. Quand je l'ai rencontré, il était en train de caresser Spock, mon dik-dik de Kirk préféré.

C'est au tour d'Alex de s'étrangler avec son breuvage.

— Qu'est-ce qu'il caressait ?

— Un dik-dik de Kirk, répété-je. Les dik-diks sont de minuscules antilopes. Mes parents ont sauvé Spock et sa famille d'un zoo en faillite.

Je sors mon téléphone et trouve une photo de Spock.

— Tu vois ?

Je lui montre mon écran, où est affichée la photo

d'une créature mignonne haute d'environ trente centimètres, bien qu'à sa taille adulte. Comme les autres dik-diks, Spock a de jolis yeux et de petites cornes pointues sur la tête.

Alex se penche à distance de baiser et scrute l'écran.

— Adorable. C'est un mâle ou une femelle ?

— C'est Spock. Un mâle. Contrairement aux autres bestioles de la ferme, les dik-diks sont assez dociles.

Je croise son regard céruléen et ajoute :

— Ils sont réputés pour s'accoupler pour la vie.

À ce dernier détail, l'air entre nous se charge d'électricité jusqu'à ce que j'aie la sensation que le moindre poil de mon corps est hérissé.

S'apprête-t-il à m'embrasser ?

Embrasse-moi, s'il te plaît.

Attendez, non. Qu'est-ce que je raconte ? Les convenances doivent être respectées.

— Tu te rends bien compte de ce qu'on est en train de regarder, hein ? lâché-je.

— Quoi ? murmure-t-il, les yeux posés sur mes lèvres.

— Une photo de dik-dik.

Merci à Gia d'avoir inventé cette petite blague il y a quelques années.

Il lâche un rire surpris à ces mots. Ses yeux se plissent et il dit :

— Ah, oui. Et celui-là a l'air prêt à empaler quelqu'un.

Je grogne. C'est une autre des blagues de Gia.

La limousine s'arrête.

Ouf. Baiser évité.

Je devrais être soulagée, mais ce n'est pas le cas. Je suis déçue.

Je ne devrais pas.

Nous sortons devant un bâtiment sur la façade duquel est dessiné un énorme *pelmeni*. Le restaurant s'appelle Pelmennaya, qu'Alex me traduit par « l'endroit où on mange des *pelmeni*. »

Comme c'est inventif.

Une fois que nous sommes assis, Alex commande pour nous deux – vingt-trois *pelmeni* pour moi et trente et-un pour lui.

— Tu veux qu'on passe à 1000 Diables après ? propose-t-il. Tu as beaucoup parlé à Robert par e-mails, mais ça pourrait être sympa si vous vous rencontriez en face à face.

— Bien sûr, dis-je.

A-t-il envie de me montrer l'œuvre de sa vie ? Parce que j'ai envie de la voir, et que pour de mauvaises raisons.

Zut.

Je n'arrive pas à croire que je dois à nouveau me remettre ça en tête.

Peu importe à quoi ressemble ce déjeuner, ce n'est *pas* un rencard.

Chapitre Trente-Quatre

*L*e problème, c'est que le simple fait de me rappeler que ce n'est pas un rencard ne fait pas disparaître la sensation que j'en ai, et Alex n'arrange pas les choses. À chaque fois que j'essaie de dévier la conversation vers le travail, il me sort des expressions russes au hasard, comme « Parler affaires est mauvais pour la digestion. »

Nous parlons donc plutôt de nous, et chaque nouveau potin que j'apprends sur lui me fait l'effet d'un nœud supplémentaire ajouté à la corde qui s'enroule autour de mon cœur.

— J'espère que cet endroit fait des livraisons, dis-je une fois que j'ai fini d'engloutir mon assiette de *pelmeni*.

— C'est le cas, répond-il tout en me donnant l'un des siens. Juste un, c'est toujours un nombre premier, hein ?

— Oui, dis-je en le mangeant. Merci.

Il gratte son menton rasé de près – un geste

diabolique clairement destiné à rediriger mon attention à cet endroit.

— Je me demandais… tu aimes les entrecôtes ?

— Pas tous les jours, mais oui. Mon père en faisait de très bonnes, à la ferme.

— Et la télévision en prime time ?

Je vois où il veut en venir, alors je souris et hoche la tête.

— Tu utilises Amazon Prime ? sourit-il.

— Oui. Je me suis inscrite dès que le programme a été créé.

Il sort son portefeuille et demande :

— Jusqu'où va ton amour des nombres premiers ?

Je hausse les épaules.

— Je préfère le gouvernement britannique à celui des États-Unis parce que je pense que *Premier Ministre* sonne beaucoup mieux que *Président*. Ça répond à ta question ?

— Oui. Et ça me fait me demander : tu as un prime broker ?

Je secoue la tête avec un sourire.

— Tu as déjà vu le film *Prime Cut* ou joué au jeu Nintendo *Metroid Prime* ?

— Ni l'un ni l'autre.

— Est-ce que tu conduis une Prius Prime ?

— Je n'ai pas de voiture.

— Tu as déjà fait un prêt subprime ?

— Non.

Il gratte son menton sexy.

— Tu es intéressée par l'histoire primitive ?

J'émets un petit rire.

— Tu vas un peu loin, là.

Son sourire s'élargit.

— Tu aimes les primaires ?

— Non.

— Et les soldats de la première ? La Première Guerre mondiale, je veux dire.

— Non. Je ne suis pas très fan des soldats, même si je peux avoir un faible pour les missionnaires.

Argh, arrête de flirter, Holly.

Il éclate de rire.

— Et les primates ?

Je me lèche les lèvres.

— J'aime certains singes, oui, mais pas à cause des nombres premiers.

Sérieusement, arrête de flirter – ou quoi que ce puisse être.

Il me lance un regard presque prédateur.

— Je suis sûr que les primates t'apprécient aussi.

Est-ce qu'il dit ça…

La serveuse nous apporte la note et il insiste pour payer à nouveau.

— Prête ? demande-t-il quand nous sommes de retour dans la limousine.

— Pour quoi ?

Il m'adresse un sourire narquois.

— Pour les bureaux des 1000 Diables, bien sûr.

———

Un trajet en pleine heure de pointe plus tard, nous sortons de l'ascenseur et nous retrouvons face à une plaque annonçant fièrement « 1000 Diables ».

Le contraste entre cet endroit et les bureaux de mon entreprise est frappant. Il y a des couleurs vives partout et j'entends des rires au loin – comme si j'étais dans un parc animalier.

— On a certaines traditions amusantes, ici, explique Alex tout en me menant vers un placard sur le côté. Équipons-nous.

Je cligne des paupières et regarde autour de moi.

Au lieu de vêtements, le placard est rempli de pistolets Nerf.

Beaucoup de pistolets Nerf.

Bon, compte tenu de mes récentes expériences, il aurait pu s'agir de pénis ou de godemichets.

— Prends celui-là, me dit Alex en me tendant un flingue à l'air robuste. Il est pas mal, pour une débutante.

J'accepte l'arme et le regarde prendre un fusil.

— Qu'est-ce que je dois faire ? demandé-je quand nous sortons de l'armurerie.

Un sourire lugubre danse sur ses lèvres.

— Tire sur tout ce qui bouge.

Sur ces mots, il hurle quelque chose qui ressemble à un *hourra* et se précipite en avant.

Je cours derrière lui. Je suppose qu'à Rome, on doit se comporter comme si on avait l'âge de Jacob.

La première balle – ou fléchette – siffle près de mon oreille deux secondes plus tard.

Waouh.

Ça fait mal, ces trucs ?

Je fais un pas de côté pour éviter le projectile suivant et tire sur mon agresseur, un type roux d'environ quarante ans et dont le ventre me rappelle celui de mon père.

Bam.

Le type grogne et se frotte l'œil gauche.

Oups.

Un nouvel assaillant bondit de l'angle d'un mur.

Alex s'élance devant moi et le projectile l'atteint en pleine poitrine. Si ça avait été une balle, ce geste chevaleresque aurait causé la mort prématurée de mon patron.

Puisque personne ne me tire dessus pour l'instant, je dispose d'une fraction de seconde pour parcourir des yeux l'espace de bureaux autour de moi – et je déteste cet endroit avec toute la force de mon amour pour la propreté. Les bureaux sont disposés de manière aléatoire. Il y a des munitions d'armes Nerf partout. Et le pire, ce sont les quatre chaises qui entourent la plupart des bureaux.

L'effet global est accablant, et c'est avant que des hommes armés me sautent dessus de toutes les directions. À mon avis, quelqu'un a voulu prendre le nom 1000 Diables un peu trop au pied de la lettre et a fait ressembler cet endroit à l'emplacement d'un rituel satanique.

Le prochain assaillant se lance dans la mêlée, une dame qui a environ l'âge d'Alison.

Je lui tire ma deuxième et troisième fléchette. Double oups. L'une des fléchettes l'a touchée à l'entrejambe et l'autre au sein droit.

D'autres agresseurs apparaissent.

Une nuée de fléchettes se précipite vers moi.

Je plonge derrière le bureau le plus proche.

Quelqu'un se racle la gorge au-dessus de moi une, deux fois.

Attendez, je connais ce son.

Je lève la tête.

Oui, je suis face à entrejambe avec Buckley.

Dans le feu de l'action, je n'avais même pas remarqué sa présence.

— Salut.

Je bondis sur mes pieds, entrevoyant le code sur son écran. Il m'a l'air mal aligné, et je dois réfréner l'envie de le pousser de sa chaise pour le réordonner, avant de faire la même chose avec le désordre anarchique qui constitue son bureau.

Buckley se racle encore deux fois la gorge.

— Salut, patronne.

Avec un sourire stupide, il se donne une tape sur le front et se racle la gorge deux fois de plus.

— Désolé. La force de l'habitude. Je suppose que vous n'êtes plus ma patronne.

— C'est vrai. Désolée. Pas le temps de parler, lâché-je avant de me précipiter dans la fusillade.

J'en ai la preuve, maintenant. Je préfère encore me faire tirer dessus plutôt que d'écouter Buckley se racler la gorge.

Une autre fléchette ennemie siffle près de mon oreille.

Je riposte avec la fléchette numéro quatre et abats la personne suivante avec la cinquième.

Lors de mon tir suivant, l'arme émet un drôle de cliquetis.

Je dois être à court de munitions.

Eh, au moins, c'est arrivé au cinquième tir, et pas le quatrième ou le sixième.

Je laisse tomber l'arme et lève les mains en l'air, dans l'espoir que cela fera cesser l'assaut.

Mais non.

Une pluie de fléchettes s'abat sur moi.

Je grimace.

Je perçois un mouvement flou et, soudain, Alex est devant moi, encaissant les projectiles dans le dos.

Waouh.

Mon cœur bat la chamade, comme si nous étions dans une vraie fusillade – et la proximité d'Alex n'arrange rien.

Il est si près que je sens son odeur de thé et que je sens la chaleur émanant de son corps large.

Il baisse les yeux.

Je lève les miens.

Lentement, il penche la tête et...

— Assez avec les fusillades, lance quelqu'un non loin de nous, et Alex s'écarte vivement.

Je me retourne et me retrouve face à l'homme le plus négligé que j'aie vu de ma vie.

Sa chemise hawaïenne est froissée, ses cheveux sont

décoiffés et ses lunettes tordues – comme s'il les avait passées au micro-ondes par accident.

— Robert, lance Alex avec un sourire. Voici Holly. Je crois que vous vous êtes parlé par e-mail.

Robert dépasse le bureau de Buckley et renverse accidentellement un pot à crayons.

— Désolé, dit Robert en se penchant pour ramasser les stylos.

— C'est rien, répond Buckley en se raclant plusieurs fois la gorge. Je m'en occupe, patron.

Tandis que Robert me serre la main, je m'assure que Buckley ramasse bien les stylos éparpillés – même si c'est loin de suffire pour rendre cet endroit bien rangé comme par magie.

Alex doit percevoir ma confusion. Il insiste pour qu'on parle à Robert dans une salle de réunion et en choisit une merveilleusement bien rangée – c'est sans aucun doute l'endroit où ils tiennent leurs réunions avec les clients.

Pendant qu'on s'assoit autour de la table, Alex résume à Robert notre conversation à l'hôpital et fait une liste des jeux retenus dans le cadre du projet.

— Et pourquoi pas *War of Sword* ? propose Robert. Il conviendrait bien au matériau cible.

Alex pousse un soupir.

— Il est trop violent pour ma clientèle cible, déplore Alex avec un soupir. Peut-être à une phase ultérieure.

— Attendez un peu, intervins-je. *War of Sword*, ce jeu que tu aimes tant, est l'une de tes créations ?

Robert hoche la tête avec tellement de vigueur que ses lunettes tordues manquent de tomber de son nez.

— C'est le bébé d'Alex.

— Plutôt un projet passion, corrige Alex. L'idée était de créer un jeu pour moi et de voir ce qui se passerait.

— Oui, acquiesce Robert d'une voix pleine de fierté. Un succès financier, voilà ce qui s'est passé.

— Chouette, dis-je. J'ai vraiment envie de voir ce jeu, maintenant.

Robert et Alex échangent un regard enthousiaste.

— On a une pièce exprès pour ça, dit Alex. Tu veux la voir ?

— Bien sûr, dis-je, même si je n'en suis pas si sûre.

Il y a intérêt à ce que la pièce en question ne soit pas autant en désordre que le reste des bureaux.

Alex et moi quittons Robert pour nous y rendre, et quand j'entre dans la salle, je pousse un soupir soulagé. Elle est vide, et comporte pour tout meuble un genre de commode dans le coin.

Alex s'avance vers la commode et en sort une paire de casques VR.

— Tu n'as rien contre le fait d'utiliser un équipement créé par nos concurrents ?

Je secoue la tête.

— J'ai cette marque de casque chez moi. C'est l'une des rares qui est adaptée à ma tête, mis à part la tienne.

Il me tend l'équipement et je l'enfile.

— C'est vous qui avez conçu tous ces jeux ? demandé-je tout en étudiant le tableau de bord bien rempli.

— Oui, répond Alex. Appuie sur l'icône avec une épée.

Je lance le jeu et laisse Alex m'expliquer comment créer un personnage.

Quelques minutes plus tard, je suis une elfe dont les traits faciaux ne sont pas bien différents des miens, en plus cartoonesque. Comme arme, je choisis un arc et des flèches, plus une fine épée à une main.

Quand je démarre le jeu, je me retrouve dans un village médiéval, et Alex me dit d'aller à la taverne et de m'asseoir.

— C'est un jeu multijoueur, explique-t-il alors que je m'exécute. Je vais te rejoindre.

Impatiente, je tourne les yeux vers l'entrée de la taverne. Une minute plus tard, il entre.

Son avatar est un minotaure, avec des cornes, des sabots et tout. Plus important encore, c'est un minotaure musclé et torse nu – dont le visage ressemble étrangement à celui d'Alex.

Zut. Voilà que je suis excitée par une créature moitié homme, moitié vache. Bientôt, j'aurai un fétiche pour les hommes qui produisent du lait.

— Salut, lance le minotaure.

J'entends sa voix en double : dans les haut-parleurs du casque et depuis le vrai Alex.

— Tu as l'air prêt à empaler quelqu'un, remarqué-je, avant de grimacer.

Il a fait la même blague sur les dik-diks il y a seulement quelques heures.

Il a la gentillesse de rire doucement, avant de me tendre une pelote de laine.

— Avec ça dans ton inventaire, tu pourras me retrouver où que je sois dans ce monde.

Quand je fourre la pelote dans mon sac de voyage, je réalise quelque chose d'horrible, que je n'avais pas remarqué jusqu'alors.

Mes mains d'elfe.

Elles n'ont que quatre doigts.

Pourquoi ? Pourquoi, merde ?

Ce n'est pas comme si les elfes étaient réputés pour leur nombre de doigts non premier. C'est même tout le contraire – ils sont censés vivre très longtemps, et ce ne serait pas le cas d'un elfe à quatre doigts, puisqu'il serait suicidaire.

— Je vais rejoindre un ami au combat, dit Alex. Secoue cette pelote pour te joindre à moi.

— D'accord, dis-je d'un ton hésitant.

En temps normal, je suis contre les combats, mais tout ça tournera peut-être en ma faveur – quelqu'un me tranchera peut-être un doigt de chaque main durant la bataille à venir.

On peut toujours espérer.

Alex disparaît. Je sors la pelote et la secoue.

Wouch.

La taverne autour de moi disparaît… remplacée par une scène sortie tout droit des enfers.

Chapitre Trente-Cinq

La prairie au milieu de la forêt est jonchée de morceaux de cadavres, et cette vision d'horreur est rendue pire encore par le fait que toutes les mains et tous les pieds ont quatre doigts et quatre orteils.

Je frémis. Les elfes ne sont donc pas les seuls à souffrir de cette infortune.

Dans une cacophonie de sons, une ménagerie de créatures est en train de s'entre-déchiqueter. Malgré leur apparence cartoonesque, la violence paraît cruelle et brutale, beaucoup trop pour moi.

Quelque chose bondit de derrière un arbre. Je tire mon épée de son fourreau et décapite ce qui s'avère être un compagnon elfe.

Nous sommes donc dans un monde où les elfes se tuent entre eux.

Au loin, Alex est en train d'étriper quelqu'un avec ses cornes de minotaure.

Zut. J'ai trop envie de vomir pour supporter ça plus longtemps.

Je retire le casque et m'efforce d'apaiser ma respiration saccadée.

Alex retire son casque aussi et me regarde d'un air inquiet.

— Tu vas bien ?

— Oui, mens-je. J'ai juste un peu la nausée à cause de la VR. Ça va passer.

Il se précipite vers la commode et me rapporte une bouteille d'eau et un comprimé.

— Prends ça.

— Qu'est-ce que c'est ? demandé-je.

— Du Vogalène.

— Non, merci. Je vais juste boire un peu d'eau.

Je prends la bouteille et bois avidement jusqu'à ce que les images de membres à quatre doigts ne soient plus qu'un lointain souvenir.

— Tu te sens mieux ? m'interroge-t-il.

Je hoche la tête.

— Tu veux prendre le reste de ta journée ?

Je secoue la tête.

— Et si on retournait au boulot ? suggère-t-il.

— Super idée, acquiescé-je.

Et c'est ce que nous faisons.

———

— Tu veux qu'on se couple ? propose-t-il quand nous sortons de l'ascenseur pour rejoindre nos bureaux.

Je regarde vers mon écran.

— Laisse-moi d'abord aller lire mes e-mails, j'arrive tout de suite.

— D'accord, répond-il en partant.

Une fois que j'ai terminé de lire le contenu de ma boîte mail, je ne me sens pas tout à fait prête à affronter à nouveau Alex, alors je déplace certains bureaux mal alignés et retire quelques objets posés dessus pour m'assurer qu'il y en ait un nombre premier.

— Tu veux venir organiser mon bureau ? propose Bella en me surprenant en train de ranger l'agrafeuse d'Alison dans un tiroir.

— Je peux ? dis-je en m'efforçant de dissimuler mon enthousiasme. Maintenant ?

— Peut-être une autre fois, sourit-elle. Je suis sûre que mon frère doit t'attendre.

Gloups. Elle a raison.

— À plus tard, lancé-je bravement avant de me diriger vers le bureau d'Alex.

S'il est agacé que je l'aie fait attendre, il n'en montre rien.

— Tu veux piloter ? se contente-t-il de demander.

Quand je dis oui, il me laisse faire. Quelques heures plus tard, il reprend les rênes.

Comme le jour précédent, coder en binôme avec Alex ressemble à de la torture sensuelle. Je perds la notion du temps et il me traîne encore une fois au Miso Hungry à vingt heures.

Dans un mélange de déjà-vu et de rêve érotique, ce dîner de non-rencard ressemble en tout point à un vrai rencard – et je dois me rappeler constamment de ne rien dire d'inapproprié à mon patron.

La tentation est grande.

Je parviens à résister héroïquement et il me dépose à nouveau chez moi en limousine. C'est un miracle si on ne s'embrasse pas à nouveau durant le trajet.

Une fois chez moi, je défoule toute ma frustration sexuelle sur Optimus Prime – jusqu'à ce que la batterie soit déchargée.

Ce n'est qu'à ce moment-là que je m'endors.

———

Le jour suivant fonctionne à peu près de la même manière : je vais travailler, je lis mes messages et je code en binôme avec Alex jusqu'au déjeuner. Il insiste ensuite pour m'emmener au Pelmennaya. Après ça, nous travaillons encore ensemble plusieurs heures, avant d'aller dîner au Miso Hungry.

Chaque jour, je suis déposée devant chez moi en limousine, et chaque jour nous passons à deux doigts de nous embrasser – sans jamais sauter le pas. Et chaque jour, Optimus Prime doit ramasser les morceaux.

— L'intégration du costume avance si bien, me dit Bella un matin pendant que je regarde mes e-mails à mon bureau. Vous êtes incroyables, tous les deux.

Elle s'attelle ensuite à m'expliquer comment elle a testé le costume, dans le moindre détail propre à rendre mon visage écarlate.

— Bref, lâche-t-elle une fois que son avalanche de détails bien trop précis est terminée. Alex doit se languir de toi.

Elle s'en va avant que j'aie eu le temps de répondre, alors je rejoins Alex et le cycle code-déjeuner-code-dîner-limousine-branlette recommence.

Et encore. Et encore.

Chapitre Trente-Six

À mesure que les semaines passent, j'ai l'occasion d'apprendre à mieux connaître Bella, et je découvre à quel point elle est brillante. De son côté, elle me traite de plus en plus comme une amie, ce qui propulse mon coup de cœur féminin pour elle dans le domaine du harcèlement.

Je redoute le jour où elle apprendra mon intention première d'endommager la création de ses rêves.

En fait, je prie pour que ce jour n'arrive jamais.

Mais le pire, c'est qu'à chaque jour qui passe, ma résolution de garder une relation strictement professionnelle avec Alex s'effrite, surtout sachant qu'à chaque trajet en limousine, il semble à deux doigts de m'embrasser, sans jamais le faire.

J'en arrive à un point où je ne suis même plus sûre de savoir si son sens de la retenue me rassure ou m'énerve.

———

— J'ai besoin d'une faveur, dit Alex alors que je m'apprête à sortir de la limousine le vendredi soir suivant.

Waouh. Est-ce que ça y est ? Allons-nous enfin jeter ces fichues convenances par la fenêtre ?

Je suis prête. Mais le suis-je vraiment ?

Zut. Je dois répondre.

— Qu'est-ce qu'il y a ? demandé-je, échouant à prendre un ton désinvolte.

— Tu sais quoi, oublie ça, se reprend-il. Ce n'est pas convenable.

Oui. Oui. Oui. On dirait qu'il a enfin la décence de me faire une proposition indécente.

— S'il te plaît, dis-je en me penchant vers lui. Qu'est-ce que tu voulais me demander ?

Il pousse un soupir et se frotte le front.

— OK, ce dimanche matin, le restaurant de mes parents sera fermé pour être repeint, et Bella veut qu'on organise une intervention pour évoquer le problème de boisson de mon père.

Merde. Ce n'est pas du tout ce que je m'attendais à ce qu'il dise. En un clin d'œil, je passe de vouloir lui sauter dessus à éprouver de la compassion pour lui.

— C'est à ce point-là ?

Il fronce les sourcils.

— Il ne s'est jamais évanoui comme le jour de son anniversaire, mais ma mère dit que c'est encore arrivé deux fois de plus, depuis.

J'ai envie de tendre la main pour lui offrir un câlin réconfortant, mais je me réfrène – je suis devenue plutôt douée pour résister à mes pulsions, ces derniers temps.

— Tu veux que je sois présente à tes côtés ?

Même si l'idée de cette réunion me paraît horrible, s'il a besoin de moi, je serai là.

— Non. Mon père sera déjà bien assez en colère comme ça. Si quelqu'un qui n'est pas membre de notre famille est présent, il se contentera de quitter la pièce.

— Je vois, dis-je.

Je me sens aussitôt coupable pour le soulagement qui me submerge.

— Alors quel est le rapport avec moi ? demandé-je.

— Ma nounou pour chien habituelle sera absente ce week-end, explique-t-il.

Je le regarde en clignant des paupières, pas sûre de voir le rapport.

Il se pince l'arête du nez.

— Les délais sont trop brefs pour que je puisse trouver quelqu'un d'autre, mais je tiens à ce que quelqu'un reste avec Belzébuth.

J'écarquille les yeux.

— Tu veux que je sois la baby-sitter de ton chien ?

Des images de tétons apparents, ou pire encore, me viennent à l'esprit – son chiot mérite bien ce nom démoniaque.

— Tu sais quoi, laisse tomber, dit-il. Maintenant que je l'entends à voix haute, je me rends compte à quel point c'est bizarre que je te demande ça.

Ce n'est pas bizarre s'il me considère comme une amie, ou plus encore – mais je ne dis pas ça. À la place, ma bouche remue de son propre accord et répond :

— Je serais ravie de t'aider. Tu m'as prise par surprise, c'est tout.

Il me regarde avec une telle intensité que j'en ai des papillons dans l'estomac.

— Tu es sûre ?

— Certaine.

J'aimerais être aussi sûre de moi que j'en ai l'air.

— Super, répond-il en m'adressant un sourire qui me fait me dire que la torture à venir en valait la peine. Tu devras me laisser faire quelque chose pour toi en guise de remerciement.

Les images classées X de mes soirées passées avec Optimus Prime passent soudain au premier plan de mon esprit.

— Comme quoi ?

Il hésite une seconde.

— Et si je te faisais à dîner ?

Il veut me faire la cuisine ? Selon le proverbe, pour gagner le cœur d'un homme, il faut parler à son estomac, mais l'inverse n'est peut-être pas faux dans mon cas – ce qui veut dire que c'est une mauvaise idée.

— Tu n'es pas obligé de faire ça.

— J'insiste. Et puis, il vaudrait peut-être mieux que tu arrives la veille, pour que je puisse te montrer où sont rangées toutes ses affaires. Comme ça, on pourra faire la grasse matinée le dimanche matin. Je sais que tu as besoin de rattraper ton sommeil en retard.

Un dîner un samedi soir, alors ? Qu'il aura préparé lui-même ? Pourquoi est-ce que ça ressemble bien plus à un rencard que tous les non-rencards qu'on a déjà eus ?

— À quelle heure ? demandé-je, n'osant rien ajouter.

— Quand est-ce que tu dînes, d'habitude ?

— Dix-neuf heures neuf, lâché-je.

Il sourit.

— Évidemment. C'est l'horaire parfait pour manger. Va pour dix-neuf heures neuf, alors… mais tu devrais venir un peu plus tôt, pour qu'on puisse commencer à cette heure exacte.

— Cool, dis-je, un peu étourdie. Et si je venais à dix-huit heures trente et une ?

— Parfait. La limousine t'attendra en bas de chez toi à dix-huit heures treize.

J'espère que je ne me sentirai plus comme à cet instant, demain, ou je n'arriverai à rien avaler.

— On se voit demain, dis-je.

Puis je sors de la limousine avant de dire quelque chose que je risquerais de regretter – comme lui demander s'il veut monter ou lui faire un suçon en forme de pentagramme dans le cou.

Ou les deux en même temps.

Chapitre Trente-Sept

Je dors à peine, cette nuit-là, alors je passe la majeure partie du samedi à re-regarder *Downton Abbey*, à relire *Orgueil et Préjugés* et à interagir avec Euclid.

Rien de tout ça ne suffit à me calmer.

Peu importe le nombre de fois où je me répète que cette soirée n'est pas un rencard, ma pression sanguine refuse de se calmer. Je me sens décalée, incapable de suivre ma routine habituelle. Je saute même le déjeuner, ce qui pourrait s'avérer une bonne chose, si la cuisine d'Alex est médiocre – la faim est le meilleur moyen d'occulter ça.

Je me calmerai peut-être si je fais une recherche sur les coutumes de mise quand on visite une maison russe ?

Non.

Le fait de savoir qu'on doit retirer ses chaussures et

ne pas se serrer la main sur le seuil de la porte ne m'aide pas du tout.

Par contre, je découvre un conseil utile à propos du cadeau à apporter – ce que j'avais presque oublié de faire. Apparemment, le cadeau traditionnel est une boîte de sucreries.

Hum. Je n'ai pas de boîte, mais j'ai un stock de Turkish Delight emballés individuellement, que j'ai commandé en Grande-Bretagne. Avec un peu de chance, le plus important est la sucrerie, pas la boîte. J'en mets dix-neuf dans mon sac à main.

Quand l'heure du dîner approche, je rase mes parties intimes, faisant disparaître les petits poils qui ont repoussé depuis l'épilation – non pas parce que je compte laisser Alex voir mes parties intimes, mais parce que ce chiot risque de m'arracher ma culotte au lieu de mon soutien-gorge, cette fois. Si ça arrive – et si Alex se trouve être en train de me regarder – je veux m'assurer d'être bien propre, là-dessous.

Une autre question me vient soudain en tête : qu'est-ce qu'on porte à un dîner cuisiné par son patron ?

Après de longues délibérations, je décide que ça ne pourra que bien se passer si je mets la tenue que Gia m'a forcée à acheter pour la fête d'anniversaire. Un peu de maquillage ne fera pas de mal non plus. Et de jolies chaussures. Et histoire de rester cohérente, je me fais aussi une coiffure élégante.

Quand l'alarme de mon téléphone sonne à dix-sept

heures cinquante-sept, je m'examine dans le miroir et hoche la tête d'un air approbateur.

Je suis aussi prête pour ce non-rencard que je le serai jamais.

———

Le chauffeur de limousine baraqué m'ouvre la portière quand j'approche.

— Merci, dis-je.

— Pas de problème, répond-il avec un fort accent russe.

Un thé m'attend dans la voiture — une belle attention.

Je vois le type envoyer un message à quelqu'un — il indique sûrement à Alex qu'il vient de me récupérer. Puis il ferme la paroi entre nous et je me retrouve à espérer qu'il n'envoie pas d'autres messages en conduisant.

Quand nous nous arrêtons à côté de l'immeuble d'Alex, je me sens si nerveuse qu'il me faudrait une semaine entière de *Downton Abbey* pour me calmer.

Le chauffeur m'ouvre la portière de la limousine.

Le gratte-ciel devant nous est épuré et étincelant. Le type m'emmène dans le lobby et fait un signe de la main à l'agent de sécurité, avant de m'escorter jusqu'à un ascenseur.

Sans un mot de plus, il appuie sur le bouton du cent septième étage, puis se retourne pour partir.

— *Do svidanyia*, lancé-je.

Cela me vaut enfin un sourire de la part de l'homme taciturne.

— *Do svidanyia.*

Les portes se referment.

Je retiens mon souffle durant tout le trajet, jusqu'à ce que les portes s'ouvrent directement sur un appartement où m'attend Alex. À ce moment-là, je relâche ma respiration en un hoquet sonore – et pas parce que je suis face à un penthouse luxueux qui a dû coûter des millions.

Comme moi, Alex s'est bien habillé et porte un costume similaire à celui qu'il portait au restaurant, mais encore plus élégant. Sur mesure, peut-être ?

Il porte même une cravate. Une cravate !

J'oblige ma bouche à se refermer avant de me mettre à baver.

Il est aussi à nouveau rasé de près, comme le jour de l'anniversaire de son père. Mais même ça, ce n'est pas la raison pour laquelle je dois réfréner l'envie de lui arracher ce costume pour le sauter jusqu'à ce que son cerveau lui coule par les oreilles.

Le problème, c'est sa coiffure.

Ses mèches noires sont coiffées en arrière avec soin – exactement comme dans tous mes fantasmes.

Il est la quintessence de l'homme soigné.

Soigné au point d'en perdre votre culotte, de sentir vos tétons se durcir et l'eau vous monter à la bouche.

Fichus œstrogènes.

Comment je suis censée me comporter de manière convenable, maintenant ?

Chapitre Trente-Huit

— *T*u es magnifique, disons-nous à l'unisson.

Il sourit.

— Ivan m'a prévenu que tu t'étais mise sur ton trente-et-un. Tu n'étais vraiment pas obligée.

Je l'entends presque ajouter : « Mais je suis content que tu l'aies fait. »

Alors c'était pour ça, ce message ? Je suppose que je dois remercier le chauffeur d'avoir poussé Alex à se rendre aussi présentable.

Soudain, un aboiement sonore résonne dans le grand couloir, suivi du cliquetis de pattes de chien sur le plancher. J'entends ensuite quelque chose tomber avec fracas.

Le mélange de koala et de chien se précipite vers moi, remuant la queue si vite que je la vois à peine bouger.

Alex lâche un juron en russe et bondit sur son

chien, mais Belzébuth l'esquive et me saute dessus, se hissant sur ses pattes arrière pour qu'on se retrouve face à gueule.

Par instinct, je me couvre l'entrejambe de la main droite et le haut de ma robe de la gauche.

Hors de question de permettre une autre défaillance de garde-robe à cause de ses pattes, merci beaucoup.

Ne pouvant me forcer à exposer mes tétons ou mon clitoris, le chiot se contente de me faire ce que je meurs d'envie de faire à son maître : il me lèche le visage comme si j'étais recouverte de beurre de cacahuète.

Si Bella était là, elle aurait sûrement fait parler le chiot enthousiaste pour lui faire dire un truc du genre « Tu es délicieuse. Si délicieuse. Tu veux jouer ? Tu veux chasser les mouches ? Je suis Belzébuth. C'est le Seigneur des Mouches, tu sais. Est-ce que les mouches aiment le bacon ? Tu veux du bacon ? Je ne vis que pour le bacon. Tu t'appelles Kevin ? »

— Méchant chien, dit Alex d'un ton sévère en écartant le chien. On ne lèche pas les invités.

On ? Alex peut me lécher sans aucun problème. Merde, je veux bien que son chien me lèche encore une fois, si c'est un prérequis.

— Désolé pour ça. Tu peux aller te laver le visage là-bas, dit Alex en faisant un geste vers une porte au bout du couloir.

Je commence à retirer les chaussures, respectant la bienséance russe, mais Alex me dit que je ne suis pas obligée. Quand j'insiste, il me tend une paire de chaussons.

— Ils sont à Bella, mais ça ne la dérangera pas que tu les empruntes.

Je suis contente d'avoir insisté. Le fait de retirer ses chaussures doit clairement être important, si Bella laisse ses chaussons ici.

Après avoir enfilé mes chaussons, je m'empresse de rejoindre la salle de bain, me nettoie et réapplique mon maquillage.

Quand je ressors, Alex est seul.

— J'ai placé une friandise dans un jouet spécial, explique-t-il. Il va essayer de le récupérer pendant un moment, on devrait avoir la paix pour l'instant.

Je regarde autour de moi.

Le couloir est jonché de jouets pour chien de toutes sortes.

J'éprouve une forte envie de tout ranger, mais je la réfrène et tourne les yeux vers les murs à la recherche d'une distraction.

Surprise, surprise. Tout est couvert de posters de *Tetris Payout*, *Super Tetris*, *Tetris Plus*, *Tetris 4D*, *Tetris League…* la liste est innombrable.

— Je ne savais pas qu'il y avait autant de versions de ce jeu, remarqué-je, mon regard passant d'un poster à l'autre.

Alex rayonne de fierté.

— Viens, je vais te montrer quelque chose.

Il me mène dans une grande pièce qu'on ne peut qualifier que de garçonnière – même si on ressent aussi fortement la présence du meilleur ami de l'homme en question, sous la forme d'os et de jouets à moitié mâchonnés.

Je ne dois pas nettoyer. Ce serait aussi dingue que de l'embrasser dans le cou.

— Tu vois ça ? demande Alex en pointant du doigt le mur à côté d'une immense télé.

Waouh. Toutes les consoles de jeux dont j'ai pu entendre parler sont branchées à cette télé, et à l'intérieur de la plupart, il y a un jeu *Tetris*, certains du même titre que sur les posters que je viens de voir, et d'autres non.

Je suppose que c'est une collection logique – les jeux vidéo sont sa passion, après tout.

Son téléphone émet un bip.

— Il est dix-neuf heures une, annonce-t-il. Allons à la cuisine pour pouvoir dîner à l'heure.

Alors que je le suis de pièce en pièce, je réalise que son penthouse est immense – surtout pour New York.

Les développeurs de jeux se font un tas de pognon, c'est clair.

La cuisine s'avère être la seule pièce bien rangée de la maison. Il y a des fleurs et des bougies sur la table – tout ça ressemble beaucoup à un rencard, si vous voulez mon avis.

Il tire une chaise pour moi et tout en m'asseyant, je regarde les deux assiettes devant moi.

La première contient vingt-trois rouleaux de printemps à l'avocat et la deuxième le même nombre de *pelmeni*.

J'arrache mon regard à ce festin et lève des yeux émerveillés vers lui.

— C'est toi qui as fait tout ça ?

— Eh bien, oui, répond-il en s'asseyant face à un plat similaire. Je ne savais pas quel plat tu préférais le week-end, alors j'ai pris les deux.

— Bien vu, dis-je en salivant comme un chien de Pavlov. Je crois que je vais faire des folies et prendre les deux.

Il sourit.

— Je crois que je vais faire pareil. Soyons fous.

J'attaque d'abord les *pelmeni*.

Miam. D'habitude, je n'aime pas les variations dans les recettes, mais cette fournée-là est différente de manière positive.

C'est ce que je dis à Alex.

— J'ai ajouté un ingrédient secret à la recette du restaurant de mes parents, avoue-t-il.

— Un ingrédient secret ?

Je goûte les rouleaux de printemps à l'avocat – qui sont également meilleurs que d'habitude, mais de manière plus subtile.

— Il y en a aussi dans les rouleaux de printemps ?

— Oui. Et je suppose que je vais devoir te dire ce que c'est, maintenant, ajoute-t-il avec une réticence feinte.

— C'est ce que voudrait la politesse, dis-je sur le même ton.

— Très bien. Je me suis dit que puisqu'on mangeait à la fois japonais et russe, on pourrait fusionner les deux… alors j'ai mis une touche de gingembre dans les *pelmeni* et un peu de crème fraîche dans le riz des rouleaux de printemps.

— Ah, acquiescé-je en goûtant un autre morceau de chaque. C'est donc ça. Tu pourrais clairement te reconvertir dans la cuisine. En général, je n'aime pas quand les plats ont un goût différent. Je déteste ça, même. Mais j'adore *ça*.

Il couvre ma main de la sienne et sourit.

— Je suppose que je suis habile de mes mains.

Oh, oui. L'habileté de ses mains provoque des décharges dans tout mon corps et fait se coincer mon souffle dans ma gorge.

— Désolé, dit-il en retirant sa main.

— Ce n'est rien, articulé-je d'une voix étranglée.

Je dois mobiliser toute ma volonté pour ne pas ajouter un truc du genre « J'ai vraiment, vraiment, *vraiment* aimé ça. »

— Je suis content que ça te plaise, dit-il.

Le contact de sa main ? Non, il parle du dîner. Mince, ces cheveux bien coiffés me donnent beaucoup de mal à réfléchir.

— Ça me plaît beaucoup, dis-je une fois que j'ai réussi à éclaircir un peu mon cerveau. Mais il y a un problème : je ne pourrai plus manger les versions normales de ces plats, à partir de maintenant.

Et si n'importe quel autre homme me touche comme Alex vient de le faire, cela me paraîtra tout aussi inadéquat.

Zut.

Je n'apprécierai plus jamais d'autre cuisinier *ni* d'autre homme.

Il sort son téléphone et tape un message.

— Je viens de t'envoyer la recette exacte des pelmeni, et je pourrais parler aux employés du Miso Hungry, pour les rouleaux de printemps.

— Merci, dis-je.

Puis je fourre de la nourriture dans ma bouche avant d'ajouter quelque chose d'inapproprié, du genre « Je peux te remercier avec mon corps ? »

— De rien, répond-il en posant un regard affectueux sur mon visage. Je dois admettre que ça m'a plu, de préparer tout ça pour toi.

Mon cœur se met à battre plus fort.

— Tu as déjà cuisiné pour d'autres femmes ?

Bien joué. C'était aussi subtil qu'un taureau dans un magasin de porcelaine.

Ses yeux pétillent d'une couleur bleu sombre chatoyante.

— Seulement pour celles avec qui je suis sorti.

— Ah.

Je suis donc la première pour qui il fait ça sans sortir avec elle ? Pour être honnête, je n'aime pas l'idée qu'il ait pu sortir avec qui que ce soit, mais évidemment qu'il a dû le faire. Autant continuer avec les questions personnelles et inappropriées, alors je demande d'un ton aussi désinvolte que possible :

— Et il y en a eu combien ?

Il se mord la lèvre d'un air concentré.

Aïe. Le nombre est-il astronomique ? C'est possible.

Un type comme lui, les femmes doivent tomber à ses pieds.

Ces connasses.

Il réfléchit encore ?

Pourquoi, mais pourquoi j'ai demandé ça ? Pourquoi demander un truc quand on n'a pas envie de connaître la réponse ?

— Six, finit-il par dire.

Oh.

Bon, six, ce n'est pas tant que ça. Enfin, c'est un chiffre terrible en soi, mais s'agissant d'un nombre d'ex, il est plutôt bas, ce qui est une bonne chose. Et puis, ça veut dire que si je devenais sa petite amie – un fantasme agréable – je serais la septième.

Une Première petite amie.

Ça me plaît.

À moins que l'expression « Première petite amie » soit une autre manière de désigner une épouse ? Si ce n'est pas le cas, ça devrait.

— J'ai eu quelques autres rencards en dehors de ces six-là, continue-t-il. Mais seules ces relations-là ont duré jusqu'à l'étape de la cuisine. Et toutes sauf une ne sont pas allées beaucoup plus loin que ça. La dernière a duré quelques années, avant de se terminer.

— Pourquoi ? demandé-je.

Ce que je veux dire, c'est : *Pourquoi une femme vivante et saine d'esprit te laisserait-elle échapper à ses griffes ?*

Il hausse les épaules.

— Elle n'aimait pas mon goût pour les jeux vidéo.

Je le dévisage, bouche bée.

Non. Il ne plaisante pas.

— Mais c'est ta passion, lâché-je d'un ton un peu trop véhément pour les convenances.

J'ajoute d'un ton plus calme :

— Tu es brillant dans ce domaine.

— Merci, répond-il en se penchant en avant, le regard rivé sur mon visage. Je suppose qu'elle n'était pas la bonne, c'est tout.

Mon pouls bat dans mes oreilles.

— Je suppose que non.

Ce n'est peut-être pas très gentil de penser ça, mais je suis super contente qu'elle n'ait pas été la bonne... qui qu'elle puisse être. Je me fiche que ce soit égoïste, mais si je ne peux pas avoir mon patron, personne ne devrait l'avoir.

— Et toi ? demande-t-il.

Zut. Je l'ai bien cherché, j'imagine.

— Je n'ai jamais fait la cuisine pour personne.

Je recommence à engloutir ma nourriture dans l'espoir qu'il laisse tomber.

Raté.

Il fait claquer sa langue.

— Tu sais ce que je voulais dire.

La nourriture me paraît fade, soudain. Je prends une grande inspiration et lui raconte le fiasco qu'a constitué ma relation avec Beau.

Pendant que je parle, la compassion et la compréhension que je lis dans son regard me donnent envie d'en confier plus que je ne l'ai jamais fait à personne.

— J'ai eu une puberté tardive, alors je n'ai pas eu beaucoup de relations au lycée ou à la fac. Je n'accrochais pas avec la plupart des mecs, tu vois ce que je veux dire ? Alors quand j'ai rencontré Beau quelques années après avoir obtenu mon diplôme, j'étais si soulagée que j'ai ignoré beaucoup de signaux d'alarme. Tous, en fait. On est sortis ensemble pendant des mois avant d'échanger ne serait-ce qu'un baiser, mais tout ce dont je me souciais, c'était qu'il soit mathématicien et qu'il apprécie la routine, lui aussi.

Je grimace, encore en colère contre moi-même.

— Je ne savais pas qu'il était gay, bien sûr, je me sentais juste non désirée. Au début, il traitait mon hymen comme s'il était sacré. Et puis, après l'acte enfin accompli, il n'a plus voulu recommencer avant des siècles – ni même faire des trucs du type cunnilingus, ou même m'embrasser. On a fini par rompre, et quand il a fait son coming-out l'année suivante, j'ai été soulagée, parce que ça expliquait tellement de choses. Malgré tout, je ne suis plus trop d'humeur à sortir avec qui que ce soit, depuis.

Alex crispe la mâchoire.

— Quel salopard. Je n'arrive pas à croire que je suis en colère contre un type parce qu'il n'a *pas* voulu avoir de relations avec toi, et pourtant c'est le cas. Je ne voudrais pas voler les répliques de Rhett Butler, mais « tu devrais être embrassée, souvent, et par quelqu'un qui sait s'y prendre. »

Je prends mon verre d'eau et le vide d'une traite. Tout ça ressemble encore plus à un rencard que la fois où il m'a embrassée.

Enfin, vu que c'est moi qui ai jeté le professionnalisme par la fenêtre avec mon histoire pathétique, c'est à moi d'arranger la situation.

Mais comment ? En demandant une autre assiette ? J'ai l'estomac plein, et ça a l'air d'être son cas aussi. Je devrais peut-être parler d'un truc dégoûtant – comme de la morve ou des carrés de nombres pairs ?

Vu qu'aucune idée ne me vient, je demande quelque chose d'intéressant, mais pas de manière sexuelle :

— Tu peux me montrer tes talents au *Tetris* ?

Il sourit.

— Ce serait avec plaisir, mais si je te montrais toutes les affaires du chien, d'abord ?

Argh. C'est bien moins sexy que le *Tetris*. Pourquoi n'y avais-je pas pensé ?

Nous terminons nos assiettes et je décline sa proposition de thé pour l'instant – ça prouve bien que je suis repue. Il semble l'être tout autant que moi, parce qu'il accepte les sucreries que je lui offre sans en manger une seule.

Je l'aide ensuite à nettoyer la cuisine – une activité qui s'avère bien trop érotique à mon goût. Le voir essuyer les assiettes que je viens de laver m'excite totalement.

Quand nous avons terminé, il me montre où se trouvent la nourriture et les gamelles du chien, avant de me faire sortir de la cuisine tout en m'expliquant d'autres trucs en rapport avec le chien, y compris à quel moment sortir promener la bête poilue.

— En parlant de Belzébuth, murmure-t-il quand nous entrons dans ce qui ressemble à son bureau.

Le chiot endormi est roulé en boule sur le tapis, autour d'une balle – il doit s'agir du jouet avec la friandise à l'intérieur.

Oooh. Belzébuth doit rêver qu'il est en train de pourchasser quelque chose – ses pattes remuent dans le vide et il émet de petits aboiements.

OK, les chiots ont beau être désordonnés et imprévisibles, ils sont adorables, c'est indéniable… surtout quand ils dorment.

— Viens, chuchote Alex. Je te dois une démonstration de *Tetris*.

Nous rejoignons sa garçonnière sur la pointe des pieds et fermons la porte pour ne pas réveiller le chiot.

Alex allume sa Xbox.

Sa version du jeu s'appelle *Tetris Effect : Connected*, et c'est une œuvre d'art audiovisuelle, qui ressemble plus à une expérience psychédélique à part entière qu'à un jeu de puzzle avec des blocs.

Même en laissant de côté l'esthétique du jeu, le simple fait de regarder Alex jouer vaut largement le détour.

Mozart devait ressembler à ça quand il jouait du piano, au sommet de son art.

Je me trompais tellement, quand j'ai cru que cette expérience serait sûre et non sexuelle. C'est tout l'opposé. C'est encore plus sexy que de regarder Alex coder.

À chaque fois qu'il élimine quatre lignes à la fois – ce qu'on appelle un tetris – le jeu affiche une animation de feux d'artifice pour fêter ça. Cela me pousse à l'imaginer me pénétrer comme le bloc en I pénètre le trou qui constitue sa destination, et à envisager le feu d'artifice qui en résultera.

Zut.

Entre son apparence soignée, le dîner et ça, je devrais recevoir une médaille pour être parvenue à me retenir de lui sauter dessus. Une étoile rose pour avoir réprimé ma libido sous une situation de tentation extrême.

Je pourrais peut-être me rendre furtivement à la salle de bain pour me caresser vite fait ?

— Regarde un peu ça, dit Alex, faisant éclater ma bulle de fantasme. Jacob me dit qu'il est en train de jouer avec ce type qui mérite une bonne leçon. Je peux passer sur *Halo* ?

— Bien sûr, dis-je.

Quelques instants plus tard, des hommes armés vêtus de tenues spatiales colorées ont envahi l'écran.

— Là, dit la voix de Jacob dans le haut-parleur, et son personnage tire sur un type qui tient un gros fusil.

Le personnage d'Alex se précipite vers sa proie, parvient à esquiver toutes les balles je ne sais comment et lui donne un coup de crosse en pleine tronche.

— Waouh, lâche Jacob avec enthousiasme. C'était incroyable.

Et c'est vrai. Je suis encore plus excitée, maintenant. Cela doit approcher de ce que ressentaient les femmes des cavernes, quand leur homme protégeait la tribu – ou combattait d'autres hommes des cavernes pour elles.

Tout ce que je sais, c'est que j'ai envie de le sauter, mais je ne peux pas. Pas alors que Jacob pourrait m'entendre – sans parler de toutes les raisons habituelles.

Pour préserver ma santé mentale, j'attrape une boîte de jouets pour chien et ramasse un canard mâchonné sur le sol pour le mettre dedans.

Alex lève la tête de son jeu.

— Tu es en train de faire le ménage ?

— Ça ne te dérange pas ?

— Je t'en prie, sourit-il.

Chouette. Je décharge toute ma frustration sexuelle dans ce nettoyage.

Une fois tous les jouets pour chien dans la boîte, je trie la collection variée de jeux vidéo d'Alex par console, genre et année de publication.

Oh oui, ça fait du bien. Trop de bien, en fait.

Faire le ménage me met toujours de bonne humeur, et dans ce contexte, ça a aussi un effet aphrodisiaque.

Zut.

Je devrais rentrer chez moi, au risque de craquer.

— Waouh, merci, dit Alex.

Je réalise qu'il a éteint le jeu et observe mon œuvre, émerveillé.

— Ça fait une éternité que je voulais faire ça… mais

je doute d'avoir trouvé un système de rangement aussi futé.

Je suis un volcan de désir sur le point d'exploser.

Il pense ce qu'il dit, je le vois bien – ce qui fait de lui la plus rare des licornes, quelqu'un qui m'est reconnaissant pour mes efforts de nettoyage au lieu de trouver ça agaçant.

C'est ce qui me fait craquer.

Je suis restée forte pendant que je codais avec lui pendant toutes ces semaines.

Quand il s'est mis sur son trente-et-un et a coiffé ses cheveux en arrière, j'ai réussi à garder ma culotte.

Quand je l'ai regardé jouer au *Tetris*, j'étais à deux doigts de céder – et il n'a pas arrangé les choses en vainquant cette brute dans *Halo* –, mais j'ai résisté à la tentation.

C'est le fait qu'il apprécie mon ménage qui me fait basculer.

Si je ne l'embrasse pas maintenant, je le regretterai toute ma vie.

Je réduis la distance entre nous, l'attrape par sa cravate et plaque sa bouche sur la mienne.

Chapitre Trente-Neuf

Nos lèvres entrent en collision.

Nom d'un nombre premier.

Qui aurait cru que le fait de s'embrasser pouvait être aussi éblouissant ? Je me demandais si le baiser précédent m'avait paru incroyable à cause de l'alcool qui courait dans mes veines, mais non. Au contraire, c'est encore mieux cette fois-ci – alors que la barre était déjà très haute.

Nos langues dansent l'une avec l'autre.

Toute la pièce semble se mettre à tourner, sans l'aide de la vodka, cette fois.

Il me mordille la lèvre inférieure.

Mes tétons sont si durs que c'est douloureux, et la chaleur au niveau de mon entrejambe a atteint les six cent dix-sept degrés Celsius.

Il m'attire plus près de lui et je sens son érection contre mon ventre – ce qui me donne envie de lui arracher son pantalon pour la voir, la goûter et l'enfoncer au fond de moi.

Après ce qui me paraît une heure entière de roulage de pelles extatique, il s'écarte et prend mon visage entre ses grandes mains.

— Tu es sûre ?

— Ta chambre, hoqueté-je. Tout de suite.

Il répond par un grognement affirmatif, me soulève pour me porter comme une mariée et sort de la pièce.

— Je prends la pilule et je suis clean, murmuré-je.

Voilà, si le mot « chambre » ne lui avait pas fait comprendre mes intentions, ces détails devraient rendre les choses claires comme de l'eau de roche, n'est-ce pas ?

— Moi aussi, répond-il d'une voix saccadée. Je veux dire que je suis clean, pas que je prends la pilule.

Mon sang devient aussi brûlant que de la lave et ma culotte est trempée. C'est pour de vrai. Ça va vraiment arriver. Sa réponse signifie « Mais bien sûr, Holly, je vais te faire grimper aux rideaux, merci beaucoup. »

Il approche d'une porte fermée, l'ouvre d'un coup de pied et entre dans la pièce, avant de me déposer délicatement sur le lit.

Tout en retirant frénétiquement mes vêtements, j'étudie la pièce avec soulagement. La chambre est encore mieux rangée que la cuisine – ce qui pousse mon excitation déjà insensée jusqu'à un niveau effrayant.

Devrais-je m'inquiéter ? J'ai entendu parler de gens

littéralement morts de rire, alors est-ce qu'on peut devenir excité au point de se faire mal ?

Cette question est mise à l'épreuve dans les secondes qui suivent. Alex parcourt mon corps de ses yeux céruléens et grogne :

— Tu es magnifique.

Incapable de parler, je le regarde retirer son costume et sa chemise.

Zuuuut. J'ai l'impression de regarder le soleil. Les muscles délicieux que j'ai choisi d'implémenter au Alex de la réalité virtuelle font pâle figure, comparés aux vrais. Je suppose que mon imagination – et la technologie numérique – n'était pas prête pour ce niveau de perfection masculine.

Il retire son pantalon.

Là encore, les muscles puissants exposés à mon regard surpassent de loin leur version VR.

C'est alors qu'il retire son caleçon.

Une douleur au niveau de la mâchoire me fait réaliser que j'ai ouvert la bouche aussi grand qu'un python s'apprêtant à avaler sa proie.

En parlant de pythons, le sexe d'Alex est plus gros que tous les choix disponibles dans la sélection de la VR. Je crois qu'il aurait plus sa place dans l'autre application – celle avec les épées.

Pourquoi ne suis-je pas plus effrayée ?

Son érection éclipse Optimus Prime – ce qui signifie que ce titre honorifique va devoir être transféré.

Oui. À partir de maintenant, ce sera *lui*, Optimus Prime.

Ou juste Prime, pour faire court – et c'est bien tout ce qu'il y aura de court chez lui.

Alex s'approche du lit.

— Je vais te goûter, annonce-t-il.

L'avidité dans son regard souligne ces mots prononcés d'une voix rauque.

— Me goûter ? répété-je, déglutissant avec difficulté.

Il fléchit les muscles, grimpe sur moi et fait glisser sa paume calleuse le long de ma cuisse.

— J'ai envie de te faire brûler comme tu n'as jamais brûlé jusqu'alors.

Je n'ai pas les mots. Je suis sans voix.

Il passe sa langue le long de mon mollet.

Je réprime à grand-peine un gémissement.

Sa langue continue son exploration sur mon genou, puis ma cuisse, jusqu'à trouver le point culminant entre mes jambes.

Le gémissement s'échappe finalement de ma bouche.

C'est injuste. Il ne peut pas commencer cette sexapade par mon fantasme le plus fou et le plus profond.

Il aplatit la langue contre mon clitoris.

Je referme les mains autour des draps et jouis avec un cri étranglé.

Il lève les yeux, un sourire malicieux aux lèvres, puis s'abaisse à nouveau et me lèche une, deux, trois fois –

un nouvel orgasme stimule mes terminaisons nerveuses.

Ouf. Je suis bien contente d'avoir joui au coup de langue numéro trois plutôt qu'au quatrième.

Mais il ne s'arrête pas là, et je sens son sourire sensuel contre mon sexe.

Un autre coup de langue. Deux. Trois. Quatre.

Sa langue est tellement ingénieuse.

Avant de me donner le coup de langue numéro cinq, il abandonne mon clitoris en faveur de mes replis – ce qui n'est pas inclus dans mon compte.

Je serre les dents et rue contre lui, cherchant désespérément à soulager ce besoin. Il comprend le message et reporte son attention sur mon clitoris pour me donner le coup de langue numéro cinq – mais ce n'est pas suffisant.

Coup de langue numéro six.

On s'en rapproche, mais toujours rien, ce qui me va très bien. Je ne veux pas jouir sur un chiffre pair.

OK. Beaucoup de choses reposent sur son prochain coup de langue. Si je ne jouis pas à ce moment-là, je devrai survivre aux quatre coups de langue suivants jusqu'à ce qu'on arrive à onze.

Il doit savoir ce dont j'ai besoin, parce qu'il rend le coup de langue numéro sept lent et languide.

Oui ! Enfin ! Mes orteils se crispent et mon gémissement ressemble plus à un cri.

Avant qu'il ait pu reprendre ses bons soins, je me trémousse en dessous de lui.

Il lève la tête, l'air interrogateur.

— C'est à mon tour de goûter, haleté-je. Couche-toi sur le dos.

Il obéit.

J'embrasse et lèche son visage, comme j'ai toujours rêvé de le faire, puis je dépose de petits baisers aguicheurs sur son cou, avant de faire glisser ma langue le long du renflement de ses pectoraux, jusqu'aux sillons en tablette de chocolat de ses abdos. Enfin, j'atteins la base de Prime.

Je lève la tête pour croiser son regard vorace et lèche son membre dur et massif comme s'il s'agissait d'une glace.

Il ferme les yeux de plaisir, l'air d'un matou savourant une caresse.

Est-ce une perle de liquide pré-éjaculatoire que je vois au bout de son gland ?

Curieuse, je la lèche. C'est bon – un prélude à ce que ce serait s'il jouissait dans ma bouche, un autre de mes fantasmes.

En réaction à mes attentions, Prime devient plus dur encore.

J'enroule mes lèvres autour du gland et le laisse glisser plus long dans ma bouche.

On dirait de la soie sur de l'acier.

— Putain, grogne Alex.

Encouragée, je fais tournoyer ma langue autour de son gland – trois fois dans le sens des aiguilles d'une montre, puis trois dans le sens inverse.

Il me prend par les épaules, ses doigts forts s'enfonçant dans ma peau.

Je tournoie sept fois la langue dans le sens des aiguilles d'une montre pendant qu'il m'étreint les épaules presque au point de me faire mal, puis je tournoie sept fois dans le sens inverse.

La respiration forte, il s'écarte.

— Je veux être en toi, dit-il d'une voix râpeuse, son accent plus prononcé que jamais.

— Moi aussi, hoqueté-je. Je veux dire, je veux que tu sois en moi, pas moi en toi.

Avec une pointe de sourire diabolique, il s'empare à nouveau de ma bouche pour un baiser, et sans décoller nos lèvres, il me couche sur le dos.

Mon cœur cogne dans ma cage thoracique, tous mes sens sont consumés par lui, son odeur, son contact, sa chaleur. C'est comme si je surfais en pleine tempête sur les vagues de notre baiser. Son corps sur le mien est mon seul refuge dans cette tourmente sensuelle, ses lèvres la seule ancre qui me garde en sécurité.

Il me pénètre et j'ai l'impression d'exploser comme un feu d'artifice, comme dans le jeu de tout à l'heure, quand il formait un tetris avec son bloc long et dur en forme de I.

Son premier coup de reins est trop délicat, alors je m'empare de son fessier dur comme l'acier et l'attire contre moi.

Ses pupilles se dilatent et son prochain mouvement est plus rapide, plus profond.

Mon corps s'incurve et se plie, se moulant au sien.

— C'est ça, grogne-t-il.

Le troisième coup de reins est encore meilleur. Le quatrième n'est pas mal non plus, pour un chiffre comme lui.

Au cinquième, je gémis de plaisir. Un orgasme se déploie au creux de moi, mais il est encore loin, ce qui m'effraie ; et s'il tombait au mauvais chiffre ?

Je gémis au treizième coup de reins, puis au dix-neuvième, et quand arrive le vingt-troisième, ses mouvements ressemblent à ceux d'un marteau-pilon – et pourtant, j'ai envie qu'il aille plus vite, alors j'étreins ses fesses musclées et l'attire plus profond.

Oui. Putain, oui. Des gémissements s'échappent de mes lèvres aux coups de reins vingt-neuf et trente et un, et comme par un signe du destin, il grogne quelque chose qui ressemble à « c'est si bon d'être en toi, putain » au numéro trente-sept.

Au quarante et unième, ses coups de pilon deviennent brutaux et presque trop rapides pour que je les compte – j'adore chacun d'entre eux.

Au cinquante-troisième, je me suis mise à compter les claquements de la chair contre la chair au lieu des coups de reins en eux-mêmes, parce que je suis plongée dans un brouillard de plaisir sans début ni fin.

Quatre-vingt-trois. Je suis tout près, mais je ne peux pas encore jouir. Ni aux nombres pairs quatre-vingt-quatre, quatre-vingt-six ou quatre-vingt-huit.

Le quatre-vingt-neuf arrive, et c'est un nombre premier, mais je ne suis pas encore prête, même si c'est si proche que j'en sens presque le goût sur ma langue.

Arriverai-je à me retenir jusqu'au quatre-vingt-dix-sept ?

Bam, bam, bam, bam, bam, bam, bam, bam.

Mes ongles s'enfoncent dans son postérieur au numéro quatre-vingt-dix-sept, et je bascule avec un cri.

Un sourire satisfait et purement masculin étire ses lèvres alors qu'il continue de me pilonner.

Encore et encore.

Je commence à avoir du mal à compter.

Était-ce le numéro cent quarante-neuf ?

Un autre orgasme commence à grandir, de la force d'un tsunami, cette fois.

Quand arrive le coup de reins numéro quatre-vingt-dix-sept, je me fiche de savoir si je vais jouir à un nombre premier ou pas. J'ai juste envie de ressentir cette douce extase.

Au numéro deux cent vingt-trois, j'ai la gorge douloureuse à force de hurler de plaisir.

Trois cent sept. Je suis *si* près.

— Moi aussi, grogne-t-il.

Merde. J'ai dit ça à voix haute ?

Peu importe.

On en est à trois cent dix-sept, et ses pupilles sont si dilatées qu'elles éclipsent même le bleu céruléen – je suis à deux doigts d'exploser.

Je dois me retenir encore un tout petit peu.

Encore quelques-uns de plus.

L'orgasme monte et monte.

Puis, au trois cent trente et unième coup de reins,

un nombre premier, Alex grogne de plaisir et ferme les yeux alors qu'Optimus Prime tressaute en moi.

Putain, oui. Mon propre orgasme accoste. Tous mes muscles se contractent alors que je hurle d'extase.

J'ai vaguement conscience d'Alex m'étreignant et m'embrassant, mais je savoure encore la vague de plaisir – clairement plus intense que toutes mes sessions godemichet combinées.

Quand je me suis assez ressaisie pour être à nouveau capable de réfléchir, il est en train de me nettoyer avec une serviette chaude et humide.

— C'est agréable, marmonné-je, avant de bâiller.

Il me déplace jusqu'à ce qu'on soit en cuillère l'un contre l'autre ; je suis la petite et lui la grande.

Alors que je suis couchée là, enveloppée dans sa chaleur, je me sens incroyablement comblée – et dans ce territoire brumeux entre l'éveil et le sommeil, une pensée me frappe soudain.

Ce truc entre nous pourrait vraiment marcher. Il n'est pas le Diable pour qui je l'ai pris la première fois que je l'ai rencontré. Je l'aime bien. Vraiment bien. Bien plus que je n'ai jamais apprécié Beau.

Le plus gros obstacle, c'est le fait de travailler au même endroit. Mais peut-être que personne ne me jugera de coucher avec le patron. Peut-être que sortir avec lui ne causera pas autant de désordre que je le craignais, et je réussirai peut-être à affronter les aspects chaotiques de sa vie.

Sur cette pensée plaisante, je dérive vers le monde des rêves.

Chapitre Quarante

Je me réveille pour découvrir une langue mouillée en train de me lécher le visage.

Les souvenirs d'hier soir me reviennent d'un coup.

C'est la manière d'Alex d'initier une nouvelle manche ?

Si c'est le cas, avec plaisir.

Hmm. Sa langue a l'air longue. Je ne me souviens pas qu'elle était si longue, hier soir. Seul son sexe était d'une taille extraordinaire. Et épais et…

J'ouvre les yeux.

Deux yeux dorés me regardent depuis un visage en forme de koala.

Beeuurk.

La langue n'est pas celle d'Alex.

Avec un sourire de chien, Belzébuth me lèche encore une fois le visage.

— Va-t'en, dis-je, le repoussant en pouffant de rire.

Quand on dépasse la première base avec un chiot, c'est de la pédophilie ou de la zoophilie ?

Son enthousiasme démentiel n'est en rien refroidi par ma rebuffade, et Belzébuth se contente de reporter ses attentions langoureuses sur le visage d'Alex – qui pourrait lui en vouloir.

— Holly ? murmure Alex d'une voix assoupie.

— Non.

Il ouvre les yeux, émet un petit rire et repousse le chiot tout en lui disant que nous réveiller était un « acte de vilain chien ».

— Salut, dis-je une fois qu'il a terminé sa réprimande.

Même avec de la bave de chien sur le visage, Alex a l'air délicieux.

— Salut à toi, répond-il en me souriant.

— Quelle heure il est ? demandé-je en regardant le soleil qui se déverse par la fenêtre.

— Putain. L'heure, s'exclame Alex en bondissant sur ses pieds, nu comme un ver.

Il attrape son téléphone et aboie quelques ordres en russe.

— Je suis en retard, m'explique-t-il en voyant mon regard interrogateur. J'ai oublié de mettre le réveil. Tiens.

Il me tend un peignoir cinq fois trop grand et commence à s'habiller.

Quand sa glorieuse nudité se retrouve tristement couverte, j'enfile le peignoir et, à sa demande, le suis dans la salle de bain. Belzébuth nous emboîte le pas et se met à laper l'eau des toilettes.

— Non ! lance Alex d'un ton sévère en refermant le couvercle. C'est aussi un acte de vilain chien.

Belzébuth lui lance un regard contrit et remue la queue d'un air penaud.

Oooh. J'aime bien le Alex autoritaire. On pourrait peut-être jouer au chiot et au maître, un de ces jours ?

Alex me tend une brosse à dents encore emballée sur laquelle se trouve une pub pour un dentiste, puis nous pratiquons notre routine matinale côte à côte, le côté très familial de la situation me provoquant un drôle de pincement au cœur.

Pendant ce temps-là, le chiot s'est remis de sa contrition. Il tourne en cercle autour de nous, passe entre nos jambes comme un chat et, de manière générale, se comporte comme s'il était à deux doigts de faire une overdose de cocaïne et d'amphétamines.

— Je dois filer, dit Alex en tirant son téléphone. Qu'est-ce que tu prends pour le petit déjeuner ?

— Du porridge.

Il fait défiler son doigt sur l'écran et clique dessus plusieurs fois.

— Ça devrait arriver bientôt.

Il sourit à Belzébuth, qui vient de sauter dans la baignoire et tente de mâchonner du shampoing. Il l'écarte de la bouteille et regarde vers moi.

— Ça te dérangerait de sortir le promener ?

Je lance un regard dubitatif au petit diable, mais réponds bravement :

— Aucun problème. Après ça, je pourrais utiliser ton ordinateur ? Je comptais apporter mon PC portable pour rattraper un peu le boulot, mais comme tu dois t'en souvenir, je n'ai pas eu l'occasion de rentrer chez moi hier soir.

C'est à moi qu'il sourit, cette fois.

— Tu te souviens qu'on est dimanche, hein ?

Je hausse les épaules.

— Certains membres de mon équipe ont dit qu'ils allaient travailler ce week-end, alors je me sens obligée de faire la même chose – tu sais, par solidarité.

— Fais comme chez toi.

Il me guide jusqu'à son bureau, où il me donne accès à son ordinateur en tant qu'utilisateur invité.

— Tu peux te connecter à ton ordinateur du boulot à distance. Comme ça, tout sera disposé comme tu l'aimes.

— Va à ton truc, dis-je avec un sourire. Je me débrouillerai.

Alex n'a pas l'air d'avoir envie de partir. Il met sa laisse à Belzébuth – même si j'aurais pu m'en charger moi-même – et met une friandise dans le jouet, expliquant que je pourrai l'utiliser quand je voudrai que mon protégé à poil me laisse un peu tranquille.

— Tu es en retard, lui rappelé-je d'une voix faussement réprobatrice.

— Embrasse-moi et je m'en vais.

Je me fais un plaisir d'obtempérer. Ce baiser d'au revoir est aussi torride que celui d'hier soir – et soudain, je n'ai plus envie qu'il s'en aille. Et à en croire ce regard plein de regrets, il préférerait rester et me sauter, lui aussi.

Sommes-nous tous les deux en train de nous transformer en accros au sexe, comme mes parents ?

— On se voit plus tard, dit-il avec réticence.

— Plus tard, répété-je.

Je m'efforce de ne pas baver en le regardant marcher vers l'ascenseur.

Belzébuth incline la tête et pleurniche quand les portes se ferment en coulissant derrière son maître.

Je tapote sa grosse tête pelucheuse.

— Je sais ce que tu ressens, mon pote. Maintenant, laisse-moi le temps de m'habiller et on pourra aller se promener.

Chapitre Quarante-Et-Un

C'est officiel.

La meilleure manière de tomber fou amoureux d'un chiot, c'est de l'emmener se promener.

Empli d'une énergie visiblement inépuisable, Belzébuth renifle chaque centimètre carré de notre trajet jusqu'au parc et aboie sur des trucs sur lesquels je n'aurais jamais cru que quiconque aurait envie d'aboyer, comme des pissenlits ou des boîtes en carton vides.

Quand nous arrivons dans le parc où je peux lui retirer sa laisse, il se met à courir à toute vitesse vers je ne sais quel mirage qu'il est le seul à voir, puis bondit sur ce qu'il vient d'imaginer. Après quoi il localise un bâton et me l'apporte dans une intention très claire : « jouons à va chercher ».

Je lui jette le bâton jusqu'à avoir mal au bras, mais il n'a même pas l'air essoufflé.

Eh bien, je n'ai pas le choix. Je lui remets sa laisse et nous nous remettons à marcher jusqu'à ce qu'il fasse sa petite affaire sur une pelouse toute proche. C'est à ce moment-là que j'apprends que le fait de ramasser du caca de chien dans un sac – le pire cauchemar de Gia – n'est pas aussi dégoûtant qu'on aurait pu l'imaginer, même si au point où j'en suis, je ne pense peut-être ça que parce que « l'amour est aveugle ».

Quand nous arrivons à la maison, Belzébuth me poursuit dans tout l'appartement comme un poussin collé à sa mère, même quand je dois aller aux toilettes.

C'est si mignon que j'en oublie d'être agacée.

Mais dès que je ressors, je lui prépare sa nourriture et son eau dans l'espoir qu'un coma alimentaire le calme un peu. Il commence à s'empiffrer avec enthousiasme.

Je suis en train de le regarder manger quand la sonnerie de la porte retentit.

C'est un livreur qui m'apporte mon porridge.

Enfin. J'étais à deux doigts d'essayer la nourriture pour chien, moi aussi.

Je verse le porridge dans un bol, me mets à l'aise dans la cuisine et dévore mon repas tout en parcourant les nouvelles sur mon téléphone. Ce n'est qu'après avoir terminé mon petit déjeuner que je remarque que quelque chose cloche.

Belzébuth n'est plus dans la cuisine avec moi.

Animée d'un mauvais pressentiment, je pars à la recherche de la petite terreur.

Bordel.

Tous les jouets que j'ai rangés avec soin dans le panier sont à nouveau éparpillés au sol.

Je prends la boîte et commence à les ranger – jusqu'à ce que Belzébuth me saute dessus et que je laisse tomber la boîte. En aboyant de manière surexcitée, il recommence à jeter les jouets dans tout l'appartement.

Je devrais peut-être laisser ce désordre comme il est.

J'en suis capable.

Parfois.

Après tout, je suis toujours parvenue à survivre à l'appartement de Gia sans impacter ma santé mentale.

Je tiens le coup pendant trente bonnes secondes. Puis, poussée par un besoin irrésistible, je ramasse à nouveau les jouets.

Belzébuth recrée aussitôt le désordre. Il doit trouver ce jeu très drôle.

Je commence à me sentir dépassée, et ce n'est pas comme avec Euclid : je ne peux pas retirer mon casque VR quand je me lasse de devoir gérer ce genre d'animal.

C'est alors que je me souviens du jouet à la friandise cachée qu'Alex a préparé.

Ah ah.

Je parviens à nouveau à tout nettoyer, et Belzébuth n'en a rien à faire, cette fois. Toute son attention est concentrée sur le jouet à la friandise.

Chouette. Je pourrais peut-être travailler un peu, tant que j'y suis.

Je vais dans le bureau d'Alex et, tandis que je me connecte, mes pensées dérivent vers les événements de la veille au soir. Aussitôt, des questions telles que « qu'est-ce que ça voulait dire ? » et « qu'en penseront mes collègues s'ils le découvrent ? » m'envahissent de manière inopinée.

Belzébuth m'a peut-être rendu service, en m'empêchant de lui courir après.

Décidant de me distraire en travaillant, je me connecte à distance sur mon bureau de travail et bosse sur le code d'Euclid – ce que je n'ai pas eu l'occasion de faire depuis un bon moment. Une fois que j'ai terminé, j'ouvre ma boîte e-mail pour demander à Alison de tester mon travail, mais un e-mail de sa part m'attend déjà, qu'elle m'a envoyé vendredi dernier.

Le sujet est inquiétant : « j'ai entendu une rumeur qui te concerne ».

J'ouvre l'e-mail et mon estomac se glace.

D'après Alison, les ragots échangés devant la fontaine à eau n'affirment qu'une chose : moi et Alex couchons ensemble.

Je regarde l'écran, hébétée, puis réponds :

Qui a lancé cette rumeur stupide ?

Une fois que j'ai appuyé sur « envoyer », je réalise quelque chose.

Comment quelqu'un du bureau pourrait-il être au courant ? Y a-t-il une caméra espion dans la chambre d'Alex ?

Non, c'est ridicule. Et même si c'était le cas, l'e-mail d'Alison date de vendredi, *avant* qu'on couche ensemble.

Celui qui a lancé cette rumeur a menti, mais maintenant, ce n'est plus un mensonge.

Je prends ma tête soudain douloureuse entre mes mains.

Qu'est-ce qui m'a pris, hier soir ?

Je n'ai pas réfléchi. J'ai juste libéré mes hormones. C'est ce qu'on a fait tous les deux, et maintenant ma vie professionnelle est en train de devenir aussi chaotique que cet appartement – c'est trop dur à supporter pour moi.

Mon téléphone sonne.

C'est Alex.

Est-ce qu'il est déjà au courant ? S'apprête-t-il à m'annoncer qu'il regrette ce qu'on a fait ?

Je prends une grande inspiration et décroche.

— *Privet.*

— *Privet*, répond-il, un sourire dans la voix. Je voulais juste savoir comment se passait ta journée jusqu'ici, et te donner quelques nouvelles.

Alors il ne sait pas.

Dois-je lui dire ?

Non. Il doit se concentrer sur son père.

— La journée s'est bien passée et Belzébuth va très bien, dis-je. Comment s'est déroulée l'intervention ?

Il pousse un soupir.

— Aussi bien qu'un truc pareil peut se passer. Mon

père nous a proposé un compromis. Il boira de la bière au lieu de la vodka.

Je regarde mon téléphone, bouche bée. Le stress m'a-t-il privée de ma capacité à comprendre, ou ce prétendu compromis est-il totalement bancal ?

— Aux dernières nouvelles, la bière est aussi de l'alcool, remarqué-je d'une voix prudente. Vous ne vouliez pas qu'il arrête de boire ?

— Oui, mais c'est un pas dans la bonne direction. S'il s'en tient à la bière, il n'aura pas assez de place dans son estomac pour atteindre le niveau d'alcool dans le sang de la vodka.

— Je suppose…

— C'est un bon résultat, fais-moi confiance. La génération de Russes de papa méprise les programmes en douze étapes des alcooliques anonymes et les trucs du même genre.

OK, dois-je lui parler de cette rumeur, maintenant ?

— Bon, dit-il avant que j'aie pu rassembler mon courage. J'y retourne. À bientôt.

Il raccroche avant que j'aie pu dire quoi que ce soit.

Très bien. C'est le destin.

Je m'empresse de reporter mon attention sur ma boîte e-mail pour voir si Alison a répondu.

Non, et pourquoi le ferait-elle ? On est encore dimanche.

Au moment où je m'apprête à fermer ma boîte e-mail, je reçois finalement un message d'Alison.

J'espérais que tu sois là ce week-end, commence-t-elle.

Sauf qu'au lieu de me donner des noms, Alison commence à m'expliquer qu'elle devra poser des questions prudentes autour d'elle pour découvrir qui a lancé cette rumeur.

Zut. Le plus révélateur, c'est qu'elle ne me demande même pas si la rumeur est vraie. Cela signifie-t-il qu'elle n'y croit pas, ou qu'elle croit que je couche *vraiment* avec notre patron ?

Coucher avec le patron, merde.

Comment suis-je devenue un tel cliché chaotique et inconvenant ?

Je fais les cent pas dans la pièce, puis range tous les stylos d'Alex en ordre de grandeur.

Quand je suis à court de désordre physique à arranger, je cherche un autre code sur lequel travailler – et décide de corriger un bug facile dans notre liste d'attente d'intégration.

Dès que je commence, je réalise que cela me manque, de ne pas avoir Alex à mes côtés.

Sérieusement ? Notre programmation couplée a-t-elle ruiné ma capacité à coder de manière indépendante ?

Quel désastre.

Bientôt, je me retrouve incapable de me concentrer sur la correction du bug, j'entre donc une commande pour effacer tous les changements que je viens de faire.

Attendez, ai-je entré ça correctement ?

Avant que j'aie eu le temps de vérifier, mon téléphone sonne.

C'est le docteur Piper.

— Allô ! m'exclamé-je en décrochant.

— Bonjour, dit le docteur Piper.

Il n'a pas l'air aussi joyeux que d'habitude.

— Je crains d'avoir de mauvaises nouvelles, annonce-t-il.

Chapitre Quarante-Deux

Mon cœur se met à battre à cent trente-sept battements par minute.

— Il est arrivé quelque chose à Jacob ?

— Non, désolé. Ce n'est pas ce genre de mauvaise nouvelle.

Je pousse un profond soupir.

— Dieu merci. Qu'est-ce que vous vouliez dire, alors ?

Il soupire.

— Vous vous souvenez de ce consultant que j'ai mentionné ?

Je manque de demander : « Le diabolique ? », mais me contente d'un simple « oui ».

Après tout ce qui s'est passé, j'avais complètement oublié le Consultant Diabolique.

— Eh bien, il vient de m'envoyer un e-mail, explique le docteur Piper. Il m'a expliqué le genre de produit que le Groupe Morpheus s'apprêtait à commercialiser.

Quoi ?

Oh non.

Non. Non. Non.

Comment le Consultant Diabolique a-t-il découvert la vérité, pour le porno ? Et pourquoi leur en parler, merde ?

Ça ne fait pas partie des attributions d'un consultant.

Le docteur Piper soupire à nouveau.

— J'espérais que vous me diriez que ce n'étaient que des mensonges.

Je secoue la tête, puis réalise qu'il ne peut pas me voir.

— Je ne peux pas le nier, dis-je avec réticence.

Nouveau soupir, plus fort.

— Je suis désolée, ma chère, mais dans ce cas, c'est un problème. Pas pour moi personnellement, mais pour le reste de mon équipe. Ils vont vouloir couper les ponts, quand je leur en parlerai demain – et je suis obligé de le faire. Je suis désolé.

Je me remets à secouer bêtement la tête devant le téléphone.

— Je vais apprendre la nouvelle aux membres de chez 1000 Diables, continue-t-il. Encore une fois, je suis désolé, mais j'ai les mains liées.

— Je comprends, parvins-je à articuler avant de raccrocher.

Des larmes me piquent les yeux et j'ai l'impression que les murs du bureau se referment sur moi.

C'est grave. Tellement grave. Qu'est-ce que je vais faire ? Comment arranger cet énorme désastre ? Comment…

J'entends les portes de l'ascenseur coulisser, puis un aboiement enthousiaste.

Je sors de la pièce en titubant pour rejoindre le lieu de l'agitation et manque de trébucher deux fois sur un jouet pour chien.

Belzébuth a dû faire une pause sur sa friandise pour causer un nouveau désordre – une métaphore parfaite de ma fichue vie.

— Vilain chien, dit Alex d'un ton sévère quand je les rejoins.

Belzébuth a les oreilles tombantes.

Je suis le regard d'Alex.

Évidemment. Mes escarpins sexy ont été réduits en miettes – tout comme mes rêves.

— Je suis vraiment désolé, dit Alex en me regardant. Tu pourras garder les chaussons de ma sœur pour rentrer chez toi. Et je t'achèterai de nouvelles chaussures.

Je ferme les poings le long de mes flancs.

— Je n'en ai rien à faire de ces fichues chaussures.

Il grimace.

— Tu as parlé au docteur Piper, c'est ça ?

Alex est donc le « membre de chez 1000 Diables » que le docteur Piper a contacté.

Je hoche la tête, ne me faisant pas assez confiance pour parler.

— C'est une situation pourrie, dit Alex en se passant une main sur le visage.

Je ressens l'envie de sortir d'ici avant de hurler ou de faire un autre truc qui me ferait passer pour une folle – ou qui effraierait ce pauvre chiot.

Je me dirige vers la porte, mais Alex me bloque le passage.

— Où tu vas ?

— Chez moi.

J'essaie de le dépasser, mais il est aussi infranchissable qu'un mur de béton.

— Je voulais te parler d'autre chose, dit-il quand je fais un pas en arrière.

J'aurais pu jurer voir de la déception sur son visage.

Il ose être en colère contre moi ?

Je le regarde en plissant les yeux.

— Quoi ? Tu as aussi perdu ton contrat avec l'hôpital à cause d'un truc que tu affirmes ne pas être du porno ?

Il soupire.

— Le Groupe Morpheus n'est pas la même entreprise que 1000 Diables. On en a déjà parlé.

Oui. Je m'en souviens. C'est quand il m'a affirmé que ce qui vient de se passer n'arriverait jamais.

Ma colère grandit à chaque seconde qui passe.

Je sais bien que la vie est parfois injuste, mais ça en devient ridicule. Il couche avec moi, mais *ma* réputation est la seule à être ruinée. Nous sommes tous les deux surpris à travailler sur un truc porno, mais seul *mon* projet est limogé.

Il fronce les sourcils.

— J'ai vu les e-mails des gens qui s'occupent du code, aujourd'hui.

J'en reste bouche bée.

— Tu veux parler boulot au milieu de tout ça ? L'intégration du costume est donc la seule chose dont tu te soucies ?

Une expression orageuse s'est peinte sur son visage, me rappelant le jour où il m'a surprise à être entrée par effraction dans son bureau.

— Je t'ai déjà expliqué que c'était important pour Bella, tu te rappelles ? Tu m'as promis que tu ne saboterais plus son travail. Tu te souviens de ça ?

Je recule en entendant la colère dans *sa* voix.

— De quoi tu parles ?

— Écoute, dit-il en avançant vers moi, je comprends que c'est une journée stressante pour toi, mais ça ne veut pas dire que tu peux…

— Stressante ?

Mes émotions entrent en ébullition, échappant à tout contrôle, et toute la pression et la frustration accumulées se déversent en même temps. Je sais que je hurle, mais je m'en fiche.

— Stressant est loin de décrire ce que je ressens. C'est la pire journée de ma vie !

— Et je comprends, mais…

— Tu veux bien t'écarter de mon chemin ? m'exclamé-je.

J'ai parlé d'un ton si hystérique que Belzébuth pleurniche – et c'est exactement ce que je voulais éviter.

Alex crispe la mâchoire et s'écarte du passage.

— Pars, si c'est ce que tu veux.

Je me précipite dans l'ascenseur et enfonce le doigt dans tous les étages au nombre premier. Pendant que l'ascenseur descend, je hurle à pleins poumons entre chaque arrêt.

J'ignore la limousine d'Alex et prends un taxi.

Le trajet de retour se passe dans un brouillard flou d'émotions tumultueuses, et dès que je suis arrivée, je lance *Downton Abbey* et je pleure jusqu'à m'endormir sur le canapé.

Chapitre Quarante-Trois

Je me réveille le dos raide et une migraine battant entre mes tempes. Je me mets en position assise, frotte mes yeux et, à mesure que le monde s'éclaircit devant moi, les événements de dimanche matin me reviennent d'un coup. Mon estomac se noue et un étau me comprime la poitrine quand je me remémore la situation.

J'ai perdu mon contrat avec l'hôpital pour lequel j'ai travaillé si dur.

Mon projet d'animal de compagnie virtuel est mort.

Et, cerise sur le gâteau dégueulasse, tous mes collègues savent que j'ai couché avec le patron.

En parlant de ça, pourquoi Alex s'est-il comporté aussi bizarrement, hier soir ?

C'était à moi d'être en colère, pas lui.

Et puis, c'était quoi, cette histoire d'e-mail ? Pourquoi est-ce qu'il m'a parlé de sabotage ?

Je bondis sur mes pieds et cherche mon téléphone, en vain.

Zut. Maintenant que j'y pense, j'ai dû le laisser sur la table du bureau d'Alex.

J'ouvre mon ordinateur portable pour voir l'heure.

Waouh. On est lundi matin. Pas étonnant que j'aie le dos raide – j'ai passé toute la nuit sur un canapé minuscule.

OK, revenons-en à ce mystérieux e-mail.

Je me connecte à distance sur mon ordinateur du boulot et cherche des messages reçus dimanche dans ma boîte e-mail.

Merde. Tout le monde panique parce qu'une année de travail semble avoir disparu du code source.

Ai-je recommencé ?

J'ouvre frénétiquement la fenêtre où j'ai tenté d'annuler mes efforts de codage, hier. Effectivement, j'ai loupé la commande. Je l'avais pressenti, et j'étais sur le point de vérifier quand l'appel du docteur Piper m'a distraite.

Pas étonnant que mes collègues s'affolent.

La bonne nouvelle, c'est que je sais comment arranger ça, vu que j'ai déjà fait cette erreur une fois.

Il me faut quelques minutes, mais une fois que j'ai fini, tout est à nouveau au poil.

Ouf.

Je réponds à l'un des e-mails paniqués et explique que le problème est désormais réglé. Au moment où j'appuie sur « envoyer », je remarque le nom d'Alex dans la barre d'adresses et me souviens de son accusation.

Oh merde.

Je comprends mieux pourquoi il avait l'air déçu, maintenant.

Il a dû croire que la mauvaise nouvelle annoncée par le docteur Piper m'avait poussée à foutre en l'air le code volontairement – et je n'ai ni nié, ni expliqué ce qui s'était vraiment passé.

J'envoie un e-mail pour lui demander si on peut parler, puis je me précipite à la salle de bain pour me laver le visage et me brosser les dents.

Quand j'ai terminé ma routine matinale, je vérifie si Alex a répondu.

Non.

Je mange mon porridge et vérifie à nouveau.

Nada.

C'est officiel.

Alex me déteste. Pour ce que j'en sais, il a peut-être bloqué mon adresse e-mail, et mes messages se retrouvent dans ses spams – ou bien j'ai été virée et plus personne ne reçoit mes e-mails dans l'entreprise.

Je pose mon bol vide sur l'évier, si fort qu'il se fissure.

Mon cœur bat à m'en donner la nausée et le nœud dans mon estomac grandit jusqu'à ce que mon porridge menace de remonter.

J'ai merdé.

Tout est peut-être fini entre Alex et moi.

Si je pouvais réfléchir de manière rationnelle, j'en

serais soulagée. À supposer que j'aie encore un travail, le fait que ce soit terminé signifie qu'on va retrouver notre relation entre employeur et employé, le seul arrangement convenable. Le moins chaotique. Celui qui évitera que les gens discutent du fait que je couche avec le patron dans mon dos.

Je devrais être soulagée, mais au lieu de ça, j'ai l'impression que mon cœur ressemble à ce pauvre bol fissuré.

Je vois défiler dans ma tête toutes mes interactions avec Alex. Le codage en binôme... notre danse à l'anniversaire de son père... le baiser... les orgasmes de dimanche... Tous ces moments passés ensemble ont gravé Alex dans mon cœur, et le fait de savoir que je l'ai perdu m'a fait réaliser quelque chose – ou l'admettre, plutôt.

Désespérée, je regarde encore une fois mes e-mails.

J'ai reçu des remerciements de la part des développeurs, qui me confirment que le code est revenu, je suis donc toujours dans le système d'e-mails de l'entreprise.

Mais je n'ai rien reçu d'Alex.

Ma poitrine se comprime encore plus, les larmes menacent d'inonder mes yeux, mais je les réfrène et carre les épaules.

Hors de question de rester là à me morfondre et à pleurer.

Je refuse de laisser notre relation se dissoudre.

Je dois arranger ça – et si Alex a envie de m'ignorer, il faudra le faire en face.

J'enfile mes vêtements, attrape les outils de crochetage de Gia sur un coup de tête et m'empresse de rejoindre le bureau.

Il est temps qu'on discute, le diable et moi.

———

Je suis si pressée de rejoindre le bureau d'Alex que je manque de me cogner dans Alison.

— Eh, dit-elle. Je vais bientôt tirer au clair l'identité de la source de la rumeur. Laisse-moi juste quelques heures.

— Coucou, haleté-je. Envoie-moi tout ce que tu sais par e-mail. Je n'ai pas mon téléphone aujourd'hui.

Elle hoche la tête et je reprends ma course – pour découvrir le bureau d'Alex verrouillé.

Je frappe.

Il n'ouvre pas.

Il m'ignore ?

Attendez, non, ça n'a pas de sens. Ça pourrait être n'importe qui, à la porte.

À moins qu'il me voie grâce à une caméra de sécurité ?

Cette idée me rend furieuse. Je devais me douter que ça allait arriver à un moment ou un autre, puisque j'ai apporté ces outils de crochetage.

Je regarde autour de moi.

Personne ne prête attention à moi, mais j'ai quand même l'impression d'être dingue de faire un truc pareil devant tout le monde.

Bon, si Alex me regarde, il peut m'arrêter en ouvrant la porte.

Je frappe une dernière fois.

Silence.

Grâce à mes outils, je déverrouille la serrure sans le moindre mal.

Le cœur dans la gorge, je pousse la porte.

C'est vide.

Où est-il, merde ?

S'il n'est pas au boulot, il n'ignore peut-être pas mes e-mails, finalement. Il a peut-être juste pris un jour de congé.

Je ferme la porte et me précipite dans le bureau de Bella.

Elle n'est pas là non plus.

Je rejoins mon bureau et regarde mes e-mails pour voir si l'un des Chortsky m'a envoyé le moindre message.

Rien.

Puisqu'Alex est injoignable, j'écris à Bella :

Je voulais discuter. Je n'ai pas mon téléphone. On peut se faire un Skype ? Mon nom d'utilisateur est Palindromique-Prime1035301.

J'attends quelques minutes, mais Bella ne répond pas et ne m'appelle pas non plus en visioconférence.

Très bien. Puisque je sais où vit Alex, je n'ai qu'à lui rendre visite.

———

J'entre en courant dans l'immeuble d'Alex et me cogne dans le torse d'un agent de sécurité.

— Je peux vous aider ? grogne-t-il en me rattrapant par les épaules quand je recule en titubant.

Zut. Ce n'est pas celui que j'ai vu dimanche, alors je dois ressembler à une parfaite étrangère, à ses yeux.

— Je suis là pour voir Alex Chortsky, expliqué-je, à bout de souffle, en reculant. Au cent septième étage.

L'agent se dirige vers son bureau et vérifie quelque chose sur son ordinateur pendant que je songe à quel point le hasard a bien fait les choses : Alex vit à un étage dont le numéro est un nombre premier.

Si ce n'est pas un signe qu'il est fait pour moi, je ne sais pas ce que c'est.

— Désolé, dit le garde, l'air pas du tout désolé. Monsieur Chortsky est parti.

Merde.

— Quand ?

Il lève les yeux de l'écran.

— Ce n'est pas précisé, mais ce devait être avant que je prenne mon service.

Est-ce la vérité ? Ou Alex a-t-il juste demandé à ce qu'on donne cette excuse si je venais ?

Mais l'agent de sécurité ne m'a même pas demandé mon nom.

Je pourrais être Bella. Non, il connaît sûrement Bella.

Je tourne les yeux vers l'ascenseur.

L'agent de sécurité me plaquerait-il au sol, si je fonçais dedans ?

Même s'il essayait, je suis sûre que je pourrais y arriver.

Je me rue en avant.

Le garde ne me pourchasse pas. Je ne l'entends pas le faire, en tout cas.

Haletante, j'atteins ma destination et appuie frénétiquement sur le bouton.

Rien ne se passe pendant ce qui me paraît durer un an.

— Il vous faut une carte pour que l'ascenseur s'ouvre, lance l'agent de sécurité d'un ton exaspéré depuis sa chaise. Je suppose que vous n'en avez pas ?

Je pousse un juron entre mes dents et me tourne vers lui.

— Vous ne pourriez pas appuyer sur une touche de votre côté pour me permettre d'entrer ?

— Bien sûr que je peux. Mais je ne le ferai pas.

Quel sale petit… J'interromps cette pensée, parce qu'on n'attrape pas les mouches avec du vinaigre. Je reviens vers le bureau de la réception et fais des yeux de chien battu au type.

— S'il vous plaît. Alex a dit que je pouvais lui rendre visite même s'il n'est pas là.

— Je peux voir votre carte d'identité ? demande le garde en tendant la main.

Quand je la lui donne, il entre quelque chose dans son ordinateur et secoue la tête.

— Vous n'êtes pas sur la liste des invités.

— Il n'a pas encore eu le temps de m'y mettre, dis-je.

L'expression du garde se durcit.

— Écoutez, madame, vous avez de la chance que je n'appelle pas la police. Et je ne vous fais cette faveur qu'au cas où vous connaissiez *vraiment* monsieur Chortsky.

— Je vous jure que c'est le cas.

— Dans ce cas, demandez-lui de vous mettre sur la liste, ou revenez avec lui, ou demandez-lui de vous donner sa carte.

Je déteste quand les gens utilisent la logique contre moi.

Avec un soupir mécontent, je tourne les talons et sors prendre un taxi.

Il reste un endroit où pourrait se trouver Alex.

Un endroit où je suis peu encline à retourner, pour être honnête.

Un endroit qui me rappelle l'un des cercles de l'enfer, et c'est tout à fait adapté, vu qu'il s'appelle les 1000 Diables.

Mais après tout, Alex en vaut la peine.

Je donne l'adresse au chauffeur et me prépare mentalement à l'épreuve qui m'attend.

Une fichue attaque à l'arme Nerf.

Chapitre Quarante-Quatre

Quand l'agent de sécurité de ce bâtiment me demande qui je viens voir, je donne le nom de Robert Jellyheim au lieu de celui d'Alex.

Il appelle Robert, qui lui dit de me laisser monter. Un court trajet en ascenseur plus tard, j'arrive à l'étage des 1000 Diables et plonge dans le placard de l'armurerie.

Il est temps de sortir l'artillerie lourde, littéralement.

Je cherche l'arme la plus grosse, et finis par choisir un truc qui ressemble à une carabine.

L'impression d'être vraiment badass, je sors mes écouteurs, les enfonce dans mes oreilles et lance la bande originale de *Downton Abbey* à plein volume.

Oui. Les cadavres vont bientôt pleuvoir.

Je sors en courant et dès que mes ennemis me repèrent, une fléchette se précipite vers mon visage.

Je fais un pas de côté pour l'esquiver.

Boom.

C'est en tout cas le son que j'imagine sortir de ma carabine quand je la décharge, propulsant une nuée de fléchettes au type roux d'une quarantaine d'années que je me rappelle avoir vu à la dernière fusillade.

Ça lui apprendra.

Une nouvelle assaillante bondit de derrière son bureau.

Je décharge une autre nuée de fléchettes dans sa poitrine.

Comment ces gens peuvent-ils travailler ici ? Les bureaux sont toujours positionnés au petit bonheur, des munitions jonchent le sol et le pire, c'est que personne n'a corrigé le problème des bureaux entourés de quatre chaises.

Une dame que j'ai touchée à l'entrejambe la dernière fois se joint à la mêlée, l'air impatiente de prendre sa revanche.

Je presse la gâchette de mon fusil.

Rien ne se passe.

Pourquoi ?

Oh, c'est vrai. J'aurais dû m'en douter. Les carabines ne sont pas réputées pour leur grande capacité de munitions.

La dame tire.

J'évite sa fléchette.

D'autres assaillants se joignent au combat.

Une nuée de fléchettes s'apprête à me transformer en porc-épic orange.

Je plonge derrière un bureau familier.

Quelqu'un se racle la gorge au-dessus de moi, à une, deux reprises.

Oui. J'ai déjà commis la même erreur la dernière fois.

Je lève la tête.

Sans surprise, je me retrouve face à entrejambe avec Buckley.

C'est la deuxième fois que je ne le remarque pas, dans le feu de l'action.

— Désolée.

Je retire mes écouteurs de mes oreilles, me lève et aperçois son écran – il est en train d'écrire un e-mail.

Le nom entré dans la barre du destinataire me paraît familier, mais avant que j'aie pu y réfléchir, Buckley réduit la fenêtre.

— Bonjour, dit-il avant de se racler la gorge trois fois.

Attendez. Cet e-mail. Était-ce…

Une fléchette me heurte en pleine tempe, puis une autre dans les fesses.

Hum. Ça ne fait pas aussi mal que je le craignais. Pas mal du tout, en fait.

— Assez, avec la fusillade, les gars, lance Robert depuis son bureau.

Je me tourne vers lui.

Il est toujours aussi négligé que la dernière fois que je l'ai vu.

— Merci de m'avoir laissée entrer, dis-je en essuyant la sueur sur mon front. Je suis venu voir Alex, en fait.

Robert fronce les sourcils.

— Il n'est pas là aujourd'hui.

Alex lui a-t-il demandé de dire ça ?

Non. Ils ne m'auraient pas laissée monter, si c'était le cas.

Je m'avance jusqu'à son bureau et demande :

— Tu sais où il est ?

Robert secoue la tête.

Merde.

— Je peux emprunter ton ordinateur pour vérifier mes e-mails ? demandé-je, commençant à perdre espoir.

— Bien sûr, mais dépêche-toi, s'il te plaît.

Il me laisse accès à son ordinateur et je me connecte à distance sur mon poste de travail pour lire mes e-mails.

Je n'ai toujours rien reçu de la part d'Alex, mais Bella m'a répondu.

Salut, chérie. Je viens d'essayer de lancer une visioconférence avec toi, mais tu n'as pas décroché.

Zut. J'ai envie de la rappeler, mais je suis sur l'ordinateur de Robert et je lui ai promis de me dépêcher.

Je m'apprête à me déconnecter quand je vois un e-mail d'Alison.

Ça ne devrait pas poser de problème si je m'accorde une seconde de plus.

Je clique dessus.

Alison dit qu'elle a triangulé l'origine de la rumeur

et qu'elle a un nom à me donner. Je le lis, me frotte les yeux, le lis une deuxième fois.

Oui.

Buckley.

C'est alors que je comprends.

Le destinataire du message que j'ai vu sur son écran – je suis certaine que c'était l'e-mail du docteur Piper. Ou en tout cas, c'était quelqu'un avec une adresse en @nyulangone.org.

Mais pourquoi lui envoyer un e-mail ? À moins que…

Je me précipite vers le bureau de Buckley.

— C'est toi, le Consultant Diabolique ?

J'ai parlé bien plus fort que je l'avais prévu.

— Quoi ? demande Buckley après s'être raclé la gorge.

— Cesse tes petits jeux, grogné-je. Tu as répandu des mensonges à mon sujet au bureau, *et* tu as torpillé mon projet ?

Ses deux raclements de gorge suivants ont l'air furieux.

— Quels mensonges ?

— Que je couchais avec Alex, sifflé-je entre mes dents.

Il lève les yeux au ciel.

— Parce que ce n'est pas le cas, peut-être ? J'ai vu la façon dont il te regardait la dernière fois que vous êtes venus ici. Les mots « harcèlement sexuel » étaient quasiment écrits sur son front.

Je suis la personne la plus non violente que je

connaisse, et pourtant je dois réprimer l'envie de lui donner un coup de poing. Fort.

— Pourquoi me faire un truc pareil ? demandé-je plutôt, même si je devine déjà la réponse.

— Pourquoi ? réplique-t-il en se raclant la gorge deux fois de plus. Les romances au bureau ne sont pas convenables.

Il a prononcé ces mots avec un accent britannique que je suppose être une imitation moqueuse de ma façon de parler.

— Je suppose que ça ne s'applique que quand ça ne t'aide pas à avancer dans ta carrière, hein ?

Connard. Comme je le pensais, il est en rogne parce que j'ai repoussé ses avances.

Vu que je suis trop occupée à bouillonner de colère pour répondre, il se racle la gorge quatre fois de plus – comme s'il savait que c'était douloureux à entendre, pour moi.

— C'est moi qui aurais dû être directeur technique, dit-il d'un ton dégoulinant d'amertume. Pas toi.

Le problème n'est donc pas seulement ma rebuffade. Il est aigri parce que j'ai été promue directrice technique à sa place.

— Ce projet à l'hôpital était extrêmement important, dis-je. Pas seulement pour moi, mais aussi pour un tas d'enfants.

Il hausse les épaules, une expression mauvaise sur le visage.

— Tu n'es plus ma patronne, alors tu ne peux pas faire grand-chose.

— Non, lance Robert. Mais *moi*, si.

Buckley cligne des paupières et se tourne vers son nouveau patron – je réalise qu'il a dû écouter tout notre échange.

Buckley a l'air de s'être étranglé avec son raclement de gorge.

— Je n'ai rien fait de mal.

Robert croise les bras sur son torse.

— Tu ne viens pas d'admettre avoir répandu des calomnies à propos du propriétaire de cette entreprise ?

La prochaine série de raclements de gorge de Buckley a un ton effrayé.

— Vous ne pouvez pas me virer pour un truc pareil.

Robert étrécit les yeux.

— Oh que si, je peux. Je pourrais te virer même si tu n'étais pas en période d'essai. Mais puisque c'est le cas, je n'aurai presque pas de paperasse à remplir.

Buckley me fusille du regard.

— J'espère que tu es contente.

— Ignore-le, dit Robert.

Je lance à Buckley un regard à faire se ratatiner sa virilité pendant au moins un an.

— Oh, ne t'en fais pas. En ce qui me concerne, il n'existe pas.

Puis je tourne les talons et rejoins l'ascenseur.

———

Dès que je suis de retour chez moi, je prends mon ordinateur portable et lance un appel de visioconférence à Bella.

La musique d'attente sonne pendant plusieurs secondes.

— Décroche, s'il te plaît, dis-je à l'écran vide.

L'application continue de sonner. Alors que je m'apprête à raccrocher, le visage de Bella apparaît et me sourit.

— Salut, Holly. Désolée, je ne sais plus où donner de la tête, aujourd'hui. Mon autre entreprise connaît une urgence : Woody Harrelson nous intente un procès parce qu'on a mis son visage sur notre gamme de plugs anaux.

— Salut, dis-je, à bout de souffle. Tu sais où est Alex ?

Comme en réponse à ma question, j'entends un aboiement en arrière-plan.

Il me paraît étrangement familier, et me comprime la poitrine.

— Belzébuth, lâche Bella d'une voix sévère.

Attendez, pourquoi il est chez elle ?

Le chiot aboie à nouveau.

Bella lance un regard noir vers quelqu'un se trouvant hors caméra – sûrement l'adorable hybride entre un koala et un chien.

— Je parie que c'est pour ça qu'Alex veut t'inscrire dans une école pour chiens.

Une école pour chiens ?

— Où est Alex ? répété-je.

Elle reporte son attention sur la caméra.

— Il ne me l'a pas dit. Il s'est contenté de déposer le petit démon et de me demander dans quelle école Boner avait appris à être si bien élevé.

Elle fronce les sourcils et ajoute :

— Maintenant que tu le dis, il avait l'air très stressé. Tout va bien ?

— Merde, marmonné-je. Je l'ai cherché dans nos bureaux, chez lui et même chez 1000 Diables. Où est-il ?

Elle fronce un peu plus les sourcils.

— Qu'est-ce qui s'est passé ?

Qu'est-ce que je peux dire ? Il m'est impossible de tout expliquer sans lui avouer ma tentative de sabotage – et si je fais ça, je la perdrai comme je viens de perdre Alex.

Mais je ne peux pas ne *rien* lui dire. Elle a le droit de savoir.

— C'est une longue histoire, dis-je.

Puis je prends une grande inspiration et commence à tout raconter, en commençant par le début.

À ma grande stupéfaction, quand j'en arrive à la partie concernant le sabotage, elle reste assise calmement, l'air de presque s'ennuyer.

— Tu n'es pas en colère ? demandé-je une fois que j'ai terminé.

Elle incline la tête.

— À propos de quoi ? Si c'était à moi de décider avec qui couche mon frère, je te choisirais sans hésiter.

Je me penche plus près de l'écran.

— Mais j'ai failli saboter ton projet.

Elle secoue la tête.

— Alex m'a parlé de ton entrée par effraction le jour où nous sommes allés promener les chiens ensemble. Il m'a aussi expliqué pourquoi, et je ne t'en ai aimé que plus encore. Selon mon expérience, les gens aussi déterminés que toi sont rares.

Je tapote l'écran pour zoomer sur son visage.

— Alors tu savais ?

Elle hoche la tête.

Je prends une inspiration tremblante.

— Et tu veux quand même qu'on soit amies ?

— Bien sûr que oui, sourit-elle. Et avant même que tu poses la question – je serai ton amie même si mon frère s'avère assez stupide pour te laisser lui glisser entre les doigts.

Cela me ramène aussitôt sur terre. Je m'écarte de l'écran.

— Alors tu ne sais vraiment pas où il est ?

Elle secoue la tête.

— Laisse-moi lui envoyer un message.

Je la regarde faire et attends. Et continue d'attendre.

— Hum. Je vais essayer d'appeler.

Au bout d'une minute, elle articule « boîte vocale » et débite quelque chose en russe.

— Et si tu gardais ton calme pour l'instant ? suggère-t-elle après avoir raccroché. Quand j'aurai de ses nouvelles, je te contacterai.

— Merci. S'il te plaît, dis-lui que le problème de

code de dimanche n'était pas un autre sabotage. C'était une erreur de bonne foi, que j'ai déjà réglée.

— Ce sera fait.

— OK, dis-je d'un ton abattu. On se parle plus tard.

— Oui, et on organisera un déjeuner.

Je hoche la tête et raccroche.

Même l'éventualité de déjeuner avec Bella ne suffit pas à me remonter le moral.

Je me lève et me mets à faire les cent pas.

Une heure passe.

Puis deux.

Je ne reçois pas d'autre appel vidéo de la part de Bella.

Est-ce que ça veut dire qu'Alex ne l'a pas recontactée par téléphone ou message ? À moins qu'il l'ait fait, mais lui ait demandé de ne pas me le dire ?

Est-ce qu'il ne croit pas à ma version selon laquelle j'ai juste commis une erreur ? Ou bien est-il juste en colère pour la façon dont je suis partie de son appartement ?

Plus important encore, où est-il ?

Une idée sortant de nulle part se faufile dans mon cerveau – et fait flageoler mes genoux.

Et si Alex avait eu un accident en chemin pour le boulot ?

Il est porté disparu depuis un moment, après tout.

Mais non. Sa famille en aurait été notifiée, c'est sûr – et Bella me l'aurait dit, si c'était le cas.

Attendez. Un truc que Bella a dit fait remonter un souvenir à la surface.

Il avait l'air stressé, a-t-elle dit. Et je me souviens qu'Alex a expliqué à Jacob que lorsqu'il était stressé, il éteignait son téléphone et jouait à *War of Sword*… pendant des heures.

Je pousse un soupir soulagé.

La réponse pourrait-elle être aussi simple ?

S'il n'y avait pas eu cette rencontre déplaisante avec l'agent de sécurité, je serais retournée en courant à l'appartement d'Alex pour demander à monter. Mais au lieu de ça, je prends mon casque VR.

Pendant que je télécharge *War of Sword*, je fais de mon mieux pour repousser les souvenirs de la dernière fois où j'ai joué à ce jeu. Entre la violence et les membres à quatre doigts, ce moment promet d'être aussi drôle que de recevoir un coup de poing à l'estomac… quatre ou six fois d'affilée.

Malgré ça, vu que c'est la manière la plus rapide de bannir l'image d'Alex victime d'un accident, c'est ce que je fais.

Oui.

Pleine de détermination, je clique sur l'icône du jeu.

Créatures à quatre doigts, je serai votre perte.

Chapitre Quarante-Cinq

J'apparais dans un village médiéval et fait de mon mieux pour ignorer mes mains elfiques avec leur nombre de doigts abominable.

Si Alex joue, je devrais pouvoir le rejoindre comme je l'ai fait la dernière fois.

Je sors la pelote de laine spéciale qu'il m'a donnée dans ce but et la secoue.

Wouch.

Je me matérialise dans un couloir souterrain humide et jonché de membres arrachés.

Je tire mon épée et scrute la bataille qui fait rage autour de moi, réfrénant mon envie de vomir.

Tout un tas de créatures sont en train de combattre à mort, et la violence me paraît encore une fois si réelle qu'elle me donne la nausée.

Mais je ne m'enfuirai pas, cette fois. Pas avant d'avoir trouvé ce que je suis venue chercher.

Je resserre mes doigts autour de mon épée et cherche l'avatar d'Alex au milieu du chaos.

Soudain, un nain me saute dessus en poussant un cri de guerre, levant une hache aussi grosse que sa tête dans ses deux mains dont on ne comptera pas les doigts.

Je fais un pas de côté pour esquiver le coup de hache et décapite le nain, réfrénant l'envie de vomir face à tout ce sang numérique.

Puis mon cœur bondit de joie.

Un minotaure avec les traits d'Alex se trouve à quelques mètres de là.

Il n'est pas à l'hôpital, ou dans un endroit pire encore. Comme je l'espérais, il est juste en train de jouer à ce jeu pour déstresser.

Je me demande si je suis la cause de ce stress – et où il se trouve dans le monde réel. Était-il chez lui quand je suis venue dans son immeuble, ayant simplement décidé de m'ignorer ? Ou n'a-t-il même pas réalisé que j'étais là ?

Avant que j'aie pu me poser d'autres questions, j'aperçois un orque en train de se précipiter vers le minotaure à toute vitesse.

Zut. Alex est en train de combattre une elfe femelle. Il va se faire massacrer.

Eh bien, pas si j'ai mon mot à dire.

Je lève mon arc et envoie une flèche dans la tête de l'orque.

Fschuiii.

La flèche se plante dans l'œil de l'orque, le tuant sur le coup.

Au même moment, Alex empale l'elfe avec sa corne droite.

Hmm. Devrais-je être jalouse ?

— Holly ? dit Alex en voyant mon avatar.

Je souris dans le monde réel.

— *Privet.*

J'échange mon arc contre mon épée et éventre un gobelin rose en plein élan.

— Derrière toi ! s'écrie Alex.

J'esquive, me retourne et la lance d'un cyclope rate mon épaule d'un centimètre.

J'abats mon épée en un large arc de cercle, tranchant le cyclope en deux.

Quand je me retourne, je vois qu'Alex est en train de se battre pour se frayer un chemin jusqu'à moi.

Super idée. Combattant comme un berserker, je tue un golem avec mon épée et plante mes flèches dans un ogre pendant qu'Alex se sert de ses cornes et de son trident pour décimer un groupe de gnomes et de leprechauns.

Bientôt, nous nous battons dos à dos.

— Pas juste, tonne un type qui ressemble à un yéti. La collaboration n'est pas autorisée dans une mêlée générale.

Alex le réduit au silence avec son trident.

— Il avait raison, siffle une hydre, mais je découpe son corps de serpent en deux.

Si seulement ça pouvait être aussi facile de remporter une dispute dans le monde réel.

Nous continuons de nous battre jusqu'à ce qu'il ne reste plus que nous deux.

— Qu'est-ce que tu fais ici ? demande Alex.

Je me tourne vers lui, mon cœur du vrai monde palpitant dans ma poitrine.

— Je n'ai pas saboté le code. C'était une erreur et je l'ai corrigée.

Le visage de l'avatar cornu ne change pas – cette technologie est absente du jeu.

Avant que j'aie pu me lancer dans d'autres explications, le minotaure prend la parole :

— Je sais. J'ai vu ton e-mail en rentrant à la maison, il y a quelques heures. Et j'y ai répondu. Puis je t'ai appelée, mais tu n'as pas décroché.

Un poids immense se soulève de mes épaules. Il est rentré chez lui il y a quelques heures ? Ça veut dire qu'il ne m'a pas ignorée quand je suis venue à son immeuble.

Et il a répondu ? Zut. J'étais si occupée à attendre l'appel vidéo de Bella que j'ai oublié de vérifier mes e-mails du boulot.

— Désolée de ne pas avoir répondu à ton appel, dis-je. Je crois que j'ai oublié mon téléphone dans ton bureau personnel.

— Ah. Je ne l'ai pas entendu sonner. Il doit être sur vibreur.

Je réalise que je dois avoir l'air hostile, avec mon épée brandie, alors je la laisse tomber.

— Je suis désolée de m'être enfuie de chez toi comme ça. J'étais bouleversée par la mauvaise nouvelle.

Il jette son trident à son tour.

— Non, c'est moi qui suis désolé. Je n'aurais pas dû te soupçonner d'avoir fichu en l'air le code. Pour ma défense, ce n'était pas le cas au début, mais quand j'ai vu ta façon d'agir, j'ai…

— Ne t'en fais pas pour ça, l'interromps-je en levant ma main aux quatre doigts. Je suis juste soulagée que tu ailles bien.

Il incline la tête, un geste à l'air bancal à cause de ses cornes.

— Pourquoi est-ce que je n'irais pas bien ?

Sans me soucier de savoir si je ressemble à une harceleuse folle, je lui explique que je n'arrivais pas à le joindre et que je l'ai cherché dans ses deux bureaux et chez lui.

Il secoue ses cornes.

— Désolé. J'ai juste regardé les e-mails du Groupe Morpheus à mon retour de l'hôpital.

— L'hôpital ? répété-je, l'inquiétude me comprimant à nouveau la poitrine. Tu vas bien ?

— Oh, ce n'était pas une visite médicale. Je suis allé voir le docteur Piper.

Dans le vrai monde, je suis bouche bée, mais je suppose qu'il ne le voit pas dans la VR.

— Pourquoi ?

— J'ai sauvé ton projet d'animal de compagnie virtuel, explique-t-il.

— Quoi ? m'exclamé-je, mon cœur se mettant à battre plus fort. Comment ?

Il se gratte la tête, sa main passant à travers sa corne gauche de manière peu réaliste.

— Tu te souviens de la conversation qu'on avait eue la veille de notre réunion à l'hôpital ?

— Quand tu m'as demandé de ne pas mentionner que tu faisais partie du Groupe Morpheus ?

Zut. J'ai parlé d'une voix amère.

— Celle-là, acquiesce-t-il. Je t'ai rassurée, mais plus tard ce jour-là, j'en ai parlé à Bella et on a décidé de prendre une mesure de précaution au cas où je me tromperais – et je suis bien content qu'on l'ait fait.

— Bella n'a rien mentionné de tout ça quand on s'est parlé, remarqué-je en réajustant mon casque.

Le minotaure hausse les épaules.

— Le sujet n'est peut-être pas venu sur le tapis ?

Je résiste à l'envie de le secouer pour lui tirer les vers du nez.

— Alors quelle était cette précaution ?

— On a lancé une nouvelle entreprise à responsabilité limitée. À cause de toute la paperasse, elle n'est devenue officielle que ce week-end… juste à temps. La nouvelle entreprise s'appelle Animaux VR LLC, et tu en seras la présidente, tandis que Bella ne sera qu'une investisseuse silencieuse… à travers l'entreprise de Dragomir, juste au cas où. Comme ça, il ne devrait jamais y avoir la moindre association avec du porno.

Je suis à deux doigts de le plaquer au sol tant je suis

heureuse, mais je n'en fais rien pour l'instant. Si j'ai mal compris quelque chose, j'en serai dévastée.

— Mais le docteur Piper est déjà au courant pour le porno.

Le minotaure hoche la tête.

— C'est pour ça que je suis allé lui parler ce matin à la première heure, avant qu'il en ait parlé aux autres. Je l'ai convaincu de garder ça entre nous. En ce qui les concerne, il y a eu un changement de vendeur, rien de plus.

J'ai tellement envie d'y croire.

— Et il a accepté, aussi facilement que ça ?

Le minotaure hausse à nouveau ses larges épaules poilues.

— J'ai dû lui promettre des taux avantageux quand le contrat avec les 1000 Diables sera renégocié. C'est un homme pragmatique, et il se fiche de ce que fait le Groupe Morpheus. Ça n'aurait dérangé que ses collègues.

Je m'avance vers le minotaure et tente de l'embrasser, mais le jeu ne supporte pas ce genre de chose, mon intention est donc traduite par un coup de boule.

— Je ne sais pas comment te remercier, dis-je, grimaçant en voyant du sang se déverser de la blessure que je viens de lui infliger.

— Retrouve-moi en face à face, répond Alex d'une voix plus rauque. Je trouverai un moyen pour toi de me remercier.

Mon pouls accélère et mes ovaires font la roue plusieurs fois.

— Avec plaisir. Chez moi ?

— Je suis en chemin, répond-il, avant de disparaître.

Pleine d'excitation, je retire mon équipement VR.

J'ai tant de choses à digérer.

Mon projet est sauvé et Alex ne m'ignorait pas, aujourd'hui. Il était occupé à m'aider – alors même qu'il croyait que j'avais saboté son entreprise pour la deuxième fois.

Je n'arrive pas à croire que j'aie pu le surnommer le Diable, même en rigolant.

Il ressemble plus à une fusion entre un ange gardien et un saint.

Je me précipite dans ma chambre et allume quelques bougies, pendant que les implications de ce qui vient de se passer continuent de tourbillonner dans ma tête.

Alex n'est plus mon patron. Pas avec la création de cette nouvelle entreprise.

Ça veut dire que je suis libre de sortir avec lui – et c'est bien ce que je compte faire.

En fait, je crois que c'est ce que j'aurais fait même s'il était resté mon patron, chaotique ou pas. De manière générale, je crois que je suis plus à l'aise avec le chaos, ces derniers temps. J'ai réussi à rester dans ce jeu violent jusqu'à la fin, j'ai survécu à un massacre Nerf et je me suis même bien défendue avec Belzébuth.

En parlant de ça, Bella a mentionné qu'Alex s'était

renseigné au sujet des écoles pour chiens. A-t-il fait ça pour me faciliter la vie ?

Connaissant sa prévenance, probablement.

Je lisse tous les plis sur les oreillers, plie les couvertures en forme de pentagrammes, et je suis en train de compter les bougies autour du lit pour m'assurer qu'il y en ait dix-neuf quand j'entends la mélodie des appels de visioconférence au loin.

— Alex vient d'appeler, m'annonce Bella avec un grand sourire.

— Je sais, dis-je. Il m'a tout dit.

Son sourire se fait lascif.

— Laisse-moi deviner. Vous vous apprêtez à consommer cette nouvelle initiative.

— Quand une dame compte embrasser un homme, elle ne le raconte pas à tout le monde.

La sonnette de ma porte retentit.

— Désolée, je dois y aller.

— Bonne chance, répond-elle en remuant les sourcils.

Je raccroche et m'empresse de rejoindre la porte.

C'est Alex – et il a l'air tellement plus délicieux sans ses attributs de taureau.

Il porte à nouveau un costume sur mesure, il a lissé ses cheveux en arrière et il est rasé de près. Je le soupçonne d'avoir compris que c'était la manière la plus rapide de m'exciter, et de se servir de cette information à son avantage.

Sans dire un mot, il m'embrasse avec avidité, et j'ai l'impression que le sol se dissout sous mes pieds.

Nous nous dirigeons vers ma chambre en trébuchant, les lèvres collées les unes aux autres et les mains errant avec empressement sur le corps l'un de l'autre pendant que nos vêtements disparaissent comme par magie. Il approfondit le baiser et, avant d'avoir pu comprendre ce qui se passait, sept orgasmes ont déjà passé – six pour moi et un pour lui.

Combinés, ils forment un chiffre premier parfait.

———

— Merci d'être venu, dis-je alors que je suis couchée dans ses bras, comblée, quelques heures plus tard.

— Non, répond-il avec un tendre sourire. Merci à toi.

Je me blottis un peu plus contre lui.

— J'ai décidé de te dire quelque chose.

Il se hisse sur un coude et replace une mèche de cheveux derrière mon oreille. Ce contact provoque un frisson plaisant le long de mon dos, même après tous ces orgasmes.

— Moi aussi.

— Quoi ?

Son sourire se fait diabolique.

— Les dames d'abord.

Très bien.

Je prends une profonde inspiration pour calmer les abeilles qui volettent dans mon estomac.

— Je crois qu'on va très bien ensemble. Comme les blocs L et J du Tetris.

Il émet un petit rire.

— Ça ferait de nous un rectangle, non ?

— Tout à fait. Bien propre et ordonné.

Il me regarde en plissant les yeux.

— Tu ressembles plutôt à un bloc en T.

Son bloc préféré ? Les abeilles dans mon ventre se lancent dans une orgie déchaînée.

— Pour en revenir à ce que je voulais dire, reprends-je en rassemblant tout mon courage. Depuis que j'ai appris que le cœur était composé de quatre cavités, je croyais que c'était l'organe que j'aimais le moins… mais j'ai changé d'avis, grâce à toi.

Il se redresse en position assise.

— Comme une femme avisée l'a dit dans une série incroyable, « je ne suis pas romantique, mais même moi, je dois avouer que le cœur n'existe pas dans l'unique but de faire circuler le sang. »

Est-ce qu'il vient de citer Violet dans *Downton Abbey* ?

Il a dû regarder la série. Pour moi.

Soudain, ce que je voulais dire se cristallise à la perfection dans ma tête.

Je me redresse aussi et prends sa main dans mes deux paumes.

— Je t'aime, dis-je avec toute la sincérité dont je suis capable. Je t'aime des quatre cavités de mon cœur.

Un sourire sensuel et malicieux s'étire lentement sur son visage.

— Je t'aime aussi, *kroshka*. Des cinq parties de mon cœur.

Il prend mon visage entre ses paumes, m'embrasse à nouveau, et nous nous laissons retomber en arrière sur le matelas dans un entremêlement de membres, le cœur battant au même rythme alors que ce baiser mène à tellement d'autres orgasmes que j'en perds le compte.

J'espère que c'est vingt-trois.

Après, alors que je suis couchée dans ses bras, j'ai la sensation d'avoir atteint le paradis – et tout ce que j'avais à faire pour en arriver là, c'était passer un marché avec mon très cher Diable personnel.

Épilogue

ALEX

— On est presque arrivés, me murmure le chauffeur de la limousine.

J'enfile ma tenue et lisse mes cheveux en arrière avec une brillantine au parfum de thé que j'ai achetée tout spécialement pour l'occasion.

Ma douce *kroshka* va adorer ça, mais aux yeux de tous les autres, je ressemble à un majordome – ce qui est plutôt bien adapté, tout bien considéré.

La limousine s'arrête et je lui donne une tape sur l'épaule.

— On y est. Tu peux retirer ça.

Elle se retourne et sa poitrine forte et douce m'effleure la main.

Merde.

Mon sexe – ou Optimus Prime, pour les amis – devient aussitôt dur comme le diamant, comme à chaque fois que je la touche.

— *Do svidaniya*, Euclid, dit-elle.

J'imagine sans mal son petit ami mignon lui répondre en russe. L'entreprise d'animal virtuel a rencontré un tel succès qu'elle s'apprête à lancer le produit dans ma mère patrie – une excellente chose, parce qu'un grand nombre des hôpitaux de l'époque soviétique sont plus mornes que tout ce qu'on pourrait imaginer aux États-Unis.

Grâce à ça – et parce qu'elle sort avec moi, bien sûr –, son russe s'améliore de jour en jour. Et comme je l'avais prédit, ses anglicismes britanniques sont peu à peu remplacés par des russismes ; ce n'est pas un mot, mais ça devrait.

Dès qu'elle a retiré le casque VR, ses yeux bleus intelligents se rivent aux miens.

— Je peux enfin voir cette *yobaniy* surprise ?

Elle écarquille alors les yeux en voyant ma tenue.

— J'adore. Retire-la, maintenant.

— La tenue n'est pas la seule surprise, dis-je avec une exaspération feinte.

Elle lance un regard appuyé à la bosse dans mon pantalon.

— Je vois ça.

J'éclate de rire.

— Ce n'est pas lui non plus, la surprise. Pas encore, en tout cas.

Elle pince les lèvres en une moue boudeuse que j'ai très envie d'embrasser.

— Eh bien, lui et toi, dans cette tenue, avez plutôt intérêt à être au programme à un moment donné.

— On l'est complètement. Mais après la vraie surprise.

Que quelqu'un me décerne une médaille pour ma retenue.

— Très bien.

Elle regarde à travers les vitres fumées de la limousine en plissant les yeux et ajoute :

— Révèle-moi ta surprise, quoi que ce puisse être.

Je réajuste Prime, puis descends de la voiture et lui tiens la portière ouverte.

Dès qu'elle sort et voit où nous sommes, elle presse une main au niveau de son cœur et s'abreuve du spectacle, sans voix.

Un sourire sournois étire mes lèvres. J'ai demandé à sa jumelle illusionniste de m'aider à tout organiser et à faire diversion le temps que je prépare cette surprise. J'ai même soudoyé le chauffeur de la limousine pour qu'il enfreigne les limites de vitesse et rende le trajet plus court – c'est pour ce même plan que j'ai suggéré d'emmener Bella et Dragomir lors de ce séjour en Grande-Bretagne. Ils adorent explorer Londres – raison pour laquelle ma *kroshka* s'attendait à voir Hyde Park ou Hampstead Heath.

Mais non. Bella et Dragomir ne sont pas là. Il n'y a que nous… et tout un groupe de majordomes, de domestiques et de jardiniers.

— C'est bien ce que je crois ? Finit-elle par demander.

— En effet, dame Hyman, dis-je avec mon meilleur accent britannique. Highclere Castle, à votre service.

Le sourire qu'elle me lance est aussi rayonnant que ses yeux bleus étincelants.

— C'est la vraie *Downton Abbey*, murmure-t-elle avec révérence.

Je hoche la tête et conserve une expression aussi impassible que le ferait son majordome préféré.

— Et eux ? demande-t-elle en faisant un geste vers les personnes élégamment vêtues qui nous attendent.

— Des acteurs que j'ai embauchés, expliqué-je. Quelques-uns sont même dans la série.

Elle couine de joie comme une enfant et je lui explique tout ce que j'ai prévu d'autre pour la journée. Dragomir a fait jouer ses connexions pour nous obtenir un traitement royal, qui inclut de multiples services de thé, un séjour dans les meilleures chambres et – surtout pour Holly – l'occasion de ranger toutes les pièces qu'elle voudra tout en portant un uniforme de domestique.

Elle parcourt à nouveau les lieux du regard, comme si elle n'arrivait pas à en croire ses yeux.

— C'est la meilleure surprise du monde.

— Et ce n'est pas tout, dis-je.

Je lui tends solennellement un épais colis, fait sur mesure en forme de pentagramme.

— C'est la dernière surprise de la journée, promis.

Je lis la confusion sur son visage alors qu'elle le tripote – le problème avec cette forme, c'est qu'on ne peut pas distinguer le haut du bas.

Cette étape précise me rend un peu nerveux, alors je me remémore toutes les raisons pour lesquelles ça devrait très bien se passer. Elle a fini par aimer Belzébuth tout autant que moi, et ce traître poilu l'aime sûrement plus que moi. Plus important, il a terminé son éducation à l'école pour chiens et ne cause plus autant de désordre que la première fois qu'elle l'a rencontré – et j'ai suivi son exemple en gardant mon appartement propre et organisé... en nombres premiers chaque fois que c'est possible, bien sûr.

Oh, et nous nous aimons, cela va sans dire. Elle passe tout son temps chez moi sans jamais se plaindre. Malgré tout, je ne dois pas la prendre pour acquise. Pour ce que j'en sais, ma proposition ne l'intéressera peut-être pas.

— Qu'est-ce que c'est que ça ?

Elle tient une clef en métal dans l'une de ses mains délicates et une carte en plastique dans l'autre.

Je ne dois pas imaginer ces mains sur Prime – ça devient trop dur de marcher. *Difficile*, je veux dire.

Elle me regarde, attendant ma réponse.

— Ça, c'est pour la porte de notre chambre dans le château, expliqué-je en pointant la clef en métal du doigt. Et *ça*...

J'indique du doigt la carte en plastique.

— C'est la deuxième surprise.

J'attends un instant pour faire monter la tension – un autre conseil que j'ai obtenu de sa jumelle.

— C'est la clef de mon appartement. Ta clef permanente.

Elle écarquille les yeux.

Je lui fais ma meilleure révérence de majordome, puis lui demande du ton le plus formel possible :

— Dame Hyman, me ferez-vous l'honneur d'emménager avec moi ?

Avec un couinement, elle m'étreint avec la force d'une prise de catch – un excellent signe, tout comme le baiser passionné propre à engorger Prime qui s'ensuit.

— Oui, répond-elle quand nous nous séparons enfin. J'accepte avec plaisir d'emménager avec toi, seigneur Chortsky.

Il serait inconvenant de lever le poing en l'air dans cette tenue, alors je me contente d'un autre baiser.

Maintenant que je me suis débarrassé de ça, je suis bien plus optimiste quant au succès de ma proposition suivante. Le défi, ce sera de surpasser la surprise d'aujourd'hui.

Je pourrais peut-être découvrir un nouveau nombre premier pour elle ?

Ou acheter un terrain immobilier de qualité pour y construire une réplique de ce château ?

Non, ce n'est pas suffisant. Mais je trouverai quelque chose le moment venu. Pour l'instant, tout ce que j'ai besoin de savoir, c'est qu'elle est mon avenir – ce qui signifie que mon avenir contiendra tout ce que je veux.

Le voyage de Holly et Alex s'achève ici ; merci d'avoir suivi leur histoire d'amour !

Envie de retrouver la famille Chortsky ? Découvrez l'histoire de Vlad dans *Teste-moi si tu peux* et l'histoire de Bella dans *Défie-moi si tu peux*! Et n'oubliez pas de découvrir *Une illusion royale*, une nouvelle comédie romantique avec le risque-tout Tigger (d'*Défie-moi si tu peux*) et Gia, la jumelle de Holly !

Pour être informés de prochaines parutions, inscrivez-vous à ma newsletter sur www.mishabell.com/fr/.

Misha Bell est une collaboration du couple d'auteurs, Dima Zales et Anna Zaires. Quand ils ne sont pas occupés à vous faire rire en écrivant sous le pseudonyme de Misha, Dima écrit de la science-fiction et de la fantasy, et Anna de la romance contemporaine et dark.

Et maintenant, tourner la page pour un avant-goût de *Défie-moi si tu peux* par Misha Bell et du *Colosse de Wall Street* par Anna Zaires.

Bon, alors mon chihuahua a sauté un ours. Excusez-moi, un énorme chien aux allures d'ours.

Maintenant, j'ai le propriétaire ultra canon dudit ours sur le dos ; il exige un test MST… pour mon chien.

L'autre problème causé par cette affaire d'agression sexuelle entre chiens ? Le mystérieux propriétaire de l'ours est peut-être celui qui me permettra de financer mon nouveau projet et de faire passer mon entreprise de jouets à l'étape supérieure. Et quand je dis « jouets », je parle du genre marrant, du genre dont toutes les femmes (et les hommes) ont besoin.

Si seulement je pouvais découvrir ce qu'il cache – ou forcer ma libido à bien se tenir ! Parce que c'est une mauvaise idée de mélanger le travail et le plaisir, et que

Dragomir Lamian n'est peut-être pas celui qu'il paraît être.

———

C'est un *ours*, ça ?

J'ai l'impression que mes boules de Kegel sont sur le point de s'échapper de mon vagin. Je crispe mes muscles bien entraînés pour maintenir le jouer à l'intérieur. J'ai conçu cette paire de boules moi-même, alors je sais que si je les crispe encore une fois, la fonction vibration va s'activer, et ce n'est pas le moment pour ça.

La laisse tressaute dans ma main.

— Bonaparte, du calme !

La fermeté de ma voix est futile. Mon chihuahua continue de tirer, le regard rivé sur l'ours. Il agite la queue si vite que je m'attends presque à ce qu'il s'envole dans les airs comme un drone.

À mon grand soulagement, le chien se contente de flairer la bouche d'incendie, indifférent au délicieux apéritif de presque deux kilos qu'il pourrait atteindre d'un bond.

Mon compagnon à quatre pattes arrête de tirer et lève la tête vers moi, un mélange de tristesse et d'indignation dans ses yeux verts. Comme d'habitude, j'imagine très bien ce qu'il dirait si je pouvais comprendre son langage :

— *Ma chérie*, ce chien m'ignore. *Moi !* Impensable !

Je lui jette un biscuit et remarque :

— Cet ours ne connaît clairement pas les bonnes manières. Mais pour sa défense, tu pourrais résister à l'envie de renifler cette bouche d'incendie, toi ? Nous sommes à côté de Central Park. Des millions de chiens ont fait pipi à cet endroit. L'odeur doit être divine.

D'un bond, Gourdin attrape la friandise et l'avale sans même mâcher, avant de reporter son attention sur sa proie gargantuesque.

Quant à moi, je tourne les yeux vers l'homme qui tient la laisse de l'ours. Ma mâchoire s'ouvre en grand, et mes muscles internes compriment involontairement les boules de Kegel.

La vibration s'active, mais je l'ignore, occupée à dévorer avidement des yeux le spécimen masculin grand et à la carrure athlétique devant moi.

Le propriétaire du chien est sexy.

Du genre torride à faire fondre votre culotte et exploser votre utérus.

C'est le genre de type sexy auquel je penserais en me masturbant.

Attendez. À proprement parler, je suis *déjà* en train de me masturber en le regardant ; les vibrations à l'intérieur de mon vagin sont en train de faire monter un peu plus l'orgasme à chaque seconde qui passe. Par chance, il ne me regarde pas, je peux donc le reluquer sans aucune honte.

Cet homme a tout ce que je recherche, même ce que je n'avais pas conscience d'apprécier.

Des cheveux épais et à l'air soyeux de la couleur d'une fourrure de vison. Une courte barbe taillée avec soin, qui souligne son nez majestueux et ses traits ciselés. Des épaules larges rembourrées par juste ce qu'il faut de muscles et un torse à se damner, tout cela s'effilant jusqu'à une taille fine et des hanches étroites. Il porte même un col roulé, pour l'amour du Ciel… tout le monde sait que c'est l'équivalent masculin d'une robe noire sexy !

Oh, et ses lèvres ! J'ai envie de faire un moule de ses lèvres pour les transformer en sex-toy.

En parlant de sex-toy, les boules me rapprochent de plus en plus du précipice. On m'a déjà accusée d'être devenue blasée avec ce genre de trucs, mais même moi, je réalise que jouir ici et maintenant, devant un inconnu ne serait pas un comportement des plus sociables de ma part.

Je dois désactiver les boules, ce que je peux faire si je les comprime encore trois fois. Le problème, c'est que chaque compression change aussi la vitesse des vibrations, ma situation va donc empirer avant de s'améliorer.

Je ne peux rien faire pour éviter ça, je suppose.

Je crispe mes muscles.

Les vibrations s'intensifient.

Encore deux fois et…

Gourdin aboie.

L'énorme museau de l'ours se décroche de la bouche d'incendie et ses gros yeux bruns se fixent sur le hors-d'œuvre en forme de chien à mes pieds.

Maintenant qu'il a enfin obtenu l'attention qu'il

recherchait, mon chien remue vivement la queue et essaie de foncer vers son trépas.

Je me crispe à nouveau sur les boules, involontairement. Encore une fois, et elles seront éteintes. Sauf que les vibrations sont désormais à leur vitesse maximale, et que la sensation est incroyable. Tellement, tellement incroyable…

Mince ! Qu'est-ce que je fabrique ?

Je dois les compresser une dernière fois.

Sauf que les muscles prérequis se sont transformés en gelée et que j'ai du mal à les resserrer.

Ça va vraiment arriver ?

Je vais avoir un orgasme pendant que mon chien se fait manger… tout ça sous les yeux d'un inconnu terriblement sexy ?

———

Si vous souhaitez en savoir plus, veuillez consulter le site internet d'Misha Bell www.mishabell.com/fr/.

Extrait du Colosse de Wall Street par Anna Zaires

Un milliardaire à la recherche d'une femme parfaite...

À trente-cinq ans, Marcus Carelli a tout : la richesse, le pouvoir et un physique qui ne laisse pas les femmes indifférentes. Parti de rien, il est devenu milliardaire, à la tête de l'un des fonds spéculatifs les plus importants de Wall Street. Il lui suffit d'un mot pour faire tomber des sociétés réputées. La seule chose qui lui manque ? Une épouse trophée, preuve de réussite aussi belle que les milliards sur son compte en banque.

Une femme à chats à la recherche d'une nouvelle rencontre...

Emma Walsh, employée de librairie âgée de vingt-six ans, est ce que l'on appelle une femme à chats, d'après son amie. Elle n'est pas forcément d'accord avec cette étiquette, et pourtant les faits sont là. Vêtements négligés couverts de poils de chat ? Oui. Dernière coupe de cheveux chez le coiffeur ? Il y a plus d'un an. Oh, et trois chats dans un petit studio de Brooklyn ? Tout y est, la totale.

Sans compter qu'elle n'est pas sortie avec un homme depuis… trop longtemps pour s'en souvenir. Mais ça peut s'arranger. N'est-ce pas tout l'intérêt des sites de rencontres ?

Un malentendu qui tombe à pic...

Une entremetteuse haut de gamme, une appli de rencontres, un quiproquo qui change tout… Les opposés s'attirent peut-être, mais cela peut-il durer ?

———

Je prends une grande inspiration et j'entre dans le café, jetant un regard circulaire pour voir si Mark est déjà là.

La salle est petite et chaleureuse. Des compartiments avec banquettes sont disposés en demi-cercle autour d'un bar. L'arôme des grains de café torréfiés et des pâtisseries me met l'eau à la bouche et mon estomac se met à gronder. J'avais l'intention de me contenter d'un café, mais j'opte aussi pour un croissant. Mon budget n'en souffrira pas.

Seules quelques tables sont occupées, sans doute parce que nous sommes mardi. Je les passe en revue à la recherche d'un homme correspondant à la description de Mark et j'aperçois quelqu'un, assis tout seul dans le dernier compartiment. Il me tourne le dos et je ne distingue que l'arrière de sa tête, mais il a les cheveux courts et foncés.

C'est peut-être lui.

Je prends mon courage à deux mains et je m'approche de la banquette.

— Excuse-moi, lui dis-je. Mark ?

Il se tourne alors vers moi. Aussitôt, mon rythme cardiaque s'envole dans la stratosphère.

L'homme en face de moi n'a rien de commun avec les photos de l'appli. Il a les cheveux bruns et les yeux bleus, mais la ressemblance s'arrête là. Ses traits taillés à la serpe n'ont rien de rond ni de timide. De son menton d'acier jusqu'à son nez aquilin, son visage est d'une virilité affirmée, marqué d'une assurance qui frôle l'arrogance. L'ombre d'une barbe de fin de journée obscurcit ses joues creuses, soulignant ses pommettes saillantes, et ses sourcils forment deux traits sombres et épais au-dessus de ses yeux clairs et perçants. Bien qu'il soit assis, je devine qu'il est grand et bien bâti. Ses épaules paraissent immenses dans son costume sur mesure, et ses mains font deux fois les miennes.

Cela ne peut pas être le même Mark que celui de l'appli, à moins qu'il ait passé son temps à la salle de sport depuis ses dernières photos. Est-ce possible ? Une personne peut-elle changer à ce point ? Il n'a pas indiqué sa taille sur son profil, mais j'en avais déduit qu'il complexait à ce sujet, un peu comme moi.

L'homme que je regarde en cet instant n'a absolument aucun complexe à avoir. Pas plus qu'il ne porte de lunettes.

— Je... je suis Emma, dis-je en bafouillant sous son regard intense.

Son expression est froide, indéchiffrable. Je presque certaine de m'être trompée, mais je demande quand même :

— Tu ne serais pas Mark, par hasard ?

— Je préfère Marcus.

Sa voix me surprend. C'est un grondement grave et viril qui réveille en moi un instinct féminin primaire. Mon cœur redouble d'ardeur et mes paumes deviennent moites lorsqu'il se lève en déclarant sans préambule :

— Tu ne corresponds pas à mes attentes.

— Moi ?

C'est quoi, cette histoire ? La colère balaie toutes les autres émotions. Je reste bouche bée, plantée devant ce colosse. Il est si grand que je dois me dévisser le cou pour le regarder.

— Et toi, alors ? Tu ne ressembles pas du tout à ta photo !

— Dans ce cas, nous avons tous les deux été induits en erreur, dit-il, la mâchoire contractée.

Avant que je puisse répondre, il désigne la banquette.

— Autant t'asseoir et manger avec moi, Emmeline. Je n'ai pas fait tout ce chemin pour rien.

— C'est *Emma*, précisé-je, encore furieuse. Non, merci. Je m'en vais.

Ses narines frémissent et il se décale sur la droite pour me barrer le passage.

— Assieds-toi, *Emma*.

Dans sa bouche, mon prénom ressemble à une injure.

— Je dirai deux mots à Victoria, mais pour le moment, je ne vois pas pourquoi nous ne pourrions pas partager un repas comme deux adultes civilisés.

J'ai les oreilles brûlantes de colère, mais je préfère prendre place sur la banquette plutôt que de faire un scandale. Ma grand-mère m'a inculqué la politesse dès mon plus jeune âge, et même maintenant que je suis adulte et que je vis seule, j'ai toujours du mal à outrepasser ses enseignements.

Elle ne serait pas contente si je décochais un coup de genou entre les jambes de ce rustre et l'envoyais se faire voir.

— Merci, dit-il en s'asseyant en face de moi.

De ses yeux d'un bleu de glace, il étudie la carte.

— Ce n'était pas si difficile, n'est-ce pas ?

— Je ne sais pas, *Marcus*, dis-je en accentuant son prénom bon chic bon genre. Je ne suis avec toi que depuis deux minutes et j'ai déjà des envies de meurtre.

Je l'ai insulté comme une grande dame, avec un sourire que ma grand-mère aurait approuvé. Je laisse tomber mon sac à main à côté de moi sur le siège et je prends le menu sans même retirer mon manteau.

Plus vite nous mangerons, plus vite je décamperai.

Soudain, un ricanement grave me fait lever les yeux. À mon grand étonnement, cet abruti sourit, révélant deux rangées de dents blanches sur son visage au teint hâlé. Je remarque non sans une certaine jalousie qu'il n'a pas la moindre tache de rousseur. Sa peau est parfaitement harmonieuse. Pas même un seul grain de beauté sur la joue. Il n'est pas d'une beauté classique – ses traits ont trop de caractère –, mais il est franchement agréable à l'œil, dans le genre puissant et purement masculin.

À mon désarroi le plus total, une bouffée de chaleur monte dans mon bas-ventre et mes muscles internes se contractent.

Non. Impossible. Ce connard ne peut *pas* m'exciter. Je supporte à peine de rester assise en face de lui.

En grinçant des dents, je baisse les yeux sur mon menu et constate avec soulagement que les prix sont raisonnables. J'insiste toujours pour payer ma part lors d'un rencard, et maintenant que j'ai rencontré Mark – pardon, *Marcus* –, il me semble bien du genre à m'emmener dans un endroit chic où un simple verre d'eau coûte plus cher qu'un shooter de Patrón. Comment ai-je pu me tromper à ce point sur son compte ? À l'évidence, il a menti en prétendant être étudiant et travailler dans une librairie. Dans quel but, je l'ignore, mais tout chez l'homme assis en face de moi exprime la richesse et le pouvoir. Son costume à fines rayures épouse son corps large d'épaules comme s'il avait été conçu spécialement pour lui, sa chemise bleue est fraîchement amidonnée et je suis presque sûre que sa cravate à carreaux subtils vient d'une maison de haute couture qui ferait passer Chanel pour une vulgaire marque de supermarché.

Alors que tous ces détails s'impriment dans mon esprit, un nouveau soupçon me frappe. Serait-ce une plaisanterie à mes dépens ? Kendall, peut-être ? Ou Janie ? Toutes les deux connaissent mes goûts en matière d'hommes. L'une d'elles a peut-être décidé de m'attirer dans un guet-apens, même si je ne comprends toujours pas pourquoi elles me brancheraient avec *lui* ni pourquoi il aurait accepté... Le mystère reste entier.

Les sourcils froncés, je lève les yeux de la carte pour le dévisager. Il a perdu son sourire, concentré sur le menu, le front plissé. Il a l'air plus âgé que les vingt-sept ans indiqués sur son profil.

Cette partie aussi devait être un mensonge.

Je me sens encore plus furieuse.

— Alors, *Marcus*, pourquoi m'as-tu écrit ?

Je pose le menu sur la table et le regarde froidement.

— As-tu seulement des chats ?

Il lève la tête et son front se plisse encore davantage.

— Des chats ? Non, bien sûr que non.

La dérision dans sa voix me donne envie d'envoyer balader les recommandations de ma grand-mère et de gifler son visage sévère et fermé.

— C'est une blague ou quoi ? Qui t'a donné cette idée ?

— Pardon ?

Il hausse ses sourcils épais avec arrogance.

— Oh, arrête de feindre l'innocence. Tu as menti dans ton message et tu as le culot de me dire que *je* ne suis pas conforme à tes attentes ?

Je sens presque la vapeur sortir de mes oreilles.

— C'est *toi* qui m'as contactée et mon profil est absolument transparent. Quel âge as-tu ? Trente-deux ? Trente-trois ?

— J'ai trente-cinq ans, dit-il lentement en retrouvant son expression revêche. Emma, de quoi parles-tu... ?

— Ça suffit.

J'attrape une lanière de mon sac à main et me glisse au bout de la banquette pour me lever d'un bond. Grand-mère ou pas, je refuse de manger avec un enfoiré qui vient d'admettre qu'il m'a menti. J'ignore pourquoi un homme comme lui chercherait à jouer avec moi, mais je ne serai pas le dindon de la farce.

— Bon appétit, dis-je d'un ton sarcastique en tournant les talons.

Je sors avant même qu'il puisse tenter de me barrer le passage.

Toute à ma hâte de m'enfuir, je manque de

renverser une grande brune élancée devant le café et le petit gars enrobé qui arrive derrière elle.

———

Si vous souhaitez en savoir plus, veuillez consulter le site internet d'Anna www.annazaires.com/book-series/francais/.

À propos de l'auteur

Je m'appelle Misha Bell. J'adore écrire des histoires humoristiques (pas toujours bon chic bon genre), des fins heureuses (de tous les genres) avec des personnages excentriques à deux doigts de perdre la boule (toujours une histoire de boules…).

Si vous aimez les romances avec une bonne dose de comédie et une touche de légèreté, consultez www.mishabell.com/fr/ et inscrivez-vous à ma newsletter.